숙명여자대학교 교양교육연구소 총서 01

코로나 시대의 말과 글

이 총서는 2019년 대한민국 교육부와 한국연구재단의 인문사회연구소 지원 사업에 의한 것임. (NRF-2019S1A5C2A04083150)

숙명여자대학교
교양교육연구소
총서 01

코로나 시대의
말과 글

숙명여자대학교 교양교육연구소 엮음
책임편집 황영미

황영미, 김 헌, 유홍식, 이도흠, 홍성민,
김응교, 오영진, 김중철, 신희선 지음

역락

숙명여자대학교 교양교육연구소는 2017년에 개소하여 대학 교양교육연구 발전에 이바지하고 있다. 그동안 여러 차례의 국내외 학술대회와 독서산책, 콜로키엄, 교양교육 클리닉 등의 활동을 통해 교양교육의 저변을 확대하고자 노력해 왔다. 특히 2019년 교육부와 한국연구재단의 '인문사회연구소지원사업'에 선정되어 <WISE GED³ 교양교육 구축 및 확산>을 주제로 기초교양교육의 혁신모델 구축과 확산을 위해 박차를 가하고 있다. 교양교육은 대학교육의 뿌리라고 할 수 있다. 급격한 시대변화 속에서 대학교양교육의 중요성이 더욱 강조되고 있다. 이런 점에서 글쓰기와 토론교육, 시민교육과 리더십교육과 관련한 연구를 통해 학생들의 사고와 표현능력, 민주시민의식을 키우는 데 본 연구소의 활동과 역할은 그 의미가 남다르다.

본 연구소에서는 매년 1월과 7월에 저널 『교양교육과 시민』을 발간하고 있다. 일반 시민들에게도 대학사회의 연구결과를 공유하고자 종로구와 MOU를 맺고 연구소의 외연을 넓히고 있다. 2020년 8월에는 "말과 글이 있는 교양산책" 주제로 종로구민 및 신청자를 대상으로 동영상 강의방식으로 온라인 특강을 진행하였다. 12월에는 "코로나 시대의 말과 글"을 주제로 숙명여자대학교 학생과 종로구민 신청자를 대상으로 줌(ZOOM) 화상회의 방식으로 진행했다. 본 연구소에서 처음 발간하는 총서 1호는 "코로나 시대의 말과 글"이라는 제목으로 특강한 내용과 본 연구소 소속 숙명여대 교수들의 관련 원고를 모았다. 코로나19로 인해 우리 삶의 많은 부분에 갑작스런 변화가 초래되었고, 말과 글로 소통하는 문화도 상당히 변화하였다. 이 총서는 이러한 삶의 변화의 의미를 성찰하고 어려운 상황에서 바람직한 삶의 태도와 의지를 모색하고자 하는 시도이다.

전체 내용은 다음과 같이 3부로 구성되었다. 먼저 1부에서는 코로나19 바이러스에 대한 문화적 고찰을 시도하였다. 황영미 교수의 「문학과 영화를 통해 본 바이러스 감염증에 대한 인간의 태도」는 바이러스 감염증을 소재로 한 소설과 영화에서 나타난 바람직한 인간의 태도와 공권력의 모습을 살펴 인간과 사회가 앞으로 바이러스 감염증에 대해 어떻게 대처해야 할 것인가를 살폈다. 김헌 교수의 「대규모 역병의 서사 - 그리스 로마 문학의 사례」는 그리스 로마 시대의 전염병의 역사를 통해 우리가 무엇을 배울 것인가를 고찰해 본 글이다. 유홍식 교수의 「포스트코로나 시대의 뉴스 소비와 사회 소통」은 코로나19 사태에서 변화한 미디어 소비의 변화와 포스트코로나 시대를 진단한 글이다. 이도흠 교수의 「간헐적 팬데믹 시대에서 좋은 말하기와 글쓰기」는 어려운 시기에도 여전히 어떻게 좋은 말과 글을 쓸 것인가 하는 점을 강조한 글이다. 홍성민 교수의 「팬데믹 시대와 생태 지혜의 실천」은 코로나19사태가 인간의 자연환경의 파괴에서 비롯됐음을 진단하고 생태 지혜로의 전환을 동양철학적 관점에서 살피고 있다.

다음 2부에서는 비대면 시대와 삶의 변화에 대해 고찰하였다. 김응교 교수의 「유튜브를 통한 지구인의 문학 교류」에서는 비대면 시대에도 유튜브를 통한 소통은 더욱 활발해지면서 국가간의 경계를 허물고 문화소통을 하는 사례와 과정을 진단한다. 오영진 교수의 「'게임적 리얼리즘'로 살펴본 미래의 읽고 쓰기의 감각」은 코로나19 사태가 네트워크 혹은 가상세계에 대한 접속을 강제하고 있다는 점을 강조하며, 미래의 책 읽기와 쓰기가 어떻게 달라질 것인가를 예견한 글이다.

마지막 3부에서는 언택트 시대 가장 많은 변화를 보인 온라인 교육현장에 대한 주제를 담았다. 김중철 교수의 「코로나19와 공간의 변화, 공간에 대한 글쓰기」는 코로나19사태 이후 일상의 변화는 공간의 성격 변화로 확인된다고 보고, 실제로 학생들이 즐겨 찾는 공간에 대한 이해와 그 표현으로서의 글쓰기 행위가 갖는 의미를 살펴본 것이다. 신희선 교수의 「비대면 환경에서 비판적 사고와 토론교육」은 코로나19사태로 인해 전면 온라인 환경에서 이루어진 비대면 토론 수업에 대해 학생들은 어떻게 인식하고 반응하였는가를 살펴보고, 보다 효과적인 교수학습 방법은 무엇인지를 모색한 글이다.

코로나19 사태가 전 세계 많은 영역에서 영향을 끼치고 있다. 초연결된 사회에 살고 있는 오늘날, 『코로나 시대의 말과 글』에서 저자들의 목소리를 들으며 지금의 문제가 어떤 의미를 갖고 있는지 성찰해 보는 시간이 되길 기대한다. 숙명여대 교양교육연구소가 마련한 첫 번째 총서가 한국사회의 교양의 진정한 의미를 생각해 보고 대학 교양교육의 질적 성장에 도움이 되기를 기대한다. 바쁜 일정을 쪼개 원고를 집필하고 총서작업에 마음을 모아주신 필자들께 감사드린다. 또한 어려운 출판환경 속에서도 흔쾌히 총서 출간을 결정한 역락출판사의 대표님과 뒤에서 수고한 편집담당자께 진심으로 감사를 드린다. 앞으로도 계속해서 총서 작업은 진행될 예정이다. 따뜻한 봄을 알리는 시기에 매년 발간하게 될 숙명여자대학교 교양교육연구소의 총서 시리즈가 교양교육의 성장과 발전에 기여할 수 있기를 바란다.

2021.2.5
숙명여자대학교 교양교육연구소장
황영미

제1부 코로나19 바이러스에 대한 문화적 고찰

제1부

코로나19 바이러스에 대한
문화적 고찰

문학과 영화를 통해 본 바이러스 감염증에 대한 인간의 태도

황영미
숙명여자대학교 기초교양학부 교수, 교양교육연구소 소장

1. 문학과 영화에 나타난 바이러스 감염증과 코로나19 사태

신종 코로나바이러스 코비드19가 우리 삶을 많이 바꾸고 있다. 확산 방지를 위한 '사회적 거리 두기'로 인해 대부분의 행사 및 활동이 취소되거나 온라인으로 바뀌었다. 학교나 회사도 재택 활동이 많아졌으며, 심지어 모든 물건을 인터넷으로 배송 받고 바깥출입을 일절 하지 않는다는 사람까지 있을 정도다. 그런데 우리는 코로나19 바이러스와 팬데믹이 세상에서 본 적도 없고 알지도 못한 것이 갑자기 하늘에서 뚝 떨어졌다고 대부분 생각하고 있다. 실은 정도의 차이는 있었지만, 인류는 그동안 가까이는 메르스나 사스, 멀게는 페스트처럼 동물의 병균이 인간에 옮겨진 바이러스로 인해 고통 받아 왔다. 그리스 신화에 나오는 오이디푸스 신화 속 테바이의 역병이 쥐에서 옮겨온 페스트일 것이라는 견해도 있다. 그러므로 코로나19사태가 회복되어도 언제 또다른 변종 바이러스가 인간의 곁에 서식하고자 할지 모르는 것이다. 바이러스 입장에서 보면 현재 환경에서 그들의 유전자를 어떻게든 번식시키고자 갖은 수단을 다할 것임이 분명하기 때문이다.

코로나19 사태가 1년이 넘었고, 이제부터 중요한 것은 이 사태에 대한 진지한 성찰과 우리의 삶의 태도와 의식의 변화다. 문학과 영화라는 서사는 인간의 삶과 사회상을 바탕으로 하고 있기 때문에 그동안 바이러스의 사회적 감염 현상에 대해 다루어 온 바가 꽤 있다. 영화나 소설에서 다뤄진 감염증이라는 재난은 그 자체도 문제지만, 인간을 억압했던 파시즘처럼 폭력적인 사회나 제도로도 상징되면서 발산적으로도 해석 가능하기도 하다. 서사에서 다뤄진 인간의 한계상황이라는 재난은 눈앞에 드러나는 현실적이며 실제적 재난이기도 하며 정신적 재난일 수도 있는 것이다.

바이러스 감염을 주제로 한 소설로는 알베르 카뮈의 『페스트』[1]가 손꼽힐 만한 작품성과 현재 코로나19사태와 매우 유사한 상황들이 펼쳐지고 있다. 이 작품을 영화화한 <The Plague>(1992)[2]는 아르헨티나의 Luis Puenzo가 소설을 원작으로 만든 영화이다. 영화는 대중적으로 어필하기 위해 루이스 푸엔조가 인물과 사건을 조금 바꾼 점이 있지만, 소설이 문장 등에서 카뮈의 사유가 돋보이는 반면, 영화는 도시에서 일어나는 사건들이 더욱 사실적으로 다가온다.

---

1 카뮈, 알베르, 『페스트』, 유호식 옮김, 문학동네, 2015.

2 Puenzo, Luis <The Plague>, Compagnie Française Cinématographique (CFC)&The Pepper-Prince Ltd. 1992

영화 <컨테이젼>[3]은 시나리오 단계에서부터 의사 및 감염병 연구자들의 자문을 구하여 마치 코로나 팬데믹 사태를 예견한 듯 리얼하게 전개되고 있다. 또한 한국영화 <감기>[4] 역시 한국의 정치상황과 빗대어 바이러스 재난을 실감나게 그리고 있다. 한국영화 <연가시>[5]에서는 기생충 연가시가 물에 의해 사람에게 감염되고 사회적으로 확산되고 백신이 제작 유포되는 과정을 설득력 있게 그리고 있다. <아웃 브레이크>[6]는 아프리카에서 발생된 에볼라 바이러스에 착안을 하여 제작된 영화로 한국 외양선 태극호에서 싣고 온 원숭이가 바이러스를 옮기는 숙주로 등장한다. 바이러스의 종류는 다르지만, 이들 서사에서 다루는 공통적으로 다루는 양상은 바이러스 감염증에 대한 인간과 공권력의 태도에 대한 것이다. 어느 작품에서든 바이러스가 사회적으로 확산되고 있는 상황을 자신에게만 유리하게 끌고 가려는 개인 이기주의 및 집단 이기주의, 무책임하며 심지어 폭력적인 공권력, 가짜 뉴스를 퍼뜨리는 사람들과 이를 믿고 우왕좌왕하는 사람들, 세기말적 태도로 파행적 태도를 보이는 사람들로 인한 사회적 혼란을 다루고 있다. 그러한 혼란 중에서도 자신을 희생하여 사회를 위한 선택을 하는 사람들이 있다. 작가나 감독은 이런 사람들을 영웅시하기도 하고, 이들이 영웅이 아니라 누구나 할 수 있는, 해야 하는 일을 할 뿐이라고 보기도 한다.

이에 이 글에서는 아래의 그레마스의 행위소 모델로 인물들의 행

---

3   소더버그, 스티븐, <컨테이젼>, 워너브라더스, 2011.

4   김성수, <감기>, 아이러브시네마아이필름 코퍼레이션, 2013.

5   박정우, <연가시>, ㈜오존필름, 2012.

6   패터슨, 볼프강, <아웃 브레이크>, 펀치 프로덕션, 1995.

위소를 분석하고자 한다.

[그림 1] 그레마스 행위소 모델[7]

발신자 → 대상 → 수신자

↑

조력자 → 주체 ← 적대자

주체는 대상을 '욕망'하고 발신자는 대상에 대한 정보를 수신자에게 '전달'하며 조력자는 주체를 '돕고' 적대자는 '방해'한다.[8] 위와 같은 행위소들로 서사를 분석해 보면 바이러스 감염증에 대한 인물들의 행위를 의미화할 수 있다. 이 글에서의 각 장은 각 서사에 나타난 바이러스 감염증에 대한 인간의 다양한 태도, 사회상과 공권력의 다양한 태도 등을 공통적으로 분석할 것이다. 그리하여 문학과 영화에 나타난 다양한 양상들을 통해 우리가 팬데믹이라는 재난 상황에서 어떻게 바람직하게 정신적·육체적 건강을 지켜나가야 하며, 사회는 어떤 방향으로 나아가야 하는지를 탐색해 보고자 한다.

---

7 Greimas, A.J., *Sémantique structurale*, Larousse, 1966, p.180.
(최용호, 「행위소 구조에 대한 세 가지 모델- 그레마스, 꼬께, 퐁타뉴를 중심으로지피지기」, 『기호학 연구』52권, 한국기호학회, 2017.에서 재인용)

8 위의 논문, 176쪽.

2. 소설과 영화 『페스트』에 나타난 인간과 공권력의 태도

1) 소설 『페스트』에서의 인물의 태도

『페스트』는 노벨문학상을 받은 카뮈의 작품이다. 줄거리를 간단히 말하면 페스트라는 재난이 창궐하게 되면서 한 도시가 격리되었고, 도시 안에 감금되다시피 한 사람들의 육체적·정신적 병적 징후와 죽음, 긍정적 연대의 여러 모습과 공권력의 책임지지 않으려는 태도가 드러난다. 그러다 1년 후 서서히 페스트가 사라지자 사람들은 환호하지만, 서술자는 페스트균은 결코 죽거나 소멸되지 않는다는 아이러니한 생각을 하면서 끝이 난다.

서술자이자 주인공인 의사 리외는 성실하고 선한 인물이다. 그는 194×년 프랑스의 식민지 알제리의 해변 도시 오랑에서 일어난 페스트에 대해 연대기적 기술을 한다. 오랑은 자본주의적 삶의 태도가 팽배한 도시이다. 리외가 진료실을 나서던 어느 날 아침 계단참에서 죽은 쥐를 밟게 된다. 수위에게 말했지만 그는 대수롭지 않게 생각한다. 그러나 그 다음 날에 죽은 쥐가 더 많이 발견되자 이를 기이하게 여기고 리외는 환자 중에서 가장 가난한 사람들이 살고 있는 변두리 지역부터 가봐야겠다고 생각한다. 그가 길을 따라 변두리 지역에 가자 쥐들의 시체가 쓰레기통에 널려 있고, 죽은 쥐들은 점차 도시를 뒤덮을 만큼 많아진다. 죽은 쥐의 시체가 조금씩 사라질 무렵, 고양이도 사라졌고, 갑자기 수위가 열이 펄펄 끓고, 목 림프절과 사지가 부어오르며 죽음에 이른다. 이후 많은 사람들이 감염되어 같은 증상으로 죽게 된다. 리외와 동료 의사들은 페스트라고 생각했지만, 감히 확정하기에는 조심스러워한다. 리외도 조심스러운 성격인 탓으로 페스트로 규정하는 것이 중요한 것이 아니라 자신의 일을 충실히 하는 것이라고 여기며 자신의 일에 묵묵히 최선을 다한다.

이 소설에서는 긍정적인 인물과 부정적인 인물이 비교적 명확하다. 긍정적인 인물은 속된 세상의 이치 너머의 진정한 삶의 의미를 탐구하고자 관광객으로 오랑에 왔다가 도시가 격리되고, 페스트가 도시에 창궐했을 때 사람들과 연대하여 보건대를 조직하여 봉사하다 자신이 페스트에 걸려 죽는 관광객 타루이다. 또한 시청 비정규직 직원이면서 글을 쓰는 사람인 그랑 역시 보건대에 참여하는 긍정적인 인물이다. 그런데 취재를 왔다가 도시가 소통이 막히자 개인적인 목적으로 오랑을 떠나고자 했던 기자 랑베르나 페스트가 창궐하는 것이 하느님의 심판이라고 설교하던 파늘루 신부처럼 초반에는 부정적인 인물이었지만, 리외의 성실한 태도에 감명을 받거나 사건을 통해 참회하며, 보건대에서 함께 봉사하는 긍정적인 인물로 변화하는 인물도 있다. 그렇지만 범죄를 저지르고 공권력의 추적을 받게 되자 자살을 시도했던 코타르는 페스트가 기승을 부릴수록 쾌활해지고 페스트가 물러나자 시민들에게 총기를 난사하고 체포되는 부정적인 인물이다.

[그림 2] 『페스트』에서의 그레마스 행위소 모델

발신자	→	대상	→	수신자
(타루)		(랑베르, 파늘루 신부)		(시민)

↑

조력자	→	주체	←	적대자
(그랑)		(리외)		(코타르)

위의 [그림 2] 처럼 해석이 가능하다면, 리외의 성실하면서도 선한 행동이 부정적인 인물이었던 랑베르와 파눌루 신부가 감동시켜 타루가 조직하여 선한 영향력을 끼치는 보건대에 함께 연대하여 참여하게 되어 시민들에게 봉사하게 되는 이야기로 정리될 수 있다.

2) 소설 『페스트』에서의 사회상 및 공권력의 태도

소설 『페스트』에서는 아래처럼 감염병 창궐이라는 재난 상황에서의 다양한 양상이 드러난다.

> 용지난이 점점 심각해져서 몇몇 간행물들은 지면을 줄일 수밖에 없었다. 그런데도 <역병통신>이라는 신문이 창간되었다. 그 신문은 '병의 진행 상황을 객관적이고 양심적으로 시민들에게 보도하고, 향후 상황을 전망하는 데 가장 권위 있는 의견을 제공하며, 유명인이든 아니든 재앙에 대항하여 싸우고자 하는 모든 사람들을 기사를 통해 격려하고 주민의 사기를 복돋우며 당국의 지시사항을 전달하는, 한마디로 말해 우리에게 닥친 불행과 효과적으로 싸워나가기 위해 선의를 가진 모든 사람들을 결집시키는 것'을 사명으로 내세웠다. 그러나 얼마 못가 페스트 예방 효과가 확실하다는 신제품들을 광고하는 데 그치고 말았다. (밑줄 : 인용자)

위의 인용문에서처럼 소설에서도 부정적인 사회상도 상당히 드러나 마치 현재 코로나19사태에서도 역시 좋다고 하면 그 물건이 동이 나는 현실과 유사한 현상이 그려지고 있다.

3) 영화 <페스트>와 소설 『페스트』의 차이점

영화 <페스트>는 한국에는 수입된 적이 없으며, 전염병이 발발한 1990년대 남미의 도시로 배경을 바꾸었고 아르헨티나에서 찍었다. 소설 속 기자 랑베르(상드린 보네르)도 전염병을 취재하러 프랑스에서 온 여기자로 바꾸고, 아내와 떨어져 사는 리외(윌리엄 허트)를 유혹하는 인물로 나온다. 아래는 IMDB에 있는 영화의 줄거리이다.

> 1990년대에 남미의 도시는 임박한 전염병의 발발로 흔들렸다. 많은 사람들이 도시를 탈출하려고 시도하는 동안 리외 박사는 병든 아내를 내보내고 전염병의 희생자를 돌보기 위해 최선을 다한다. 전염병은 사람마다 다른 것을 의미한다. 의사에게는 치료해야 할 질병이다. 두 사람의 프랑스 언론인들에게는 뉴스 속보에 불과하다. 종교 지도자인 신부에게는 죄에 대한 형벌이다. 고립감과 절망감이 커지면서 의사 리외와 그의 동료들은 이전에 받아 들여 졌던 정의, 외로움, 사랑에 대해 의문을 갖기 시작한다.[9]

영화 <페스트>의 IMDB 사이트의 평점은 5.8로 보통 수준으로 평가되어 있지만, IMDB 내에 게시된 리뷰를 보면 작가가 무덤에서 돌아올 정도로 원작의 작품성을 심하게 훼손했다는 평가도 있다. 특히 랑베르를 여기자로 설정하여 의사 리외를 유혹하거나 선정적인 장면을 도맡아 연출하게 한 점은 악평의 주요 요인이 된다.[10]

---

9   Chapman, Murray, <muzzle@cs.uq.oz.au>
    〈http://https://www.imdb.com/title/tt0105127/plotsummary?ref_=tt_ov_pl〉

10   https://www.imdb.com/title/tt0105127/?ref_=nv_sr_srsg_7

원작 『페스트』는 카뮈의 자유의지 사상이 직간접적으로 드러나기도 하고 페스트라는 전염병을 하나의 상징으로 확산가능하게 만들어 인간의 삶과 죽음에 대한 실존조건으로 보게 하는 뛰어난 작품성을 지니고 있는데, 영화에서 대중성을 강조하려다 이를 드러나게 하지 못했다고 볼 수 있다.

3. 영화에 나타난 바이러스 감염증에 대한 인물과 공권력의 태도

1) 영화 <컨테이젼>에 나타난 인물과 사회상 및 공권력의 태도

(1) 영화 <컨테이젼>에서의 인물의 태도

영화 <컨테이젼>(감독 스티븐 소더버그)은 감염병의 확산 과정과 사회적 파장을 마치 지금의 현실을 눈으로 보듯 리얼하게 표현하고 있다. 영화의 캐치프레이즈도 "아무것도 만지지 마라! 누구도 만나지 마라!"라며 공포감을 자극한다. 스티븐 소더버그 감독은 이 영화에서 자기 안전을 최우선시하며 살아가는 인간들이 바이러스 확산의 공포에 어떻게 다양하게 반응하는가를 속도감 있는 편집으로 보여준다.

영화는 출장을 마치고, 공항에서 갈아탈 비행기를 기다리는 베스(귀네스 팰트로)가 기침 증세를 보이면서 시작한다. 집에 돌아와 아들을 안아본 그녀는 잠시 후 입에 거품을 문 채 바로 쓰러진다. 아내와의 접촉으로 아들마저 같은 증상을 보이며 사망한다. 아내와 아들의 사망에다, 바이러스 확산 경로 추적으로 아내의 불륜까지 알게 된 토머스(맷 데이먼)의 고통은 더해진다.

영화는 바이러스가 일상생활의 접촉으로 전 세계에 기하급수적으로 확산되는 과정을 보여준다. 미국 질병통제센터의 치버 박사(로런스 피시번)는 전문가인 미어스 박사(케이트 윈즐릿)를 감염현장으로 급파하고, 앨리(제니퍼 엘)에게 생물안전 4등급 실험실에서만 연구하도록 지시한다. 앨리는 서스만 박사(엘리엇 굴드) 연구실에 전화하여 가지고 있는 샘플을 파기하라고 전달한다. 하지만 서스만 박사는 이를 몰래 빼내와 배양한다.

세계보건기구의 오란테스 박사(마리옹 코티아르)는 최초 발병경로를 조사한다. 이런 혼란 가운데 개나리액이 특효약이라며 가짜뉴스를 퍼뜨리는 프리랜서 저널리스트 앨런(주드 로)까지 등장한다. 바이러스 감염으로 도시가 폐쇄되자 생필품 부족으로 도둑들과 살인자들이 늘어나 무법천지가 된다. 한편으로 동물실험으로는 백신 개발이 늦어지므로 자신이 마루타가 돼 스스로 백신 주사를 놓아 백신 개발을 하는 연구원 앨리 같은 헌신적인 사람도 나타난다. 영화는 엔딩에 가서야 돼지 축사 천장에 박쥐들이 날아와 최초의 바이러스가 인간에게 전파되는 과정을 보여준다.

제레드 다이아몬드는 『총, 균, 쇠』[11]에서 기침은 새 숙주들을 퍼뜨리고자 하는 바이러스의 영리한 진화론적 전략이라고 하였다. 지금도 질병들의 진화는 진행되고 있으며 우리 몸을 매개로 공략하고 있다. <컨테이젼>에서 보여준 치안 부재의 극단적 상황은 바이러스에 인간이 휘말린 결과인 것이다. 우리도 바이러스에 대한 지나친 공포심 대

---

11 다이아몬드, 제레드, 『총, 균, 쇠』, 김진준 옮김, 문학사상사, 2005.

신 그 특성에 대해 제대로 인지하고 적절하게 대처할 필요가 있다.[12]

이 영화에서의 인물을 그레마스 행위소 모델로 보면 다음과 같다.

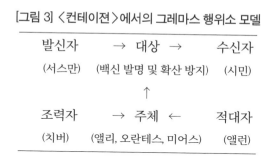

[그림 3] 〈컨테이젼〉에서의 그레마스 행위소 모델

발신자	→ 대상 →	수신자
(서스만)	(백신 발명 및 확산 방지)	(시민)
	↑	
조력자	→ 주체 ←	적대자
(치버)	(앨리, 오란테스, 미어스)	(앨런)

위의 그림에서처럼 바이러스 감염증의 역학조사를 통해 감염증 확산을 막으려는 사람들과 백신을 발명하고자 하는 사람들을 주체로 보면 질병통제센터장 치버는 그들을 도우는 조력자이지만, 병균 확산의 위험을 우려하여 국가기관인 4등급 연구소에서만 백신 개발을 명령하여, 개인 연구소인 3등급연구소에서는 백신 개발 연구를 하지 못하게 하는 방해자이기도 하다. 앨리는 서스만 박사가 몰래 배양한 연구를 바탕으로 백신을 발명하고 이를 몸소 실험하여 백신을 완성하여 배포하여 시민들에게 나눌 수 있게 한다. 앨런은 개나리액이 특효약이라며 사람들을 혼란에 빠지게 하며 치버박사와의 언론인터뷰를 치버 박사를 곤란에 빠뜨리기도 하는 방해자며 적대자이다. 〈컨테이젼〉은 바이러스 감염증 발병 과정과 백신 개발 및 배포까지 다큐멘터리 같은 리얼리티를 가진 현재 코로나19사태를 가장 잘 드러내는 영화이다.

---

12 황영미, '황영미의 영화산책'「지피지기」,『세계일보』, 2020.02.07.
(http://www.segye.com/newsView/20200207510925)

(2) 영화 <컨테이젼>에서의 사회상과 공권력의 태도

<컨테이젼>에서 사람들은 앨런이 유튜브를 통해 퍼뜨리는 가짜 뉴스에 현혹되어 너도 나도 개나리액을 사려고 약국에서 줄을 서로 새치기를 하려다 타투고 난장판이 되기도 한다. 또한 마트에서 물건을 사재기를 하거나 강도가 날뛰며 치안부재 상태가 되기도 한다. 해지펀드 회사에서도 앨런을 만나 이때를 틈타 이득을 노리려고 백신을 만드는 회사에 대한 정보를 구하려고 한다.

한편 또한 치버 박사가 병원균의 위험성을 고려하여 국가기관인 4등급 연구소에서만 백신 개발을 명령한 것도 백신 개발을 방해하는 것도 공권력의 태도이기도 하며, 치버 박사의 상관이 감염증에 걸린 시카고의 한 국회의원을 공항에서 태우고는 시카고 공항과 도시를 패쇄시킨다고 명령하는 것도 VIP들만 보호하려는 공권력의 모습을 보여준다.

영화에 나타나는 사회상과 공권력의 태도는 소설 『페스트』와 다르지 않게 집단이기주의와 개인이기주의적인 모습을 보인다.

2) 영화 <감기>에 나타난 인물과 공권력의 태도

(1) 영화 <감기>에서의 인물의 태도

영화 <감기>(감독 김성수)는 수도권 도시 분당에서 36시간 내 사망에 이르는 치사율 100%인 호흡기 감염 바이러스가 초당 3.4명의 감염속도로 확산되는 재난과 그 해결과정을 충격적으로 그리고 있다.

컨테이너 속에 숨어 밀입국한 노동자들 중 치명적인 바이러스에 감염된 사람으로 인해 그 안의 사람들이 사망하는 것으로 사건은 시작된다. 운반책이 컨테이너 입구를 열자 그 안에서 살아남은 한 사람이 도망치는 과정에서 많은 사람들을 빛의 속도로 감염시키게 된다. 영화는 바이러스 확진자가 기침할 때마다 화면을 붉은 색조로 바꾸고 바이러스를 화면으로 노출시켜 바이러스 확산의 공포를 가중시킨다.

　지하철 공사장 함몰 사고 현장에서 감염내과 전문의 인해(수애)를 구하게 되면서 그녀와 알게 된 구조대원 지구(장혁)는 그녀의 딸 미르(박민하)까지 돌보게 된다. 길고양이 밥을 주러가던 미르는 아파트 숲 속에 숨어 있던 밀입국자 몽싸이에게 빵을 주게 되면서 바이러스에 감염되게 된다. 일파만파 동일한 감염 환자들이 속출하고 감염 공포가 한국을 뒤덮게 되자, 정부는 2차 확산 방지를 위해 국가 재난사태를 발령하고 도시 폐쇄를 결정한다. 분당의 모든 사람들을 탄천변 거대한 캠프에 몰아놓고 검사를 진행한 후, 결과에 따라 분류하여 가둔다. 확진자로 결정된 사람들이 아직 치료를 해야 함에도 불구하고 사망자와 함께 비닐로 꽁꽁 묶여, 마치 2차 대전 중 유대인 홀로코스트 영화처럼 쓰레기 모으는 큰 구덩이 속에 던져져 살처분되는 장면은 지옥도를 보는 듯 충격적이다. 온갖 위험을 감수하며 딸 미르를 구하려는 인해의 뜨거운 모성애도 서사 구조 내에서는 충분히 양해가 된다. 혼란의 와중에도 인간애를 발휘하는 구조대원 지구의 영웅담은 극한의 공포 속에서도 안도감을 준다.[13]

　이 영화에서 구조대원 지구는 바이러스 감염자로 분류되는 인해의 딸을 구하고자 애쓰는 사람이다. 감염내과 전문의 역시 그녀의 딸 미르를 위해 목숨까지 바치는 모성애를 지니고 있다.

13　황영미, '황영미의 영화산책' 「난국에 필요한 지혜」, 『세계일보』, 2020.3.6.
　　(http://www.segye.com/newsView/20200306513095)

이 영화에서의 인물을 그레마스 행위소 모델로 보면 다음과 같다.

[그림 4] 〈감기〉에서의 그레마스 행위소 모델

발신자 → 대상 → 수신자
(몽싸이)   (미르)   (미르)

↑

조력자 → 주체 ← 적대자
(지구)   (인해)   (공권력)

이 그림에서 볼 때 영화 〈감기〉는 인해가 딸이 걸린 감염증을 몽싸이에게서 혈청을 받아 딸이 항체가 생겨 극복하게 하는 과정이다. 공권력은 지속해서 그것을 방해하는 사람이며 지구는 조력자가 된다.

(2) 영화 〈감기〉에서의 공권력의 태도

수도권의 분당에서 치명적인 바이러스 감염증이 확산되었는데, 정부나 지자체에서는 행정편의주의로 일관한다. 분당의 국회의원 역시 자신의 표밭에 대한 우려를 할 뿐 시민들 자체의 안전은 문제 삼지 않는다. 질병관리 본부장이 분당 사람들을 한 군데 모아놓는 것은 오히려 바이러스가 모두에게 확산되는 위험성이 있다며 반대하지만 그렇게 하지 않으면 관리가 되지 않는다며 공권력은 그의 말을 듣지 않고 분당 시민들을 탄천 캠프 한 곳에 모은다. 감염증 여부를 확인하는 절차 또한 죄인을 다루듯 인권을 유린한다.

확진자로 분류된 사람들이 살아 있는데도 살처분된다는 소문이 돌자, 수많은 분당 사람들은 탄천 캠프 밖으로 뛰쳐나와 분당에 쳐진

바리케이트를 넘어 분당을 탈출하고자 한다. 국무총리는 바이러스 감염증의 전국적 확산을 막기 위해 분당 시민이 분당 밖으로 나오지 못하게 하는 데 폭력을 서슴지 않을 뿐 아니라 발포까지도 명령한다. 심지어 한국에서 군통수권을 쥐고 있는 미군 장교는 전투기까지 출동시키고 있다. 그러나 대통령(차인표)은 유일하게 국민에게 총을 쏘는 것은 안된다며 반대한다. 미 전투기가 출동될 경우, 지대공미사일을 쏘라고 수도경비사령부에 명령한다. 미 전투기는 후퇴했지만, 여전히 군인들에게는 분당에 그어진 황색선을 넘어갈 경우 발포하라는 명령이 내려지고 있다.

엄마 인해를 발견한 미르가 엄마가 있는 쪽으로 넘어오게 되자, 미르에게 오지 말라며 다가가는 인해에게 군인들은 총을 쏘고 몽싸이가 사망하여 유일한 항체 소유자인 미르에게 총을 쏘게 될까봐 대통령은 CCTV를 노심초사하며 보고 있다. 결국 인해는 총을 맞고 쓰러지지만 미르는 살아 있다. 이 장면은 대통령의 명령이 현장에는 즉각적으로 전달되지 않는 공권력의 체계를 보여주며 이를 비판하고 있다.

3) 영화 <연가시>에 나타난 인물과 공권력의 태도

(1) 영화 <연가시>에서의 인물의 태도

사람들이 두려운 것은 환경오염으로 변종 기생충이나 바이러스들이 속속 등장하고 있어, 코로나19 이후에도 각종 변종 바이러스 감염증이 확산될지도 모른다는 불안 때문이다.

영화 <연가시>(감독 박정우)는 변종 연가시가 나타난다면 사람에게도 감염될 수 있지 않을까 하는 우려에서 시작한 공포를 그리고 있다.

'연가시'는 곱둥이, 메뚜기, 사마귀 등과 같은 곤충에 기생한 뒤 어느 정도 자란 번식기에는 숙주를 자신들이 태어난 물가로 데려가 자살을 유도하는 방식으로 번식하는 기생충이다. 영화는 독특한 생존방식을 지닌 기생충이 변이를 일으켜 사람에게 감염될 수 있다는 가정하에 출발한다.

형사인 동생 재필(김동완)의 꾐에 빠져 주식으로 전 재산을 날리고 제약회사 영업사원으로 일하는 재혁(김명민)은 아내 경순(문정희)과 아이들이 갑자기 늘어난 식욕을 주체하지 못하는 상황에 의아해한다. 때마침 뉴스에는 전국 하천에 일제히 변사체들이 떠오르기 시작하고 그 원인이 인간에게까지 기생하는 '변종 연가시' 때문임이 보도된다. 치사율 100%의 기생충의 출현에 온 나라가 혼란에 빠지고 정부는 감염자 전원을 격리 수용하는 등 과감한 대처에 돌입한다. 가족의 감염 사실을 알게 된 재혁은 치료제를 구하고자 애를 쓰는 와중에 연가시의 출현 비밀이 밝혀진다.

영화가 개봉됐던 2012년만 해도 기생충이나 바이러스 변종에 의한 감염 우려가 지금처럼 심하지 않았지만, 지금은 영화를 보는 내내 코로나19 사태와 겹쳐 보인다. 영화처럼 20여 개 제약사들의 헌신적인 협력에 대량생산된 특효약이 전국 각 수용소로 신속히 공급되고 있다는 뉴스를 받아보면 좋겠다는 생각도 들지만, '나라말싸미'가 새겨진 티셔츠를 입은 시신이 물에 빠져 떠오르는 엔딩 장면은 다른 나라에서도 변종 연가시 사태가 일어나고 있음을 상징한다.[14]

이 영화에서의 인물을 그레마스 행위소 모델로 보면 다음과 같다.

---

14 황영미, '황영미의 영화산책'「커지는 '변종 바이러스' 공포」,『세계일보』, 2020.11.27.(http://www.segye.com/newsView/20201127514973)

[그림 5] 〈연가시〉에서의 그레마스 행위소 모델

발신자 → 대상 → 수신자
(착한 제약회사들) (재혁의 가족) (재혁의 가족)

↑

조력자 → 주체 ← 적대자
(재필) (재혁) (나쁜 조아제약)

위의 [그림 5]에서 보면 재혁은 가족이 걸린 변종 연가시 감염증을 치료할 수 있는 기생충을 박멸하는 '윈다졸'이라는 약을 구하고자 애쓴다. 그러나 이전에는 흔히 구할 수 있던 이 약이 형체도 없이 사라진다. 100만원을 주고 겨우 구했으나, 주변에 있던 불쌍한 사람에게 한 알을 주는 장면을 본 사람들은 재필에게 폭력적으로 몰려와 서로 빼앗으려고 난동을 부리는 사이 약은 사람들의 발에 밟혀 가루가 돼버린다. 재혁이 어떻게든 자신의 가족을 살릴 수 있는 약을 구하려고 군분투하여 결국 약이 대량생산됨으로써 재혁의 가족이 회복되는 과정을 그리고 있다.

영화에서는 나쁜 조아제약의 연구원들이 회사가 망하는 것을 막으려고 변종 연가시를 배양하여 이를 먹은 개를 강물에 풀어 강물에서 물놀이한 사람들에게 변종연가시 감염증이 걸리게 한다. 이후 치료약인 '윈다졸'을 모두 수합하여 한 곳에 모아 사람들이 구입하게 못하게 한 후, 회사를 정부에게 비싼 값으로 회사를 인수하게 만들려는 음모에서 이 모든 재난이 비롯된 것임이 밝혀진다. 이후 재혁이 윈다졸을 구하고자 하는 과정에서 윈다졸을 보관한 창고가 불타버리고, '윈다졸'의 원료를 구해 제약회사들이 힘을 모아 윈다졸을 다시 재생산하여 전국에 배포하게 됨으로써 해결이 된다.

전형적인 재난영화에서의 가장과 가족과의 관계가 그려지기는 하지만, 주인공 김영민의 연기로 인해 실감이 더해지며, 서사진행에 대한 관객의 호응도 좋아 흥행한 영화다. 재난에 대해 나만 살아나면 된다는 개인이기주의의 태도가 이 영화에서도 드러나며 혼란에 빠진 사람들의 모습이 잘 그려져 있다.

(2) 영화 <연가시>에서의 공권력의 태도

보건복지부에서 일하는 재필의 여자친구 연주(이하늬)는 연가시에 대해 언급하지만 보건복지부 장관은 이에 대해 신뢰하지 않으며 반박하는 태도를 보인다. 그러나 다른 재난 영화에 비해 공권력은 정보에 어두울 뿐, 악역이나 방해자가 되지 않는 특성을 보인다. 영화의 후반부에서 모든 제약회사들이 힘을 합쳐 새로운 약을 만들어 내는 과정은 상당히 감동적으로 드러난다.

4) 영화 <아웃 브레이크>에 나타난 인물과 공권력의 태도

(1) 영화 <아웃 브레이크>에서의 인물의 태도

바이러스는 환경이 변화함에 따라 끊임없이 진화하여 변종이 생기기 때문에 이에 대한 인류의 싸움은 끝나기 어렵다. 바이러스를 퇴치할 백신 발명이 쉽지 않을 뿐 아니라 감염속도가 빠르기 때문에 확산의 위험성이 크고, 확산하면서 조금이라도 변종이 생긴다면 개발한 백신으로 치료되기 어렵기에 위협적일 수밖에 없다.

30년 전 아프리카 자이르 모타바 계곡에서 출현했던 치명적 바이러스가 30년 후 급작스럽게 미국으로 확산하는 상황을 그린 영화 <아웃 브레이크>(감독 볼프강 페터젠)는 1958년 노벨 생리의학상을 수상한 전 미국 록펠러대 총장 조슈아 레더버그 박사의 다음과 같은 말로 시작된다. "지구 상에서 인간이 지배계급으로 영위하는 데 가장 큰 위협은 바이러스다." 아웃 브레이크는 '돌연한 질병이 발생하여 통제할 수 없는 상태로 급증하는 사태'를 말한다. 영화 속 가상의 바이러스인 모타바 변종 바이러스는 혈구(적혈구, 백혈구)가 파괴되어 내장이 녹아내려 결국 눈, 코, 입, 귀 등으로 피를 쏟고 죽게 하는 치명적인 것이다.

주인공 샘 다니엘즈 육군 대령(더스틴 호프만)은 국방부 소속 군의관으로 질병통제예방센터(CDC)에 파견되어 있다. 친구이자 직속 지휘관인 빌리 포드 준장(모건 프리먼)으로부터 정체 불명의 치명적 전염병이 돌고 있는 아프리카 자이르 우림 지대의 오지에 들어가, 이를 조사하라는 명령을 받게 된다. 샘은 치사율 100%의 모타바 변종 바이러스가 미국 전역에도 퍼질 수 있는 위험성을 정부 각료에게 경고한다. 하지만 세균전에 대비한 비밀무기로 사용하려는 육군 고위급 장교들은 군 보안유지를 위해 샘에게 이전발령을 냈다. 그 사이 밀매된 숙주 원숭이를 통해 이 원숭이와 접촉한 사람에게 발병이 되고, 공기 전염을 통해 빠른 속도로 미국의 한 마을 시더크릭 전역에 확산하기에 이른다. 샘은 상부 명령에 불복종하고 전염병의 근원을 찾기 위해 고군분투하여 바이러스의 숙주인 원숭이를 찾아내어 백신을 만든다.[15]

이 영화에서의 인물을 그레마스 행위소 모델로 보면 다음과 같다.

15　황영미, '황영미의 영화산책' 「천천히 서두르기」, 『세계일보』, 2020.3.20.
　　(http://www.segye.com/newsView/20200320512605)

[그림 6] 〈아웃 브레이크〉에서의 그레마스 행위소 모델

발신자 → 대상 → 수신자

(숙주 원숭이) (백신) (마을 사람들)

↑

조력자 → 주체 ← 적대자

(빌리 포드 준장,보좌관 설트) (샘) (맥클린토크 소장)

위의 [그림 6]에서 보면 샘은 빌리 포드 준장의 명령으로 바이러스가 출몰하는 자이르에 가서 바이러스의 위험성을 조사하고 미국에도 퍼질 수 있음을 경고하지만 적대자인 맥 소장은 생화학 무기의 비밀이 밝혀질 것을 우려하여 그를 더 이상 조사하지 못하게 방해하고, 바이러스가 번진 시더 크릭 마을을 폭파하고자 한다. 빌리 포드 준장은 늘 샘의 조력자로 샘을 돕는다. 한편 일이 중심이며 가정은 후 순위로 밀려나 있는 샘과 이혼하고자 하는 아내 닥터 로비도 바이러스의 위험성을 깨닫고 백신을 개발하고자 하다 오히려 감염이 된다. 맥클린토크 소장은 숙주 원숭이를 갖고 돌아가는 샘의 헬기를 격추하려 하지만, 보좌관 설트의 기지로 위기를 모면하고 마침내 시더 크릭으로 돌아와 숙주에서 치료제를 만들어 로비를 구해낸다. 샘의 보좌관 설트는 기지를 발휘해 샘을 위험에서 구한다는 점에서 설트도 조력자이다. 숙주 원숭이는 바이러스를 사람들에게 퍼뜨린 원흉이기는 하지만, 백신을 개발하게 하는 도구가 되기도 한다.

(2) 영화 <아웃 브레이크>에서의 공권력의 태도

샘은 군부가 30년전 모타바 바이러스를 추출, 생물학적 무기로 개

발해 치료제를 보유하고 있음에도 불구하고 생물학 무기의 보안을 위해 사용하지 않고 숨겨온 것을 알고 분노한다. 그러나 군 보안유지를 위해 샘에게 이전발령을 낸 육군 고위급 장교들의 태도는 영화에서 집단 이기주의의 표본을 보여준다. 그들에게는 세균전에 대비한 비밀무기로 사용하려는 목적이 먼저이고, 사람들에 대한 치료는 우선순위에서 밀려나 있다. 더구나 변형 모타바 바이러스가 출현하여 자신들의 무기가 무력화되는 것을 염려한 상관 맥클린토크(도날드 서덜랜드) 소장은 대통령의 동의를 얻어 비핵무기 중 가장 화력이 센 무기로 바이러스가 퍼진 2600명의 시더 크릭 마을을 사람들과 함께 바이러스를 증발시키려 한다. 마을 사람들보다 생화학무기 개발을 더 중시하는 태도이다. 대통령 또한 맥의 말만을 믿는다. 영화에서는 공권력의 태도를 통해 인간이 먼저이지 업적이 먼저인 것은 아니라는 것을 보여준다.

4. 문학과 영화에 나타난 바이러스 감염증에 대한 바람직한 태도

이 글에서는 코로나19 사태와 관련된 소설과 영화를 살펴보았다. 소설이나 영화 텍스트마다 바이러스의 종류는 다르지만, 대부분의 대중들의 모습은 바이러스 감염 사태가 발생하면 개인이기주의가 극단화되고 집단적 패닉상태에 빠져 이성을 잃는 모습을 보인다. 영화 속 주인공들은 바이러스 재난 속에서도 가족을 구하기 위해, 또한 인류와 사람들을 구하기 위해 최선을 다하는 모습을 보이지만, 공권력은 대부분 정보에 어둡거나 주인공의 노력을 방해하는 집단으로 표현된다. 그러나 조력자의 도움으로 주인공들은 임무를 완성하고 해피엔딩으로 마무리 되는 식의 마무리가 되고 있다.

 그러나 현실의 코로나19사태는 소설이나 영화처럼 쉽게 낙관할 상태는 아니라고 한다. 우리가 가장 두려운 것은 인공지능이 발달한 제4차 산업혁명 시대에도 급속히 변종으로 변신하는 바이러스에 대처하는 백신 개발이 신속히 이뤄지기 어렵다는 점이다. 그러나 계획한 바를 과감히 실행하면 귀신도 겁이 나서 피한다는 『사기』(史記)에 나오는 '단이감행 귀신피지'(斷而敢行 鬼神避之)라는 고사성어처럼 어려워도 과감히 시행하면서 바이러스 난국에 대처할 필요가 있을 것이다. 이제 백신이 개발됐고, 해외에서는 이미 접종이 시작됐고, 국내에서도 이제 백신접종이 시작될 계획이다. 감염병 확산과의 전쟁은 백신이 안정적으로 보급된 다음에나 끝날 듯하다. 변종 바이러스가 출몰하기 때문에 백신접종 후에도 개인위생 철저하게, 감염수칙 지키고 운동하여 면역력 기르면서 살아야 한다. 국가는 바이러스에 대한 과학적 연구기반과 기술력, 문제에 대한 빠른 대처 등이 필요할 것이다. 로마의 황제 아우구스투스의 좌우명인 "천천히 서둘러라"처럼 어려운 시기를 이겨내기 위해서는 안전과 스피드 모두 필요할 것이다. 산다는 것은 연습이고 훈련의 연속이다. 너무 공포심에 사로잡히지 말고 현재 코로나19 사태에 대한 대응 방식을 교훈 삼아 앞으로의 난관에 대처할 힘을 기르는 때라고 생각할 필요가 있다.

1차 자료

김성수, 〈감기〉, 아이러브시네마·아이필름 코퍼레이션, 2013.

박정우, 〈연가시〉, ㈜오존필름, 2012.

Puenzo, Luis 〈The Plague〉, Compagnie Française Cinématographique (CFC)&The Pepper-Prince Ltd. 1992.

페터슨, 볼프강, 〈아웃 브레이크〉, 펀치 프로덕션, 1995.

소더버그, 스티븐, 〈컨테이젼〉, 워너브라더스, 2011.

카뮈, 알베르,『페스트』, 유호식 옮김, 문학동네, 2015.

다이아몬드, 제레드,『총, 균, 쇠』, 김진준 옮김, 문학사상사, 2005.

2차 자료

최용호,「행위소 구조에 대한 세 가지 모델 - 그레마스, 꼬께, 퐁타뉴를 중심으로지퍼지기」,『기호학 연구』52권, 한국기호학회, 2017.

황영미, '황영미의 영화산책'「지퍼지기」,『세계일보』, 2020.2.7.
(http://www.segye.com/newsView/20200207510925)

황영미, '황영미의 영화산책'「난국에 필요한 지혜」,『세계일보』, 2020.3.6.
(http://www.segye.com/newsView/20200306513095)

황영미, '황영미의 영화산책'「커지는 '변종 바이러스' 공포」,『세계일보』, 2020.11.27.
(http://www.segye.com/newsView/20201127514973)

황영미, '황영미의 영화산책'「천천히 서두르기」,『세계일보』, 2020.3.20.
(http://www.segye.com/newsView/20200320512605)

Chapman , Murray, 〈muzzle@cs.uq.oz.au〉(http://https://www.imdb.com/title/tt0105127/plotsummary?ref=ttov_pl)

Greimas. A. J., *Sémantique structurale*, Larousse, 1966.

https://www.imdb.com/title/tt0105127/?ref_=nv_sr_srsg_7

대규모 역병의 서사
- 그리스 로마 문학의 사례-

김 헌
서울대학교 인문학연구원 HK교수

1. 팬데믹 시대, 그리스 로마 신화에서 답을 얻다

작년 초에 시작된 코로나19 사태는 전 세계를 순식간에 휩쓸었다. 2021년 1월 13일 수요일 현재 전 세계 220개국에서 감염자가 나타났다. 전체 확진환자의 수는 91,594,372명이며, 이 가운데 사망자는 1,962,217명에 달한다.[1] 감염이 특정 지역에 국한되지 않고 전 세계적인 현상으로 순식간에 번지게 된 것은 코로나바이러스의 감염 속

---

[1] 2021년 1월 13일 수요일 21:48 검색.
https://search.naver.com/search.naver?sm=tab_sug.top&where=nexearch&query=%EC%BD%94%EB%A1%9C%EB%82%98+%ED%99%95%EC%A7%84%EC%9E%90&oquery=hold+back+firmly&tqi=U%2FJCPsp0Jywssm2wOUCssssssZs-077840&acq=%EC%BD%94%EB%A1%9C%EB%82%98&acr=1&qdt=0# 출처 중앙재난안전대책본부, 중앙사고수습본부, 중앙방역대책본부, Johns Hopkins CSSE.

도가 빠르다는 이유도 있겠지만, 인간이 자초한 측면도 강하다. 인간들이 지난 수백 년 동안 전력한 산업화 개발의 시도가 지구 온난화의 결과를 낳았고, 이에 따라 인간의 주생활 공간의 기후와 생태 조건이 변하면서 바이러스의 변종이 발생했고, 그 활동 공간이 인간의 생활 공간과 겹치는 결과를 낳았다고 한다. 또한 과학과 기술의 발달을 바탕으로 이룬 교통과 통신의 발달은 전 세계 인구의 활발한 이동을 가능하게 하였고, 이와 같은 세계화는 특정 지역의 바이러스를 빠른 속도로 전 세계로 확산시키는 촉매제가 된 것이다. 따라서 이번 사태는 자연재해이기도 하지만, 인간에 의해 촉발된 인재라고 할 수 있다.

현재 세계 최대 피해국은 수치상으로 볼 때, 가장 부유하고 기술이 발달한 미국이다. 우리나라의 확진자가 70,212명(사망자 1,185명)인데 반해, 미국은 323배가 넘는 22,743,960명(사망자 378,875명)이며, 1월 1일 현재 확진자의 수 223,338명은 코로나 진단이 시작된 이래 우리나라 총 확진자의 수를 3배 이상 넘는다. 이런 상황에서 트럼프 대통령은 행정부의 수장으로서 적절한 조치를 신속하게 취하는 책임 있는 모습은 전혀 보이지 않았고, 말로만 방역을 성공적으로 수행하며 대처해 나가고 있다고 자찬하는가 하면, 이 모든 책임이 코로나바이러스의 근원지인 중국에 있다며 발뺌을 하는 모습을 보여 빈축을 샀다. 그러나 어디 그뿐인가? 자세히 살펴보면, 어느 나라의 지도자도 이 사태에 대해 책임을 지는 모습을 적극적으로 보여준 사례가 딱히, 명확하게 보이지 않는다. 트럼프를 비롯해서 각국의 지도자들은 이 사태에 대해 어떤 모습을 보이는 것이 바람직할까?

그리스 로마 문학 작품에서 이 질문에 대한 가장 잘 맞는 대답을 제시하는 작품은 단연 오이디푸스의 참혹한 운명을 다룬 비극이다.

그리스에서는 소포클레스가, 로마에서는 세네카가 그 비극을 쓴 작가다. 이 가운데 먼저 서기 1세기에 창작된 것으로 알려진 세네카의 비극 『오이디푸스』의 한 장면을 보기로 하자.

2. 세네카의 비극 『오이디푸스』

세네카(Lucius Annaeus Seneca, 기원전 4년 - 서기 65년)는 금욕주의 사상을 골자로 하는 스토아 철학의 대가로 꼽힌다. 특히 그는 로마의 폭군 네로 황제의 가정교사이자 정치적 조언자로 유명하다. 그가 태어났을 때는 아우구스투스가 황제로 등극하며 로마가 공화정을 벗어나 제국으로 발돋움하는 시기였다. 그의 뒤를 이어 클라우디우스 황제가 통치하던 서기 41년에 세네카는 45세의 나이로 코르시카 섬으로 유배를 당했다. 49년에 다시 로마로 복귀할 때까지 그는 8년의 유배 생활을 하면서, 자신의 참담한 심정을 달래면서 울분을 삭이기 위해서였는지, 여러 편의 비극 작품을 썼던 것으로 추정된다. 그는 절제와 금욕이 삶에 평화와 행복을 보장한다고 주장하며 철학적 저술을 하는 한편, 통제되지 않는 욕망과 격정에 휘둘릴 때에 어떤 불행을 겪게 되는지를 비극 작품을 통해 역설했던 것이다.

이제 인용할 구절은 『오이디푸스』라는 작품의 마지막 부분이다. 주지하다시피, 주인공 오이디푸스는 어려서부터 코린토스의 왕자로 자랐다. 그런데 어느 날, 자신의 친부모가 누구인지 궁금하던 차에, 델피에 있는 아폴론 신전에 가서 아버지를 죽이고 어머니를 범할 것이라는 끔찍한 신탁을 받았다. 오이디푸스는 신탁이 예언한대로 그렇게 살 수는 없다는 고결한 도덕적 판단을 내리고 신들도 변경할 수 없다는 운명을 바꾸기로 결심했다. 그는 코린토스 왕자로서의 모든 기득권을 미련 없이 과감하게 버리고 새로운 인생을 찾아 운명을 거스르는 길을 향해 떠났다. 그의 발걸음은 테베 쪽으로 향했는데, 그곳에서 그는 테베인들을 죽음의 공포에 떨게 했던 괴물 스핑크스를 물리치고, 테베의 왕이 되었다. 그가 괴물을 물리치고 테베로 들어갔을 때, 그 이전에 테베를 다스리던 라이오스 왕이 포키스 삼거리에서 죽임을 당한 터라 왕좌가 비어있었기 때문이었다. 백성들은 열렬히 그를 환영했고, 그는 영웅 대접을 받으며 테베의 새로운 왕이 되었다. 그리고 남편을 잃은 왕비 이오카스테를 자신의 아내로 맞이하였다.

오이디푸스는 도덕적 결단과 영웅적인 행동을 통해 그에게 가해진 가혹한 운명의 굴레를 넘어서는 것만 같았고, 승승장구하던 그의 행보는 신들이 그에게 내린 선물처럼 적절해 보였다. 그는 아름다운 왕비와 네 명의 자식을 낳고 다복한 가정을 이루었으며, 백성들의 절대적인 신임을 받는 현명하고 지혜롭고 용감한 왕으로서 테베를 성공적으로 통치하고 있었다.

그러던 어느 날, 테베에 무시무시한 역병이 돌면서 사람들이 속절없이 쓰러져 갔다. 백성들은 그에게 구원을 요청했다. 예전에서 스핑크스의 위협으로부터 자신들을 구했던 것처럼, 지금의 역병의 고통에서도 구해달라고 탄원했다. 위기의 순간에 오이디푸스는 구원자로서 자신만만하게 나섰다. 그는 역병의 원인을 알아냈는데, 델피의 아폴론 신전에서 전해진 신탁에 따르면 전왕 라이오스를 죽인 살인자가 도시에 들어와 처벌을 받지 않은 채 잘 살고 있기 때문에 도시가 역병으로 오염되었다는 것이었다. 역병의 고통에서 벗어나는 해결책은 라이오스의 살인범을 찾아내 처벌하고 도시로부터 도려냄으로써 도시를 정화하는 것이었다. 이에 따라 오이디푸스는 범인을 찾기 위해 혼신의 힘을 다했다.

그러나 범인을 찾아나가는 과정에서 라이오스를 죽인 살인범은 다름 아닌 오이디푸스 자신이었음이 밝혀졌다. 신탁을 따른다면, 도시를 역병에서 구하기 위해 오이디푸스는 자기 자신을 처벌해야만 했다. 그것은 시민들에 대한 약속이었다. 그의 충격은 거기서 그치지 않았다. 자신이 죽인 라이오스가 다름 아닌 자신의 아버지였고, 따라서 그와 침대를 같이 쓰던 아내 이오카스테는 다름 아닌 자신의 어머니였다는 사실은 그를 절망의 구렁텅이로 밀어넣는 것 같았다. 운명을 피하려는 고결한 오이디푸스의 결단은 자연의 섭리를 거스르는 친부살해와 근친상간의 과실로 끝을 맺은 것이다. 마침내 그는 자신의 두 손으로 두 눈을 후벼 파냈으며, 그의 어머니이자 아내인 이오카스테는 스스로 목숨을 끊었다. 그리고 작품의 마지막 장면은 역병으로 오염되고 고통당하던 도시를 정화하고 백성들을 구원하기 위해 피범벅이 된 두 눈으로 앞을 보이지 못한 채 도시를 떠나는 오이디푸스의 간절하고 한 맺힌 소원으로 끝을 맺는다.

> 지친 심장에 질병으로 무거워진 그대들 모두가
> 주검 같은 몸을 끌고 있구나. 자, 간다, 떠나간다.
> 고개를 들어라. 하늘의 더욱 부드러워진 자태가
> 등 뒤로 따라오리라. 병들어 누워서 간신히
> 숨 쉬며 버티는 누구든 생명의 숨결을 가벼이
> 마시리라. 가라. 드러누운 자들에게 도움을 주라.
> 대지의 치명적인 병폐는 내가 다 끌고 나가리라.

폭력적인 운명과 질병의 공포스러운 경련이여,
허약함과 시꺼먼 역병과 탐욕스러운 고통이여,
나랑 가자, 나랑. 너희들의 안내라면 기쁘리라.

Quicumque fessi pectore et morbo graves
semanima trahitis corpora, en fugio, exeo:
relevate colla, mitior caeli status
post terga sequitur. quisquis exilem iacens
animam retentat, vividos haustus levis
concipiat. ite, ferte depositis opem:
mortifera mecum vitia terrarum extraho.
Violenta Fata et horridus Morbi tremor,
Maciesque et atra Pestis et rabidus Dolor,
mecum ite, mecum. ducibus his uti libet.[2]

(세네카, 『오이디푸스 왕』, 1053~1061)

오이디푸스는 끝까지 고결한 영웅성을 보여준다. 차라리 신들이
가한 운명을 탓하라고, 그 누구도 운명 때문에 저지른 짓에 대해 비난
을 받을 수 없다고 이오카스테가 울부짖어도, 오이디푸스는 자신에
게 끔찍한 운명을 부여한 신들을 원망하거나 책임을 그쪽으로 돌리
지 않았다. 의연히 모든 일을 오롯이 자신의 책임이라 인정하며 철저
한 자기 징벌을 감행하였다. 신들에게 돌려질 책임을 자신이 끌어안
음으로써 오이디푸스는 역설적이게도 자기가 행한 모든 행동에 대한
자유를 전적으로 획득한 것이다. 운명에 꼼짝없이 묶인 것이 드러나

---

2   세네카, 『오이디푸스』, 이현우 옮김, 도서출판 동인, 2007, 1053~1061쪽.

는 그 순간, 오히려 완벽한 자유를 선언한 셈이다.

　세네카는 이런 오이디푸스의 모습을 통해 무엇을 말하는 것일까? 국가적 재난이 닥쳤을 때, 그 해결을 위해 혼신의 힘을 다하였지만, 그럼에도 불구하고 그 모든 재난의 근본적인 원인이 다름 아닌 자기 자신임이 드러났을 때, 이를 은폐하거나 다른 데로 돌리지 않고 용감하게 그 모두를 끌어안는 지도자의 모습을 통해 유배지에서 세네카는 무엇을 말하고 싶었던 것일까? 그리고 그가 그려낸 오이디푸스의 모습을 보면서 현재 이 사태에 대해 각국의 지도자들은 무엇을 느낄 수 있을까?

3. 소포클레스의 『오이디푸스 왕』

　　세네카의 비극은, 거의 대부분의 로마 문학이 그렇듯이 그리스의 걸작에 대한 '모방과 경쟁'(imitatio et aemulatio)의 결과였다. 그의 『오이디푸스』가 취한 전범(典範)은 잘 알려져 있다시피 그리스 고전기의 대표적인 비극작가 소포클레스의 『오이디푸스 왕』이다. 두 작품에서 주인공 오이디푸스의 모습은 사뭇 비슷하게 나타난다. 특히 세네카는 소포클레스가 보여주었던 전통적인 이야기의 구조를 핵심적인 부분에서 그대로 지켰기 때문이다.

　그 내용은 이렇다. 친부살해와 근친상간의 불길한 신탁 때문에 버려진 오이디푸스, 그러나 죽지 않고 살아난 그가 그 신탁에 직면했을 때, 도덕적 결단을 내리고 코린토스를 벗어나 테베로 들어가 왕이 된다. 그러나 끔찍한 신탁을 벗어나려고 취한 그의 모든 행보가 역설적이게도 그 운명을 따라간다. 테베로 가는 도중에 아버지를 아버지인 줄 모르고 죽이고, 어머니를 어머니인줄도 모르고 아내로 맞이하게 된 것이다. 그리고 그 무시무시한 과실로 인해 테베에 대규모 역병이 엄습하여 수많은 사람들의 목숨을 앗아갔다. 그 재앙을 해결하려는 과정에서 오이디푸스의 정체와 과실이 만천하에 드러나고, 오이디푸스가 이를 피하지 않고 모두 끌어안고 자기 징벌을 통해 도시를 구하려고 한다는 것이다.

우리는 이 두 작품에서 국가적 재난에 대해 책임지는 지도자가 부각되고 있으며, 이 이야기가 당대 관객/독자에게 던지는 정치적 메시지를 충분히 헤아릴 수 있다. 그것은 그 시대를 넘어 우리 시대에도 유효한 의미를 담고 있다. 그러나 그리스 로마 문학에 드러난 신화적 상상력은 우리의 과학적 상식과 합리적 인과관계를 넘어서는 많은 내용을 담고 있다.

오이디푸스의 이야기에서는 역병의 원인에 대한 설명이 우리의 공감을 어렵게 하는 진입장벽으로 작동하며 유통기간이 지난 낡은 요소를 이룬다. 간단히 말해서, 세네카와 소포클레스의 작품에서는 '왜 테베에 대규모 역병이 들었는가?'라는 물음에 대해 '신이 테베에 대해 노해서'라는 식의 대답이 전제되어 있다. 끔찍한 죄를 지은 죄인을 척결하지 않았기 때문에 도시가 오염되었고, 이에 노한 신이 그 징벌로 대규모 역병의 재앙을 내렸다는 식의 설명이 제시된다. 요즘도 '코로나19는 인간들에게 내린 신의 경고며 징벌이다'라는 식으로 말하는 종교지도자가 있다고는 하지만, 그것은 공식적으로 받아들일 수는 없는 설명이다. 소포클레스의 『오이디푸스 왕』의 한 장면을 보자. 오이디푸스의 지시에 따라 델피의 아폴론 신전에서 역병의 원인과 그 해결책을 듣고 온 크레온이 오이디푸스와 나누는 대화다.

크레온: 포이보스 왕은 우리에게 분명하게 명령했습니다.
　　　　이 땅에서 양육된 나라의 치욕을 모두 몰아내고 치
　　　　유할 수 없을 때까지 품고 있으면 안 된다고요.
오이디푸스: 어떤 정화인가? 불행의 원인은 무엇인가?
크레온: 사람을 추방하거나 살인을 살인으로 갚으라 하셨
　　　　습니다.
그 피가 우리의 도시에 폭풍을 몰고 왔다는 것입니다.
오이디푸스: 도대체 누구의 운명을 그분은 이렇게 드러내
　　　　시는가?
크레온: 왕이시여, 그대가 이 도시를 바른길로 인도하시기
　　　　전에
우리들에게는 라이오스 왕이 이 땅의 통치자였습니다.
오이디푸스: 들어서 난 안다. 한 번도 그를 본 적은 없으니까.
크레온: 그분은 살해되었습니다. 그래서 지금 신께서 우리들
　　　　에게
그 살인자들을 손으로 벌주라고 분명히 명령하시는 겁니다.

ΚΡ. Ἄνωγεν ἡμᾶς Φοῖβος ἐμφανῶς ἄναξ

μίασμα χώρας ὡς τεθραμμένον χθονὶ

ἐν τῇδ' ἐλαύνειν μηδ' ἀνήκεστον τρέφειν.

ΟΙ. Ποίῳ καθαρμῷ; τίς ὁ τρόπος τῆς ξυμφορᾶς;

ΚΡ. Ἀνδρηλατοῦντας, ἢ φόνῳ φόνον πάλιν

λύοντας, ὡς τόδ' αἷμα χειμάζον πόλιν.

ΟΙ. Ποίου γὰρ ἀνδρὸς τήνδε μηνύει τύχην;

ΚΡ. Ἦν ἡμίν, ὦναξ, Λάϊός ποθ' ἡγεμὼν

γῆς τῆσδε, πρὶν σὲ τήνδ' ἀπευθύνειν πόλιν.

ΟΙ. Ἔξοιδ' ἀκούων· οὐ γὰρ εἰσεῖδόν γέ πω.

ΚΡ. Τούτου θανόντος νῦν ἐπιστέλλει σαφῶς

τοὺς αὐτοέντας χειρὶ τιμωρεῖν τινας.[3]

(소포클레스, 『소포클레스 비극 전집』, 96~107)

　대규모 역병에 관한 두 작가의 설명은 신화적 상상력에 근거한 인과관계로 구성되어 있다. 정치적, 사회적, 도덕적인 적폐가 도시를 뒤덮은 전염병이라는 병리적 현상의 원인이라고 말하는 것을 과학적이라고 받아들일 수 있을까? 마치 가뭄이 들어 흉년이 올 때, 군주가 덕이 없어 하늘이 재앙을 내린다는 식의 설명과 다를 바가 없다. 이런 설명은 전혀 과학적인 근거가 없다. 이런 경우, 군주가 자신의 부덕을 인정하고 신 앞에 엎드려 기우제를 드리는 행위는 번혀 과학적인 대책이 아니며, 단지 군주의 부덕에 노한 하늘을 달래는 제의적 의미만을 갖는다. 물론 언젠가는 비가 내린다. 그러나 비가 내리는 것은 군주의 부덕에 대해 하늘이 용서했기 때문은 아니다. 다른 기상학적인 이유로 비가 내린 것이다. 그러나 그런 제의적 실천은 분노한 민심을 달래는 정치적인 효과는 분명히 있다. 지금도 이런 방식의 '정치적 쇼'는 일정 부분 먹히는 '정치적 마법'을 가지고 있다. 모든 사람들이 만사에 대해 과학적인 상식에 근거해서 생각하거나 판단하는 것은 아니며, 오히려 감정이나 상상에 근거한 인과관계에 쉽게 쏠리는 것이 인간의 중요한 특징의 하나이기 때문이다.

3　소포클레스, 『소포클레스 비극 전집』, 천병희 옮김, 도서출판 숲, 2008, 96~107쪽.

4. 호메로스의 『일리아스』

소포클레스가 보여주었고 세네카가 답습한, 대규모 역병의 원인을 신화적 상상력으로 그려내는 설명 방식의 최초 사례는 호메로스의 『일리아스』에서 나타난다. 트로이아 전쟁을 배경으로 펼쳐지는 이 영웅 서사시의 첫 장면은 트로이아 성벽 앞에 진을 치고 있는 그리스 연합군의 진지에 역병이 돌아 사람들이 죽어가는 사건으로 채워져 있다. 그러나 역병을 객관적이고 사실적으로 그려내기보다는 그리스인들에게 진노한 아폴론 신의 보복으로 그려지며, 역병에 걸려 쓰려져 죽어가는 사람들은 아폴론이 쏜 화살에 맞았기 때문인 것으로 묘사된다.

> 이런 말로 기도하자, 찬란한 아폴론은 그에게 귀 기울이다가
> 올림포스 산 갓머리에서 가슴 속 깊이 격분하면서 내려왔다,
> 활을 어깨에 걸어 메고, 양쪽에 뚜껑이 달린 화살통도 메고.
> 화살들의 소리가 울려 퍼졌다, 격분한 그의 어깨 위에서
> 그가 움직일 때마다. 그는 밤이 덮치듯이 내려오고 있었다.
> 곧 앉았다, 함선에서 멀리 떨어진 곳에. 그리고 화살을 쏘아 댔다.
> 무시무시한 울림이 은빛 번뜩이는 활로부터 울려 퍼져 나 갔다.
> 처음엔 노새들을 공격했다, 그리고 또 섬광처럼 날쌘 개들도.
> 이어서 사람들을 향해 촉이 날카로운 화살을 쏘아
> 날렸다. 죽은 자들을 태우는 장작불이 연이어 타올랐다.
> 구일 동안 군대 위로 쏟아졌다. 신이 날려 보낸 화살들이.

Ὣς ἔφατ' εὐχόμενος, τοῦ δ' ἔκλυε Φοῖβος Ἀπόλλων,

βῆ δὲ κατ' Οὐλύμποιο καρήνων χωόμενος κῆρ,

τόξ' ὤμοισιν ἔχων ἀμφηρεφέα τε φαρέτρην·

ἔκλαγξαν δ' ἄρ' ὀϊστοὶ ἐπ' ὤμων χωομένοιο,

αὐτοῦ κινηθέντος· ὃ δ' ἤϊε νυκτὶ ἐοικώς.

ἕζετ' ἔπειτ' ἀπάνευθε νεῶν, μετὰ δ' ἰὸν ἕηκε·

δεινὴ δὲ κλαγγὴ γένετ' ἀργυρέοιο βιοῖο·

οὐρῆας μὲν πρῶτον ἐπῴχετο καὶ κύνας ἀργούς,

αὐτὰρ ἔπειτ' αὐτοῖσι βέλος ἐχεπευκὲς ἐφιεὶς

βάλλ'· αἰεὶ δὲ πυραὶ νεκύων καίοντο θαμειαί.

Ἐννῆμαρ μὲν ἀνὰ στρατὸν ᾤχετο κῆλα θεοῖο[4],

(호메로스, 『일리아스』, 1.43-53)

이 서사에서 격노한 아폴론이 무자비하게 쏘아대는 치명적인 화살은 역병을 그려내는 신화적 상징이다. 그가 분노한 이유는 그리스 연합군의 총사령관인 아가멤논이 아폴론의 사제 크리세스를 모욕했기 때문이다. 사제는 트로이아 사람이다. 그는 아가멤논의 전리품으로 잡혀 있는 딸을 구하기 위해 빛나는 몸값을 풍부하게 가지고 와 간절하게 탄원했다. 그러나 아가멤논은 정중하고 간절한 청원을 난폭하게 거절했고 노 사제를 거칠게 쫓아냈다. 모욕을 당한 사제는 아폴론 신에게 탄원했고, 진노한 아폴론 신은 대규모 역병을 그리스 연합군 진영에 보냈다. 그렇게 무려 구일 동안 수많은 전사들이 죽어갔다.

이 장면에서 물어보자. 왜 갑자기 그리스 연합군의 진영에 대규모 역병이 일어났는가? 작품 속에서는 역병의 원인을 찾기 위해 그리스

---

4   호메로스, 『일리아스』, 1쪽.

최고의 전사 아킬레우스가 나섰다. 그리고 그의 지시에 따라 예언자 칼카스가 나서서 진실을 밝혔다. 아가멤논의 탐욕과 오만이 역병의 재앙을 불러왔다는 것이다. 지도자의 잘못된 행동이 역병을 불러 일으켰다? 과학적으로 받아들이기 힘든 '엉터리 이야기'이다. 그런데 왜 호메로스는 왜 이런 이야기를 해주는 것일까? 그의 생각이 우리의 과학적 상식에서 벗어나 있기 때문인가? 인간들 사이에 일어난 역병이 정치 지도자의 오만과 불경에서 비롯되었다는 서사는 당대 그리스인들의 종교적 세계관과 신화적 상상력을 보여준다고 해명하면 되는 것일까? 그들은 그렇게 자연재해가, 대규모 역병이 인간의 과실, 특히 지도자의 잘못된 행실에서 비롯된 것으로 믿었고, 그렇게 불의를 응징하는 초월적인 신의 존재를 믿었다고 말이다.

5. 소포클레스의 『안티고네』

　　소포클레스의 『안티고네』에서는 역병의 발생에 관한 비교적 과학적인 해명이 나온다. 물론 철저하게 과학적 설명은 아니고, 신화적 상상력과 종교적 세계관과 일정 부분 결합된 해명이다. 참혹한 운명에 짓이겨져 두 눈을 뽑고 테베를 떠나 이리저리 떠돌던 오이디푸스가 죽고, 그의 두 아들이 오이디푸스가 떠나 공석이 된 왕권을 차지하기 위해 전쟁을 벌이게 된다. 두 아들이 권력을 놓고 싸우는 것을 이미 보았던 오이디푸스는 두 아들이 물러서지 않고 싸우는 한, 둘이 서로를 죽이며 함께 최후를 맞이하리라는 저주 서린 예언을 퍼부었다. 그리고 그 예언은 실현되었다. 테베의 왕권을 차지한 에테오클레스에게 폴뤼네이케스는 아르고스의 군대를 이끌고 테베를 공격한다. 그러나 그의 시도는 실패했다. 그렇다고 에테오클레스가 승리를 거둔 것은 아니었다. 전쟁에서는 테베가 승리를 거두었지만, 에테오클레스는 폴뤼네이케스와 일대일 대결을 벌이다가 죽고 말았기 때문이다. 오이디푸스의 예언대로 두 형제는 서로의 칼날에 목숨을 잃었던 것이다. 두 형제가 죽자, 그들의 삼촌인, 이오카스테의 오라비인 크레온이 왕권을 쥐었다. 그는 승리로 끝난, 그러나 상처투성이인 전쟁을 수습하기 위해 포고령을 내렸다. 테베를 지키기 위해 싸운 에테오클레스는 명예롭게 장례를 치르지만, 아르고스의 군대를 이끌고 조국을 공격한 폴뤼네이케스의 시신은 모욕하고 들판에 버려 개와 새의 먹이가 되게 하라는 것이었다. 만약 그의 시신에 대해 장례를 치르는 자는 사형에 처한다고 했다.

그러나 크레온의 포고령은 부작용을 낳았다. 민심을 수습하기 위해 내린 포고령에 대해 여론이 좋지 않았던 것이다. 특히 두 형제의 누이, 오이디푸스의 딸 안티고네가 그의 포고령을 거역한 것이다. 이스메네조차 언니를 따라 죽겠다고 나섰고, 심지어 크레온의 아들 하이몬도 아버지의 조치는 폭력적이고 독재적인 것이라며 비난하고 나섰다. 테베의 장로들도 크레온을 비난했다. 그리고 마침내 테베의 최고 예언자 테이레시아스가 나타나 크레온의 조치가 불러온 재난에 대해 극단적인 경고를 하고 나섰다. 크레온의 조치는 죽은 자에게 적절한 예를 표하라는 신의 불문율에 어긋나며, 이에 따라 엄청난 재앙의 전조가 시작되었다는 선언이었다.

도시가 이런 병을 앓는 것은 그대의 생각 때문이오.

왜냐하면 제단들과 화덕들은 모조리
새떼와 개떼가 오이디푸스의 불행하게 전사한
아들에게서 뜯어낸 먹이에 의해 더럽혀졌으니까.
그래서 신들께서도 이제 더는 우리에게서
제물도, 기도도, 넓적다리의 불길도 받지 않으시는 것이며,
새도 맑은 목소리로 분명한 징조를 주지 않는 것이오.
그것들은 죽은 사람의 피에서 기름기를 맛보았으니까요.

Καὶ ταῦτα τῆς σῆς ἐκ φρενὸς νοσεῖ πόλις·
βωμοὶ γὰρ ἡμῖν ἐσχάραι τε παντελεῖς
πλήρεις ὑπ' οἰωνῶν τε καὶ κυνῶν βορᾶς
τοῦ δυσμόρου πεπτῶτος Οἰδίπου γόνου.
Κᾷτ' οὐ δέχονται θυστάδας λιτὰς ἔτι
θεοὶ παρ' ἡμῶν οὐδὲ μηρίων φλόγα,
οὐδ' ὄρνις εὐσήμους ἀπορροιβδεῖ βοάς,
ἀνδροφθόρου βεβρῶτες αἵματος λίπος.[5]

(소포클레스, 「안티고네」, 1015~1022)

물론 이 작품에서는 대규모 역병이 테베를 휩쓸었다고 명시되지는 않는다. 단지 신의 뜻을 알아내기 위해 테이레시아스가 새 점이나 동물의 내장 점을 치려고 했지만, 이상 현상이 나타나 제대로 신의 뜻을 알아내지 못한다는 말만 했다. 새의 움직임과 동물의 내장에서 신의 뜻을 읽어낼 수 없다는 그의 주장은 워낙에 주술적이어서 과학적으로 받아들이기 힘들지만, 크레온의 그릇된 조치가 가져올 불행의

---

5 소포클레스, 앞의 책, 1015~1022쪽.

전조는 매우 합리적이고 과학적인 것으로 읽힌다. 폴뤼네이케스의 시신을 모욕한다는 이유로 들판에 시체를 방치할 경우, 그와 함께 다른 아르고스인들의 시신들도 역시 적절하게 수습하지 않고 들판에 그대로 내버려둔다면 치명적인 위생의 문제가 발생할 수 있다는 경고다. 즉 크레온의 조치는 대규모 역병의 원인이 될 수 있다는 과학적이고 상식적인 예감을 테이레시아스의 경고에서 읽어낼 수 있다는 것이다. 설득력이 높은 경고다.

결국 그는 안티고네가 폴뤼네이케스의 시신을 수습해서 장례를 치를 수 있도록 허락하라고 촉구한다. 그것은 신의 뜻에 따른 것이기도 하지만, 이와 같은 대규모 역병을 막을 수 있는 과학적인 조치이기도 하다. 어쩌면 테이레시아스는 크레온의 조치가 유발할 수 있는 병리적 재앙을 막기 위해 신화적 종교적인 어법을 사용하고 있는 것이 아닐까? 그리고 이를 통해 소포클레스는 종교적이고 신화적인 사고를 가진 관객들, 즉 아테네의 일반 시민들에게 도덕적인 각성을 위해 종교적 경건을 권고할 수 있었던 것은 아닐까? 대규모 역병의 재앙을 겪은 사람들에게, 그 원인이 인간의 오만과 불경에 있다고 말하는 것은 과학적으로는 불합리할 수는 있어도, 적어도 이 과정에서 도덕적인 각성을 촉구하는 효과는 얻을 수 있다. '이 재앙의 원인은 바로 당신들의, 특히 정치 지도자들의 잘못된 판단과 행동에서 온 것이다. 그러니 역병의 재앙을 극복하기 위해 도덕적으로 바로 서고 정의롭게 행동하며 현명하게 판단하라.' 인과관계의 설명은 합리적인 것이 아닐 수 있지만, 재앙의 고통 속에서 갈피를 잡지 못하고 도덕적 종교적 허무주의에 휩싸여 아무렇게나 행동하려는 욕망을 제어하는 효과는 있을 것이다. 특히 역병의 확산을 예방하고 위생적인 환경을 조성하기 위해 모든 시민들이 도덕적인 각성을 통해 행동을 바로잡는 것은 상당한 효과가 있을 수 있다.

이와 같은 맥락에서 소포클레스는 크레온과 테이레시아스 사이의 대화를 통해 인간의 도덕적인 과실이나 잘못된 판단 자체를 병리학적인 용어로 표현하기에 이른다. 잘못된 판단, 현명하게 생각하지 못함, 즉 어리석음 자체, 특히 지도자의 어리석음은 하나의 병이며, 그것이 권력을 통해 번져 나오면 도시 전체를 오염시킬 수 있다는 뜻이다. 물론 이것은 하나의 은유이지만, 이 작품에서는 지도자의 잘못된 조치가 실제로 대규모 역병을 불러일으킬 수 있음을 직접적으로 시사하고 있기도 하다.

테이레시아스: 인간들 중에 누가 알고 누가 생각하는가요?
크레온: 무엇을 말이오? 무슨 보편적 진리를 말하려는 거요?
테이레시아스: 올바른 생각이 얼마나 값진 재산인지를!
크레온: 생각건대, 어리석음이 가장 큰 손해인 그만큼이겠지요.
테이레시아스: 그런데 그대는 바로 그 병에 감염되어 있소.

TE. ἆρ' οἶδεν ἀνθρώπων τις, ἆρα φράζεται -
ΚΡ. Τί χρῆμα; ποῖον τοῦτο πάγκοινον λέγεις;
TE. ὅσῳ κράτιστον κτημάτων εὐβουλία;
ΚΡ. Ὅσωπερ, οἶμαι, μὴ φρονεῖν πλείστη βλάβη.
TE. Ταύτης σὺ μέντοι τῆς νόσου πλήρης ἔφυς.[6]

(소포클레스, 「안티고네」, 1048~1052)

---

6 같은 책, 1048~1052쪽.

6. 투퀴디데스의 『펠로폰네소스 전쟁사』

　　다시 소포클레스의 『오이디푸스』로 돌아가 보자. 이 작품은 기원전 425년에 대 디오뉘소스 제전에서 출품되었던 것으로 추정된다. 그보다 좀 더 앞선 기원전 429년에 공연된 것으로 보는 학자들도 있다. 이들의 주장은 기원전 431년 아테네와 스파르타 사이에 펠로폰네소스 전쟁이 터지고 그 이듬해 아테네에 퍼졌던 대규모 역병이 이 작품의 역사적 배경이 되었다는 데 근거한다. 이 전쟁을 상세하게 기록한 역사가이자 참전 장군이었던 투퀴디데스는 전쟁이 일어난 그 이듬해(기원전 430년)에 아테네에 역병이 돌았다고 기록했다. 소포클레스는 수많은 아테네인들이 역병으로 목숨을 잃자, 이를 위로하기 위해 『오이디푸스 왕』을 지었다는 것이다.

　　그런데 왜 아테네에 역병이 대규모로 퍼졌을까? 소포클레스의 비극이 말하는 것처럼, 당대 정치지도자가 잘못된 판단을 내렸기 때문에, 그들의 부도덕한 행태 때문에 신들이 노해서 징벌을 내렸던 것일까? 소포클레스는 그들의 도덕적인 책임을 묻기 위해 비극 『오이디푸스 왕』을 무대에 올린 것일까? 그런데 역병의 원인에 대해 적어도 투퀴디데스는 그런 식으로 기술하지는 않았다. 그는 역사가답게 실증적인 자료를 근거로 합리적으로 설명하려고 했다. 그에 따르면,

　　　이 역병은 아이귑토스 남쪽 아이티오피아에서 처음 발생하여 아이귑토스와 리뷔에와 페르시아 제국 대부분에 퍼졌다고 한다. 이 역병은 갑자기 아테네 시에 퍼졌다. 맨 먼저 감염된 것은 페이라이에우스인들인데, 그들은 펠로폰네소스인들이 우물에 - 당시 그곳에는 샘이 없었다 - 독을 탔

다고 생각했다. 나중에 역병이 아테네 시에까지 퍼지자 사
망자 수가 크게 늘어났다.

ἤρξατο δὲ τὸ μὲν πρῶτον, ὥς λέγεται, ἐξ Αἰθιοπίας τῆς ὑπὲρ
Αἰγύπτου, ἔπειτα δὲ καὶ ἐς Αἴγυπτον καὶ Λιβύην κατέβη καὶ
ἐς τὴν βασιλέως γῆν τὴν πολλήν. ἐς δὲ τὴν Ἀθηναίων πόλιν
ἐξαπιναίως ἐσέπεσε, καὶ τὸ πρῶτον ἐν τῷ Πειραιεῖ ἥψατο τῶν
ἀνθρώπων, ὥστε καὶ ἐλέχθη ὑπ' αὐτῶν ὡς οἱ Πελοποννήσιοι
φάρμακα ἐσβεβλήκοιεν ἐς τὰ φρέατα· κρῆναι γὰρ οὔπω ἦσαν
αὐτόθι, ὕστερον δὲ καὶ ἐς τὴν ἄνω πόλιν ἀφίκετο, καὶ ἔθνησκον
πολλῷ μᾶλλον ἤδη.[7]

(투퀴디데스, 『펠레폰네소스 전쟁사』 2권, 48.1~2.)

그런데 이와 같은 재앙이 생긴 원인을 추적하면, 실제로 당시 최
고 지도자였던 페리클레스의 탓이 크다. 그는 아테네인들에게 스파르
타와의 전쟁은 피할 수 없으며, 전쟁에서 승리할 전략을 가지고 있다
며 설득을 시도했었다. 그의 전략은 육군력이 우위에 있는 스파르타
가 공격할 때면 아테네인들이 모두 아테네 도성 안으로 피신하여 버
티고, 해군의 정예 병력이 아테네 도심에서 페이라이에우스 항구까지
연결된 잘 닦인 길을 따라 신속하게 이동하여 스파르타 본국을 치든
가, 아니면 스파르타의 후방이나 펠로폰네소스 주요 동맹국을 공격하
는 것이었다. 이런 작전이 가능한 이유는 아테네 도성에서 페이라이
에우스 항구까지의 길은 성벽으로 잘 방어되어 있어 적의 공격에 상
관없이 병력이 이동할 수 있었기 때문이다.

---

7 투퀴디데스, 『펠로폰네소스 전쟁사』 2권, 천병희 옮김, 도서출판 숲, 2011, 48쪽.

그런데 이런 전략은 위생에 큰 문제가 생길 수 있으며 폐쇄된 공간으로 전염병이 수많은 사람들 사이에 쉽게 번질 수 있는 조건을 만든 셈이다. 아테네 병력이 신속하게 도심에서 항구로 이동할 수 있었던 것만큼이나 항구에 도착한 역병의 바이러스는 빠르게 움직이는 사람들을 따라서 아주 신속하게 항구에서 도심으로 번져 나갈 수 있었다. 특히 아테네 도성 안에 수많은 사람들이 밀집해 피신해 있었기 때문에 대규모 역병이 순식간에 발생한 것이다. 페리클레스의 전략은 군사적으로는 탁월했지만, 이와 같은 위생학적인, 병리학적인 변수를 계산하지 못한 인재였던 것이다. 자신의 능력을 과신한 지도자의 오만에 대한 신의 징벌이었을까? 페리클레스는 그 역병에 감염되어 전쟁이 일어난 지 2년 반만에 죽고 말았다.

대규모 역병이 아테네 전역에 번졌을 때, 게다가 아테네를 압도적으로 이끌어나가던 정치 지도자를 잃었을 때, 극심한 사회적 혼란이 아테네에 만연했다. 이를 지켜보던 투퀴디데스는 소포클레스나 세네카의 비극이 그려주는 것처럼, 특정 정치 군사 지도자의 도덕적 과오 때문에 도시에 대규모 역병이 생겼다고 말하지는 않았다. 오히려 그는 아테네를 엄습한 역병이 인간의 정신과 도덕성을 어떻게 파괴하는지, 인간들이 어떤 모습으로 염치를 버리고 법과 규범, 윤리를 내팽개치는지에 주목하면서 참담한 심정을 절제하며 생생하게 기록하려고 했다.

처음에도 그리고 다른 점에서도 이 도시(아테네)는 이 역병 탓에 무법천지가 되기 시작했다. 운세가 돌변하여 부자들이 갑자기 죽고 전에는 무일푼이던 자들이 그들의 재산을 물려받는 것을 보고 이제 사람들은 전에는 은폐하곤 하던 쾌락에 공공연하게 탐닉했다. 그래서 사람들은 목숨도 재물도 덧없는 것으로 보고 가진 돈을 향락에 재빨리 써버리는 것이 옳다고 여겼다. 목표를 이루기도 전에 죽을지도 모르는 판국에 고상해 보이는 목표를 위해 사서 고생을 하려는 사람은 아무도 없었다. 당장의 쾌락과 그것에 이바지하는 것이면 무엇이나 유용하다는 것이 중론이었다. 신들에 대한 두려움도 인간의 법도 구속력이 없었다. 신들에 대한 두려움에 관해 말하자면, 착한 사람이든 악한 사람이든 무차별적으로 죽는 것을 보자 그들은 신을 경배하든 않든 마찬가지라고 생각했다. 인간의 법에 관해 말하자면, 재판을 받고 벌을 받을 만큼 오래 살 것이라고 기대하는 사람은 아무도 없었다. 대신 저마다 자기에게는 이미 더 가혹한 판결이 내려졌으며, 그것이 집행되기 전에 인생을 조금이라도 즐기는 것이 옳다고 여겨졌다. 이렇듯 아테네인들은 이 중고에 시달렸다. 도시에서는 사람들이 죽어갔고 도시 바깥의 영토는 약탈당하고 있었다.

Πρῶτόν τε ἦρξε καὶ ἐς τἆλλα τῇ πόλει ἐπὶ πλέον ἀνομίας τὸ νόσημα. ῥᾷον γὰρ ἐτόλμα τις ἃ πρότερον ἀπεκρύπτετο μὴ καθ' ἡδονὴν ποιεῖν, ἀγχίστροφον τὴν μεταβολὴν ὁρῶντες τῶν τε εὐδαιμόνων καὶ αἰφνιδίως θνησκόντων καὶ τῶν οὐδὲν πρότερον κεκτημένων, εὐθὺς δὲ τἀκείνων ἐχόντων. ὥστε ταχείας τὰς ἐπαυρέσεις καὶ πρὸς τὸ τερπνὸν ἠξίουν ποιεῖσθαι, ἐφήμερα τά τε σώματα καὶ τὰ χρήματα ὁμοίως ἡγούμενοι. καὶ τὸ μὲν προσταλαιπωρεῖν τῷ δόξαντι καλῷ οὐδεὶς πρόθυμος ἦν, ἄδηλον νομίζων εἰ πρὶν ἐπ' αὐτὸ ἐλθεῖν διαφθαρήσεται· ὅτι δὲ ἤδη τε ἡδὺ πανταχόθεν τε ἐς αὐτὸ κερδαλέον, τοῦτο καὶ καλὸν καὶ χρήσιμον κατέστη. θεῶν δὲ φόβος ἢ ἀνθρώπων νόμος οὐδεὶς ἀπεῖργε, τὸ μὲν κρίνοντες ἐν ὁμοίῳ καὶ σέβειν καὶ μὴ ἐκ τοῦ πάντας ὁρᾶν ἐν ἴσῳ ἀπολλυμένους, τῶν δὲ ἁμαρτημάτων οὐδεὶς ἐλπίζων μέχρι τοῦ δίκην γενέσθαι βιοὺς ἂν τὴν τιμωρίαν ἀντιδοῦναι, πολὺ δὲ μείζω τὴν ἤδη κατεψηφισμένην σφῶν ἐπικρεμασθῆναι, ἣν πρὶν ἐμπεσεῖν εἰκὸς εἶναι τοῦ βίου τι ἀπολαῦσαι. Τοιούτῳ μὲν πάθει οἱ Ἀθηναῖοι περιπεσόντες ἐπιέζοντο, ἀνθρώπων τ' ἔνδον θνῃσκόντων καὶ γῆς ἔξω δῃουμένης.[8]

(투퀴디데스, 『펠레폰네소스 전쟁사』 2권, 53.1~54.1)

그리고 이러한 혼란은 역병의 상태를 더욱더 심각하게 만들었을 가능성이 매우 높다. 이를 해결하기 위해서는 먼저 의사들이 나서서 환자들을 치료하고 방역을 통해 역병을 잡아야겠지만, 그와 함께 사회의 질서를 되찾는 정치적인 대책이 있어야 했고, 시민들의 도덕적 각성이 절실하게 요구되었다. 바로 이런 시점에 소포클레스는 『오이디푸스 왕』을 발표했던 것이다.

7. 포스트 코로나를 대비하며

한 해가 다시 시작하는 봄날, 디오뉘소스 극장에 시민들이 모였다. 아테네 시민들은 여전히 역병에 심각하게 시달리는 한편, 스

---

8 위의 책, 53~54쪽.

파르타를 중심으로 한 펠로폰네소스 동맹의 여러 나라와 어려운 전쟁을 계속해야만 했다. 안팎으로 고통스러운 상황 속에서 돌파구를 찾아야만 했다. 소포클레스는 모든 것들을 새롭게 시작하는 대 디오뉘소스 제전의 비극 경연 대회 무대 위에 그 옛날 테베에 역병이 퍼져 수많은 사람들이 죽었다는 전설을 소환했다.

그러나 그 이야기는 단순한 유희적 회고가 아니라, 역병에 시달리던 아테네인들에게는 현실을 비추는 거울이었다. '왜 우리는 이런 역병의 재앙을 겪어야만 하는가? 무대 중앙에 제물처럼 서 있는 오이디푸스는 그러한 역병에 책임을 져야만 할 페리클레스와 당대 정치지도자들을 암시하기도 했지만, 동시에 관객들 모두를 되돌아보게 하는 반성의 지표이기도 했다. 그리고 역병의 와중에 돌발하여 만연한 윤리적 혼란에 대한 각성을 촉구하는 외침이기도 했다. 관객 하나하나가 자신이 원하지 않는 참혹한 결과 앞에서도 의연하게 그 모든 것을 짊어지고 떠나는 오이디푸스처럼, 재앙을 남의 탓으로만 돌리지 않고, 신과 운명을 원망하는 데서 그치지 않고, 그 원인을 오히려 자신에게서 찾는 성숙한 태도와 눈을 도려내는 심정으로 재앙에 맞서 싸울 것을 촉구했던 것은 아닐까?

참고문헌

세네카, 『오이디푸스』, 이현우 옮김, 도서출판 동인, 2007.
소포클레스, 『소포클레스 비극 전집』, 천병희 옮김, 도서출판 숲, 2008.
투퀴디데스, 『펠로폰네소스 전쟁사』, 천병희 옮김, 도서출판 숲, 2011.
호메로스, 『일리아스』, 천병희 옮김, 도서출판 숲, 2007.

Fitch, J. G, Seneca, Tragedies II, Harvard University Press. 2004.
Gomme, A. W, A Historical Commentary on Thucydides vol. 1, Oxford University Press. 1972.
Häuptli, B. W. Seneca, Oedipus, Frauenfeld: Verlag Huber & Co. AG. 1983.
LLoyd-Jones, H., Sophocles, Oedipus Tyrannus etc., Harvard University Press, 1994.
LLoyd-Jones, H., Sophocles, Antigone etc., Harvard University Press, 1994.
Mazon, P, Homère, Iliade chants I-VIII, Paris: Les Belles Lettres, 1998.
Powell, J. E. Thucydidis Historiae I, Oxford University Press, 1942.

포스트코로나 시대의
뉴스 소비와 사회 소통

유홍식
중앙대학교 미디어커뮤니케이션학부 교수

1. 코로나19와 2020년 일상의 변화

2020년은 전 세계가 코로나바이러스(COVID-19)의 덫에 걸린 한 해였다. 세계보건기구(WHO)가 집계해 발표한 자료에 따르면, 2020년 말 기준으로 전 세계인구 78억 명의 1.06%인 8,300만 명이 감염되었고, 181만 명이 사망하였다. 미국이 2,022만 명으로 가장 많은 감염자를 보였고, 사망자수는 35만 명에 달했다. 그 다음으로는 인도(1,027만), 브라질(762만), 러시아(313만) 등의 순서로 감염자가 많았다. 누진 확진자 1백만 명을 넘은 나라가 총 18개국에 달했다.[1] 우리나라의 경우 질병관리청 자료에 의하면, 2021년 1월 7일 현재 3차 대확산이 유

---

1 앞서 언급한 나라들 이외에 영국, 프랑스, 이탈리아, 스페인, 독일, 콜롬비아, 아르헨티나, 터키, 멕시코, 폴란드, 이란, 남아프리카, 우크라이나, 페루가 이에 해당한다.

행하고 있지만, 다행스럽게도 앞서 언급한 나라들에 비해서는 확진자수가 하루 1천 명 내외, 누적 확진자수가 6만 7천 명에 머물고 있다.

이러한 여파로 항공기와 선박의 국가간 입출항이 대부분 중단되었고, 교역 부문을 제외한 여행 목적 등의 인적 교류가 사실상 멈춰버렸다. 국제 행사나 회의는 대부분 비대면으로 이루어지고 있고, 교육도 비대면 온라인교육으로 전환되었다. 2020년 8월 발간된 국제연합(UN)의 『Education During COVID-19 and Beyond』보고서에 따르면, 코로나바이러스가 190개국 16억 명의 학습자에게 부정적 영향을 미쳤고, 특히 저소득층과 중하위계층(차상위계층)의 99% 학습자에게 부정적 영향을 미쳤다. 2021년에는 약 2,380만 어린이와 청소년이 코로나의 경제적 영향으로 학업을 중단하거나 학교에 접근하지 못할 것으로 예측되었다. 국내의 경우, 초·중·고 수업 대부분이 EBS나 실시간 화상회의 시스템을 통해 이루어지고 있으며, 대학의 수업조차 줌(Zoom), 웹엑스(Webex), 구글미츠(Goole meets), 클라썸(Classsum) 등과 같은 실시간 강의나 녹화된 동영상으로 대부분 이루어지고 있다. 사실상 인터넷이나 모바일 기반의 서비스를 기반으로 하는 온라인교육이 이루어지고 있다. 직장에서는 코로나의 확산시기에 맞춰 새로운 근무형태인 재택근무가 이루어지고 있다.

이에 따라 비대면 활동, 집에서 가족과 보내는 시간이 증가하게 되었고, 이와 관련된 신조어가 등장하기도 하였다. 예를 들어, '확찐자'라는 새로운 용어가 등장했다. 코로나바이러스 때문에 외부활동량이 줄고, 재택 시간이 증가함에 따라 덩달아 몸무게가 증가하였음을 확진자에 빗대어 재미있게 만든 용어이다. 이와 유사하게 '살천지'라는 신조어가 등장하기도 하였다. 이 신조어는 2020년 초 대구지역에서 '신

천지'라는 종교인들을 중심으로 코로나바이러스가 급속하게 전파된 사례에 빗대어 체중의 증가를 재미있게 표현한 경우이다. 한국건강증진개발원이 성인 1,031명을 대상으로 진행한 '건강투자 인식조사'에 따르면, 성인의 42.1%가 코로나로 인해 체중이 증가했다고 응답하였다. 알바천국이 회원 824명을 대상으로 진행한 설문조사에서도 응답자의 52.1%가 체중이 늘었다고 응답하였다. 체중 증가의 주요 원인은 예상할 수 있는 바와 같이 외부 활동량의 감소와 배달음식 섭취량의 증가이었다.

'랜선'이라는 단어를 붙인 용어들이 많이 등장하기도 하였다. 랜선 사회활동, 랜선 여행 등과 같이 모바일과 인터넷을 통해 비대면으로 이루어지는 활동을 의미한다. 주부들 사이에는 '돌밥돌밥'이라는 용어가 유행했다. 돌아서면 밥 차리고 돌아서면 밥 차리고를 줄인 말로, 아이들이 코로나 때문에 등교하지 않고, 남편이 재택근무를 함에 따라 발생하는 주부들의 고충을 표현한 신조어이다. 외부 활동 없이 집에서 보내는 시간이 많다는 점을 나타내는 '집콕'이라는 신조어도 이제는 매우 익숙한 단어가 되었다.

해외에서도 코로나바이러스의 영향과 관련된 신조어가 만들어졌다. 예를 들어, '부머 리무버'(boomer remover)는 코로나바이러스가 고령층에 더 치명적이라는 점을 반영한 것으로, 2차 대전 이후 출생해 고령층이 된 베이비부머세대를 코로나바이러스가 제거, 즉 사망에 이르게 한다는 혐오적, 차별적 용어라 할 수 있다. '코로나 블루'(corona blue)는 코로나와 우울함을 뜻하는 블루가 결합된 용어로, 코로나로 인해 사회·경제·친목 활동이 위축되어 우울하다는 점을 나타난 용어이다. 코비디보스(covidivorce)는 'COVID19'와 이혼을 뜻하는 divorce를 합성한 용어이다. 배우자의 재택근무, 자녀들의 재택 온라인 수업으로 인해 가족이 함께 집에 머무르는 시간이 많아지면서 가족간 불화와 폭력이 증가해, 종국에는 부부의 이혼으로까지 이어진다는 점을 반영한 용어이다. 영국의 가족폭력 관련 자선단체에 따르면, 영국에서 도시봉쇄령이 내려진 이후 가정폭력에 대한 도움을 청하는 전화가 25% 증가했다고 한다. 프랑스에서는 파리에 봉쇄령이 내려진 이후 가정폭력에 대한 경찰 개입이 36% 증가했다고 한다(Kottasová & Di Donato, 2020.4.6.).

이렇듯 코로나바이러스는 2020년 한 해 동안 전 세계인의 삶과 교류, 직업과 가정 생활 모두에 지대한 영향을 미쳤다. 코로나는 온라인 교육의 새로운 경험을 가져왔지만, 이에 참여하는 학생, 교사(교수), 이를 도와주는 부모를 모두 힘들게 만들었다. 학생들의 집콕 생활은 부모와의 대화를 증대시키기도 했지만, 생활의 불규칙성으로 인한 갈등과 불화를 가져오기도 하였다. 부모들의 재택근무도 마찬가지이다. 코로나로 인한 재택근무의 증가는 가족 간의 대화를 증대시키기도 했지만, 반대로 갈등과 불화를 증가시키기도 하였다.

2. 코로나바이러스의 양면 효과

고강도 사회적 거리두기에 따른 이동과 모임의 감소, 집콕 생활의 증가는 다양한 상품과 서비스 분야의 매출에 희비를 교차시켰다. 통계청의 『2020년 11월 온라인쇼핑 동향』 자료에 따르면, 온라인쇼핑이 15조 631억 원으로 전년 동월 대비 17.2% 증가했다. 예상할 수 있는 바와 같이, 집에 머무는 시간이 증가함에 따라 음식서비스 분야가 1조 6,393억 원으로 전년 대비 60.6%(6,188억 원), 가전/전자/통신기기 분야가 1조 9,638억 원으로 42.4%(5,845억 원), 음/식료품 분야가 1조 7,581억 원으로 47.1%(5,626억 원) 증가했다. 이러한 세 가지 분야는 모두 집콕 생활의 증가와 관련된다. 이러한 온라인쇼핑은 PC를 이용한 인터넷쇼핑(31.9%)보다는 주로 스마트폰(패드)를 이용한 모바일쇼핑(68.1%)으로 이루어졌다.

온라인 쇼핑의 증가로 인해 택배서비스의 증가도 발생하였다. 2020년 1~8월 택배량은 전년도 같은 기간과 비교해 20% 증가한 21억 6,034만 여개 이었다. 6월에만 2억 9,341만 여개로 전년 대비 36.3% 증가하였다(김기훈, 2020.9.18.; 동아닷컴, 2020.9.18.). 이에 따라 택배기사의 증가라는 일자리 창출 효과가 있었지만, 하루 배달해야 하는 물량의 증가로 인한 택배기사의 과중한 업무와 과로사 문제가 대두되었다. 배달 앱을 통한 음식 서비스 배달도 코로나19의 영향으로 크게 증가하였다. 와이즈앱의 표본조사 추정치에 의하면, <배달의 민족>, <요기요>, <배달통>, <푸드플라이> 배달앱을 통한 통한 음식배달이 코로나19의 1차 확산기인 3월에는 1조 820억 원, 2차 확산기인 8월에는 1조 2,050억 원에 이른 것으로 예측되었다. 8월 배달앱 결제자가 1,604만명에 이른 것으로 추산되었다. 음식배달앱을 통한 배달 수요의 급증이 발생함에 따라 음식배달종사자(라이더)의 부족 현상이 발생하기도 하였다(나건웅 · 박지영, 2020.8.12.).

이에 비해 걱정스럽게도 흥망성쇠의 '망'과 '쇠'를 관통하고 있는 상품 · 서비스 부문이 있다. 위 통계청 자료를 인용하면, 문화 및 레저 서비스는 전년 동월 대비 -65.8%, 여행 및 교통서비스는 -52.0%를 기록하였다. 다양한 보도와 자료들을 종합해보면, 코로나바이러스는 항공사, 여행사, 호텔에 직격탄을 날렸다. 국내 항공사의 2020년 국제선 여행객수는 5~11월 사이에 98% 급감하였고, 11월 한 달만 보더라도 국제선 여객수는 195,991명으로 전년 동월 6,964,045명에 비교해 97.2% 감소하였다(강갑생, 2021.1.1.; 한국항공협회 Airportal 홈페이지 https://www.airportal.go.kr/index.jsp). 2020년 1~9월까지 2.1만개의 여행사 중 918개의 중소여행사가 폐업했다. 특별고용지원업종에 대한 고용유지 지원금, 즉 유급휴직 비용의 90%를 지원해주는 정책이 마감되는 2020년 10~12월에는 약 2천 곳의 여행사가 폐업해 총 8천여 명이 실업의 위기에 내몰렸을 것으로 예측되었다(허효진, 2020.10.2). 이러한 현상은 대부분의 국가에서 공통적으로 발생하고 있다.

이러한 현상은 '엉뚱하게도' 다른 긍정적인 효과를 유발하기도 했다. 즉 항공기 운항의 감소, 이동과 사회적 만남의 급감에 따른 차량 운행의 감소는 교통체증의 해소와 대기질 향상을 가져왔다. 미국의 뉴욕타임지(New York Times)는 유럽우주기구(European Space Agency)의 Sentinel-5P 위성에서 찍은 2019년 3월 LA(Los Angeles) 위성사진과 2020년 3월 LA 위성사진을 비교해, 눈에 띄는 대기질 개선이 발생하였음을 보도하였다. 이는 코로나19 확산에 대처하기 위해 도시를 봉쇄시킴에 따라 오염원인 교통량이 급감하였고, 이에 따라 이산화질소가 급감했기 때문이라는 것이다. 이러한 현상이 시애틀, 뉴욕, 애틀랜타 등 미국 대도시에서 동일하게 나타났다고 전했다(Plumer & Popovich, 2020.3.22.). 중국과 우리나라에서도 동일한 현상이 발생하였다. 2020년 1~5월 중국의 이산화질소 배출량이 전년 대비 41.7% 감소하였고, 이의 영향을 받는 우리나라도 이전 3년 같은 기간에 비해 25.4% 줄어들어 대기질이 개선된 것이다(지혜롬, 2020.10.14.).

코로나 확산은 국내 여행과 모임의 감소를 가져왔고, 이는 전세버스와 음식점의 매출에 직접적인 피해를 초래했다. 대중집합이 필요한 공연이나 연극, 극장 등도 코로나 확산으로 인해 제약을 받게 됨에 따라 급격한 매출 감소를 경험하고 있다. 예술경영지원센터의 '공연예술통합전산망'(KOPIS, https://kopis.or.kr/por/main/main.do)을 이용해 분석한 결과, 2020년 공연예술 매출액은 1,732억 원으로, 2019년 2,405억 원보다 30% 급감하였다. 대규모 상영 극장을 운영하고 있는 CJ CGV는 2020년 3분기까지 2천 989억 원의 누적 적자를 기록하였다. 이는 2019년 1조 9,423억 원의 매출과 1,232억 원의 영업이익과 대조되는 결과이다(김경림, 2020.11.10.; 김형원, 2020.2.11.). 2020년 코로나 확산이 영화관 이용과 매출에 어떠한 부정적 영향을 미치고 있는지를 직관적으로 느끼게 하는 결과라 할 수 있다.

반면, 캠핑, 차박, 등산, 골프 등 개인 야외활동과 관련된 업종의 매출은 증가하였다. 다양한 보도를 이용해 요약해 보면, 대형유통매장 중 하나인 홈플러스의 캠핑용품 매출은 2020년 3~5월 지난해 같은 기간보다 46% 증가하였다. 외부활동(outdoor) 관련 제품을 판매하는 마운티아의 2020년 1분기 등산화와 트레킹화 매출은 전년 동기 대비 498%나 증가하였다. 신세계 백화점의 2020년 5~6월 골프용품 매출은 35%, 골프의류 매출은 20.4% 증가하였다(강현창, 2020.6.10; 신민정, 2020.6.7.; 신희철, 2020.6.20.). 이처럼 고강도 사회적 거리두기로 실내 운동이 제약을 받거나 사실상 불가능해지자, 개인 단위 또는 3-4인의 소규모 단위로 할 수 있는 야외활동을 즐기는 사람들이 증가하였고, 이에 따른 관련 상품과 서비스 매출이 증가한 것이다.

각급 학교들은 코로나19의 확산을 방지하기 위해 학생들의 학교

등교일수와 시간을 줄이고, 이를 온라인수업으로 대체하여 왔다. 초중고의 경우에는 등교하는 학생수를 최대한 줄이기 위해 학년별 순차적 등교가 시행되었다. 대학에서는 2020년 2학기 개강 기준(9월)으로 332개 대학 중 114개 대학이 전면 비대면 수업으로 전환하였다. 332개 대학 중 11.7%만이 실험/실습관련 과목과 일부 강의의 대면 수업을 허용하였고, 나머지는 전면 비대면 교육이나 대면/비대면 병행교육으로 실시되었다(이승환, 2021.1.11.). 하지만 2020년 2학기 개강 이후 2차, 3차 확산의 영향으로 대부분의 병행교육은 비대면으로 전환되었다.

온라인 비대면수업이 증가함에 따라 이를 실시간으로 가능하게 해주는 화상회의 시스템의 사용이 증가하였다. 대표적인 회사가 미국의 Zoom Video Communications이다. 이 회사가 제공하는 화상회의 줌(Zoom)은 2020년 2분기동안 전년대비 4,700%의 이용자 성장세를 보이며 월평균 1억 4,840만명의 순이용자수를 기록하였다(Novet, 2020.9.1.). 다른 화상회의 서비스 웹엑스는 2020년 3월에 1월과 비교해 2배 증가한 3억 2,400만명의 사용자를 기록하였고, 아시아태평양 지역에서 3.5배, 유럽지역에서 4배 성장했다는 결과를 발표하기도 하였다(설성인, 2020.4.6.).

3. 코로나19와 미디어 콘텐츠 이용 변화

영화와 공연 분야에서는 코로나19의 영향으로 매출 감소가 발생했지만, 이와는 정반대로 '집콕 생활'에서 이용할 수 있는 미디어의 이용은 증가하였다. 그 대표적인 미디어가 TV, 개인컴퓨터(이하, PC), 모바일 기기(스마트폰, 스마트패드)이다. 닐슨미디어코리아는 자사가 보유하고 있는 미디어 패널(panel)을 활용해 2020년 2월에서 4월까지 미디어 이용행태를 분석한 보고서를 발표하였다. 닐슨미디어코리아의 『2020년 상반기 미디어 리포트』[2]에 의하면, 2020년 2월 1차 고강도 사회적 거리두기 이후 2~4월 사이 사람들의 TV시청이 이전의 3개월에 비해 19.8% 증가했다. PC이용은 20.1%, 모바일 이용은 15.6% 증가했다. 공영방송 KBS가 1,069명 응답자를 대상으로 실시한 『코로나19: 2차 국민인식조사』의 결과에서도 마찬가지로 미디어 이용 증가가 확인되었다. 응답자의 70.2%가 TV시청이 증가하였다고 응답하였고, 67.7%가 스마트폰/테블릿PC의 이용 증가, 56.9%가 PC/노트북의 이용 증가가 발생하였다고 응답한 것이다.

이를 요약해 보면, 고강도 사회적 거리두기의 실행은 사람들의 이동을 축소하고, 집에 머무는 시간을 증가시켜, 이러한 상황이 바로 미디어 이용, 대표적으로 TV, 스마트폰(스마트패드), PC 이용의 증가로 직결된 것이다. 코로나19의 영향으로 PC에서는 엔터테인먼트와 교육 목적과 관련된 이용시간이 상대적으로 크게 증가하였고, 모바일에서는 엔터테인먼트와 커뮤니케이션 목적과 관련된 이용시간이 증가한 것으로 파악되었다.

---

2 닐슨미디어코리아의 리포트는 해당 회사의 TV패널, PC패널, 모바일패널에 획득한 데이터를 분석하였다. 패널조사(panel research)는 동일한 표본의 응답자를 대상으로 시간차를 두고 지속적으로 조사하는 기법으로, 시계열적인 자료를 제공하는 장점이 있다. 닐슨미디어의 TV패널은 4,170가구로 구성되어 시청률 조사에 활용된다. PC패널은 12,000명, 모바일패널은 9,000명으로 구성되었다. 보고서는 이에 속한 응답자들의 이용 행위를 분석하고, 이 자료를 모집단에 적용하여 모집단의 이용행위를 예측한 자료를 제공하는 것이다.

TV시청 변화에 대해 구체적으로 살펴보면, 먼저 TV이용자수는 크게 증가하지 않았지만, 이용시간은 상대적으로 많이 증가하였다. 2020년 2월 2주차에는 2019년 동기간에 비해 10분, 3주차에는 26분, 4주차에는 46분, 3월 1주차에는 49분 증가하였다. 10대의 TV이용량이 약간 증가하였고, 40~60대까지 기존 주시청자층의 TV이용량이 상대적으로 많이 증가하였다.

또한 전체적으로 유료방송플랫폼[3]에서 실시간 방송채널의 시청량이 증가하였고, VOD(video on demand) 이용건수도 증가하였다. 특히 B TV(SKT), 올레TV(KT), U+TV(LGT)와 같은 IPTV(Internet Protocol Television)에서 VOD의 이용량이 증가하였다(조영신, 2020; 황성연, 2020). 국내에서 3가지 유형의 유료방송플랫폼 중 특히 IPTV에서 VOD의 이용이 많이 증가하였다는 것이다. VOD는 실시간 방송채널과는 다르게 이미 방영된 콘텐츠 또는 신규 콘텐츠를 이용자가 선택하여 스트리밍 방식이나 다운로드 방식으로 이용하는 상호작용적 이용형태를 의미한다. 이용자들은 홀드백(holdback)이 걸려있지 않은 방송프로그램을 무료로 이용할 수 있다. 방송사의 요청에 따라 홀드백이 걸려있는 콘텐츠는 3~6주 후에 무료로 이용할 수 있지만, 그 이전에 시청하려면 이용 건당 이용료를 지불해야 한다.

하지만 이보다 더 눈에 띄는 변화가 감지되었다. 국내에서 코로나 19 이후 OTT(Over-The-Top)와 유튜브(Youtube)의 급성장이 발생한 것이

---

3 유료방송플랫폼은 가입을 하여 매월 이용료를 지불해야 하는 방송서비스를 의미한다. 국내에는 방송법과 인터넷멀티미디어방송법(일명, IPTV법)에 따라 종합유선방송, 위성방송, IPTV가 있다. 이와는 반대로 가입하지 않고 무료로 방송콘텐츠를 이용할 수 있는 무료방송플랫폼이 있으며, 이에는 지상파방송(TV, 라디오), 지상파 DMB(Digital Multi-Media Broadcasting)가 있다.

다. 먼저 이러한 이용 변화를 이야기 이전에 용어에 대한 이해가 필요할 것으로 보인다. OTT는 새로운 콘텐츠서비스형태로 셋탑박스(set-top box) 없이 인터넷을 통해 영화, 방송프로그램, 동영상 등 다양한 미디어 콘텐츠를 제공하는 온라인동영상서비스를 지칭한다. 기존의 유료방송플랫폼은 이용자가 미디어 콘텐츠를 이용할 때 TV와 함께 셋톱박스와 이를 작동시키는 리모컨을 필요로 하였다. 하지만 OTT는 유튜브와 같이 이러한 셋톱박스 없이 이용할 수 있는 서비스이다. 따라서 OTT는 셋톱박스를 넘어서 이를 필요로 하지 않는 인터넷 기반의 콘텐츠 서비스라 할 수 있다. 국내에서는 대표적으로 지상파방송사들과 SKT가 공동으로 출자해 만든 웨이브(Wave), CJ E&M과 JTBC가 합작한 티빙(Tving), 방송사와는 관계없이 독립적으로 운영되는 왓챠(Watcha) 등이 있다. 국내에서 가장 많은 가입자를 확보하고 있는 OTT 사업자는 미국의 넷플릭스(Netflix)이다.

하나 흥미로운 사실은 OTT서비스가 다른 유료방송플랫폼과 마찬가지로 방송프로그램을 제공하고 있지만 방송사업자가 아니라는 점이다. 예를 들어, KBS의 드라마가 KBS 방송채널, 케이블TV, IPTV, 위성방송에서 방영되면 방송서비스로 분류되고 이에 따른 심의와 규제를 받는다. 하지만 동일한 드라마가 OTT서비스 '웨이브'에서 방영되었다면, 이 드라마는 방송프로그램이 아니라 통신상의 정보(data)로 분류된다. 이는 OTT서비스사업자가 방송법이 아니라 전기통신사업법에 따른 부가통신사업자로 분류되기 때문이다. 부가통신사업자는 기간통신사업자로 인터넷망을 임대하여 부가가치가 향상된 통신서비스를 제공하는 사업자를 말한다. 요약하면, OTT는 통신서비스이고, 특수한 유형의 부가통신사업으로 분류된다. 이에 따라 방송서비스에 부과되는 사전심의, 사후심의 등과 같은 규제는 받지 않으며, 정보통신망법에 따라 불법정보 또는 유해정보를 제공하는 경우에만 통신심의를 받게 된다.

국내에서 서비스를 제공하고 있는 OTT사업자 중에서 코로나19의 확산으로 인해 가장 큰 성장세를 보인 것은 해외기반 사업자인 넷플릭스였다. Statista의 조사자료(Statista, 2021)에 의하면, 넷플릭스의 유료가입자는 2020년 3분기까지 약 190개국에서 1억 9,512만 명에 달했다. 국내의 경우, 네플릭스의 월간 순이용자(MAU: Monthly Active User)는 2019년 5월 253만 명에서 2020년 5월 637만 명, 2020년 8월 750만 명으로 급성장하였다. 15개월 만에 5백만 명 정도의 가입자가 증가하였고, 팬데믹 이후 3개월 만에 110만 명 증가한 것이다. 반면, 2위를 기록한 국내 OTT사업자 '웨이브'의 월간순이용자는 2020년 5월 346만 명, 8월 388만 명으로 42만 명 증가에 머물렀다(닐슨미디어코리아, 2020).

국내 OTT시장에서 넷플릭스의 강세가 나타나는 이유 중 하나는 낮은 가격[4]에 이용할 수 있는 풍부한 콘텐츠이다. 넷플릭스는 막대한 자본력을 바탕으로 미국 콘텐츠뿐만 아니라 넷플릭스가 진출한 각국의 콘텐츠를 구매해 전 세계 가입자들에게 제공한다. 예를 들어, 네플릭스는 2020년 한 해에만 한국콘텐츠를 구매하는데 3,331억 원을 투자하였다. 2015년~2020년까지 약 7,800억(7억 달러)를 투자한 것으로 알려졌다(류은주, 2020.11.23.). 넷플릭스가 투자하거나 구매한 것으로 알려진 대표적인 한국콘텐츠는 '옥자', '킹덤', '더 킹: 영원의 군주', '미스터 션샤인', '사랑의 불시착', '이태원클라쓰' 등이다. 이러한 한국 영화나

4 　넷플릭스 월이용료는 1명만 이용할 수 같는 베이직은 9,500원, 2명이 동시접속할 수 있는 스탠다드는 12,000원, 4명까지 동시접속할 수 있는 프리미엄은 14,500원이다.

드라마는 아시아, 중동, 남미, 유럽의 국가들의 넷플릭스 가입자들에게 인기가 있는 것으로 알려지고 있다. 넷플릭스는 이러한 방식의 현지화전략을 통해 해당 국가에서 가입자를 확대할 뿐만 아니라 다른 국가들에서도 가입자들을 확대해 나가고 있는 것이다.

'코로나 시대'에 국내에서 이용량이 급증한 또 다른 온라인동영상 사이트는 미국기반의 유튜브이었다. 코로나바이러스의 1차 확산 이후 국내에서 스마트폰(안드로이드 기준)을 통해 가장 장시간 동안 사용된 동영상 앱은 유튜브이었다. 2020년 6월 동안 유튜브 이용시간은 8억 6,400만 시간이었고, 1회 이상 사용자는 3,366만 명에 달했다. 유튜브의 국내 동영상시장 점유율이 90%에 달했다(백봉삼, 2020.7.28.). 물론 코로나바이러스의 확산 이전에도 국내 최고이용량을 보인 것은 유튜브이었다. 조사기관 '와이즈앱'(Wiseapp)이 안드로이드폰 사용자 표본을 이용해 추산한 유튜브 이용량은 2016년 3월 1.32억 시간에서 2018년 2월에는 4.28억 시간으로 2년 만에 3.3배 증가하였다(김주환, 2018.3.17.). 2018년 2월에 비해 2020년 6월에는 약 2배 증가한 이용량을 보인 것이다.

요약하면, 코로나19가 집어삼킨 2020년에 집안에서 이용할 수 있는 미디어 이용 증가가 두드러졌다. 2020년 한 해 동안 국내에서 가장 급성장한 사업자는 넷플릭스와 유튜브이었다. 공교롭게도 두 사업자 모두 미국 기반의 해외사업자라는 특징이 있다.

4. 코로나19와 뉴스, 그리고 허위정보의 확산

이 부분에서는 코로나19와 뉴스의 관계에 대해서 중점적으로 살펴보고자 한다. 이를 위해 먼저 뉴스가 무엇인가에 대해 알아볼 필요가 있을 것 같다. 뉴스의 정의보다는 언론의 공익성이나 기능에 대한 이해가 필요하다. 뉴스의 정의는 "새로운 소식/정보"이기 때문에 매우 간단하지만, 언론이 왜 사회에서 중요한 역할을 하는지는 약간 복잡하기 때문이다.

뉴스를 생산하는 언론은 공적으로 소유되거나 사적으로 소유되는 형태를 가지지만, 국내 대부분 언론은 사적으로 소유된 기업에 해당한다. 즉, 언론사는 이윤을 창출하기 위해 뉴스를 생산하는 기업이다. 일반적인 회사의 상품이나 서비스와는 다르게, 언론사의 뉴스는 사적으로 생산되었다 하더라도 사회 공동체의 이익에 봉사하고 기여한다는 점에서 일종의 공공재로 간주되어져 왔다(한국언론진흥재단, 2017). 이러한 언론의 공익성 또는 공공성은 일시적으로 형성된 것이 아니다. 18세기 서양에서 근대신문이 출현한 이후 지속적인 발전을 통해 이루어진 역사적 산물이고, 언론의 자유는 헌법이나 법률을 통해 보장되고 있기도 하다.

언론은 뉴스를 통해 사회의 감시자, 비판자, 공론장 역할과 기능을 한다. 1948년 정치학자 라스웰(Lasswell)은 언론의 기능을 사회환경의 감시기능(surveillnace of the environment function), 사회유산의 전수기능(transmission of social heritage function), 사회의 이해 충돌이나 갈등을 조정하는 상관조정기능(correlation of environmental parts function)으로 정리하여다. 이러한 언론의 사회적 기능은 아직도 유효하다.

앞서 사용한 2020년 닐슨코리아의 분석보고서에 따르면, 코로나 1차 확산 이후 가장 많은 이용량 증가를 보인 콘텐츠 장르는 뉴스이었다[5]. 뉴스 이용의 증가는 모든 연령대에서 나타났다. 즉 10대에서 60대 이상까지 가장 큰 이용량 증가세를 보인 장르가 뉴스이었다. 특히, 10대와 기존 TV 주시청층에 해당하는 40대~60대의 텔레비전 이용량과 뉴스시청량 증가가 뚜렷했다. KBS의 『코로나19: 2차 국민인식조사』의 결과에서도 코로나19 발생 이후 뉴스와 시사프로그램의 이용량이 가장 증가한 것으로 나타났다. 75.9%의 응답자가 뉴스/시사 장르의 시청량이 증가했다고 응답하였다.[6]

요약적으로 보면, 코로나 확산 이후 뉴스 이용의 증가는 충분히 예상할 수 있다. 자신들의 생활에 직접적으로 밀접한 영향을 미치고 있는 코로나19의 진전상황에 대한 관심과 우려가 새로운 정보에 대한 관심을 증대시켜 뉴스의 이용으로 연결된 것을 의미한다. 보다 구체적으로 분석해 보면, 자신의 일상과 건강, 직업에 직접적인 위험 요소로 작용하고 있는 코로나바이러스의 발병/확산 현황, 확진자의 동선이나 불법적 행위, 특정 집단에서의 이상 행위, 감염 위기상황에 대한 정보와 대처 상황, 백신 개발, 사회적 거리두기의 여파 등에 대한 최신 정보와 뉴스에 대한 주목 또는 정향(orientation)이 발생하였고, 결과적으로 이에 따른 뉴스의 소비 증가가 발생한 것으로 유추해 볼 수 있다.

---

5 그 다음을 이용량 증가를 보인 콘텐츠 장르는 어린이/유아 프로그램, 교육 프로그램이었다.

6 KBS의 『코로나19 : 2차 국민인식조사』는 닐슨미디어코리아의 패널조사방식과는 다르게 설문조사로 이루어졌다. 이 조사에서 응답자들은 뉴스/시사프로그램 다음으로 영화/드라마(48.9%), SNS(45.7%), 예능(45.3%), 넷플릭스/웨이브/유튜브 등의 동영상서비스(41.3%)에서 이용량 증가를 보였다고 응답하였다.

코로나와 관련된 뉴스소비의 증가는 매우 바람직한 현상이지만, '가짜뉴스'(fake news)의 증가라는 우려스러운 상황이 동시에 발생하였다. 2020년 발생했던 대표적 가짜뉴스에는 "모기가 코로나19를 전파할 수 있다", "소금물에 담갔다 말리면 마스크 재활용 가능하다", "5G 네트워크가 코로나바이러스를 전파한다", "비타민C가 신종 코로나를 퇴치한다", "헤어드라이어를 쐬어주면 바이러스가 죽습니다", "방역당국이 정치적인 목적으로 진단검사 결과를 조작하고 있다" 등이 있었다. 이외에도 많은 가짜뉴스가 트위터, 페이스북, 카카오톡 등과 같은 SNS, 대표적 온라인동영상사이트 유튜브, 온라인 커뮤니티사이트, 인터넷언론, 심지어는 전통적인 주류 언론에서도 유통되었다.

사실상 우리가 통상적으로 부르는 가짜뉴스는 잘못된 용어라 할 수 있다. 위에서 언급한 사례를 볼 때 이들은 뉴스가 아니라 특정한 정치적(정파적) 또는 재정적(상업적) 이득을 획득하기 위해 사실을 조작하거나 의도적으로 거짓정보를 만들어 낸 허위조작정보, 기만정보이다. 이러한 측면에서 해외에서는 'disinformation'(허위조작정보)라는 용어를 사용하기 시작하였다. 가짜뉴스가 전 세계적으로 주목받기 시작한 것은 2016년 미국 대통령선거이다. 모바일 뉴스매체인 버즈피드(Buzzfeed)가 2016년 8월에서 10월까지 페이스북에서 가장 많이 공유된 미국 대통령선거 관련 상위 뉴스 20건과 가짜뉴스 20건을 분석하여 아래의 그림과 같은 결과를 제시하였다(Silverman, 2016). 이 결과에 따르면, 가짜뉴스가 871만 번 공유되거나 댓글을 받은 것에 비해, 언론사의 뉴스는 이보다 적은 737만 번 공유되거나 댓글을 받은 것으로 나타났다. 이러한 결과는 가짜뉴스가 SNS에서 일반 뉴스보다 더 많은 사람들의 참여(engagement)를 유발하면서, 결과적으로 대선후보자의 이미지, 지지, 투표에 영향을 미쳤을 수 있음을 제시하고 있다.

[그림 1] 페이스북에서 미국대통령선거 관련
상위 20개 언론사 뉴스와 가짜 뉴스의 유통량 비교결과(2016년 8월~10월)

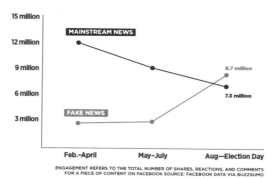

출처: Silverman (2016). *This analysis shows how viral fake election news stories outperformed real news on Facebook*. Available athttps://www.buzzfeednews.com/

　국내에서도 가짜뉴스는 2016~2017년 국정농단과 비선실세 의혹, 대기업 뇌물 의혹에 따른 초유의 대통령 탄핵과정과 이에 따른 조기 대통령선거를 둘러싸고 본격적인 논란거리로 등장하였다(정보통신정책연구원, 2019; 한국언론진흥재단, 2017). 이후 가짜뉴스는 2020년 1월 20일 국내에서 첫 환자가 발생한 코로나19와 관련해 기승을 부리기 시작했다. SNU팩트체크센터가 2020년 1월 28일~4월 24일 동안 코로나 뉴스와 관련해 팩트체크를 한 121건의 자료를 분석한 연구(성욱제·정은진, 2020)에 따르면, 코로나와 관련된 허위조작정보는 코로나와 관련될 수 있는 의학정보의 과장이나 축소, 타국가/정부/보건당국(방역대책)/지역/개인/집단/기업/제품 등에 대한 비방, 음모론 제기 등이 주를 이루고 있다. 코로나19와 관련된 가짜뉴스를 넘어 많은 가짜뉴스들은 음모론 제기, 해외 유수 언론보도의 조작이나 의도적인 활용과 왜곡, 관련 수치정보/통계정보의 의도적 조작 등의 방식을 활용하고 있다.

국내에서 유통되는 가짜뉴스들은 주로 유튜브, 인터넷포털사이트, SNS 등을 통해 유포되고 확산되고 있다. 이러한 가짜뉴스들은 여러 가지 측면에서 매우 심각하다. 코로나19와 관련된 가짜뉴스로 국한해 살펴보면, 첫째, 정부/방역당국에 대한 신뢰를 저하시키고 궁극적으로는 우리 사회의 신뢰도를 심각하게 저하시키는 문제를 일으킨다. 신뢰도 하락은 몇 개의 가짜뉴스에 의해 빠르게 진행되지만, 하락한 신뢰도를 다시 높이는데는 너무나 많은 시간과 노력, 막대한 자원의 투여가 필요하다. 건강한 사회가 가짜뉴스로 인해 너무 쉽게 건강성을 상실하고 상호 불신의 늪에 빠지게 됨에 따라 숙의 민주주의가 불가능해질 수 있다.

둘째, 가짜뉴스는 뉴스생태계의 항상성을 교란시키고 언론에 대한 신뢰도를 저하시킨다. 언론은 뉴스를 통해 사회 모든 영역에서 발생하는 의제들을 전달하고, 여론을 형성하는 공익적 역할을 수행하고 있다. 사회구성원들이 직접적으로 체험할 수 없는 사안들에 대해 대리적으로 취재하고 비판함으로써 사회의 공론장 형성에 주도적 역할을 담당하는 것이 언론이다.

가짜뉴스는 이러한 언론의 공적 기능을 저하시키거나 교란시키며, 더 나아가 언론의 신뢰도를 약화시켜 잘못된 정보를 걸러내지 못하게 하거나 공적 존재의 가치를 상실하게 만든다. 언론의 신뢰도 하락은 언론의 사회적 기능을 마비시켜 사회 전체에 대한 신뢰도와 건강성 하락으로 이어질 수밖에 없고, 이에 따라 사회공동체의 문제를 풀어내는 역할과 기능을 하지 못해 시민들 간의 사회적 갈등은 증폭 될 수밖에 없다.

셋째, 가짜뉴스는 확증 편향, 집단 극화를 강화시켜, 궁극적으로 심각한 분파적 대립과 갈등의 심화를 초래할 수 있다. 황용석·권오 성(2017)은 가짜뉴스를 저널리즘 현상이라 볼 수 없으며 소셜미디어 환경에서 나타나는 정치커뮤니케이션이라 정의하였다. 이는 어떠한 정치적 또는 정파적 이익을 얻으려는 행위라는 점을 말한다.

사람들은 소셜미디어에서 모든 뉴스를 이용할 수 없다. 이 때문에 뉴스를 선택적으로 소비할 수밖에 없으며, 확증 편향(confirmation bias)이 뉴스의 선택과정에서 가짜뉴스의 선택에 영향을 미친다. 확증 편향은 정보처리과정에서 자신이 원래 가지고 있는 생각·의견·태도를 확인 시켜주는 정보에 주목하고 선택하며, 반대되는 정보는 무시하는 경향 을 말한다. 예를 들어, 자신의 정치적 신념이나 성향에 맞는 뉴스는 적 극적으로 받아드리고, 반대되는 뉴스는 소비하지 않는 것이다.

또한 동질적인 사람들이 제공하는 동질적 정보와 뉴스를 선택해 소비, 소통, 공유함으로써 반향실 효과(echo chamber)가 나타날 가능성 이 높아진다. 반향실 효과는 비슷한 생각을 가진 사람들만이 모여 소 통함으로써 특정한 신념이 강화되는 현상을 말한다. 일종의 특정 집 단에서 발현되는 확증편향의 형태라 할 수 있다. 이러한 확증편향은 정치적인 집단 극화로 이어질 수 있으며, 특히 특정 정치적 성향을 가 진 사람들의 생각에 동조되는 가짜뉴스의 소비와 영향력 생성을 초 래할 수 있다.

추가적으로 보면, 인터넷포털의 모바일 앱, 유튜브, 소셜미디어를 통한 뉴스와 정보의 소비는 필터버블(filter bubble) 현상의 강화를 초래해 비슷한 성향이나 유형의 뉴스와 정보안에 갇히게 될 가능성이 높다. 이들 미디어를 통한 뉴스서비스에는 알고리즘이 들어가 있고, 이 알고리즘은 개인에게 맞춤형 뉴스와 정보를 제공한다. 하지만 개인맞춤형 뉴스는 자신의 뉴스 이용행태에 기반하고, 자신과 비슷한 성향을 가진 사람들의 뉴스소비를 분석해 제공하기 때문에 특정 성향의 뉴스 소비, 즉 뉴스 편식현상의 발생 가능성이 높은 것이다.

5. 코로나 이후 시대의 사람과 사회의 소통

코로나바이러스의 확산으로 집에 머무는 시간이 많아지고, 이에 따른 미디어 이용량도 증가하였음은 분명한 사실이다. 특히 뉴스의 소비가 증가한 것이 두드러지는 현상이었다. 이와 함께 코로나바이러스보다도 더 '지독한' 가짜뉴스, 즉 허위조작정보도 늘어나고 이의 소비량도 증가하였다. 가짜뉴스가 코로나바이러스보다 더 지독한 이유는 바이러스보다 더 빠른 속도로, 미디어를 통해 상당히 많은 사람에게 거의 동시적으로 전파되고, 우리 사회공동체와 여론을 분열시키고, 정부/집단/개인에 대한 신뢰도를 급속도로 저하시키며, 이에 따라 이를 해결하기 위한 사회적 비용을 급속히 증가시키기 때문이다.

물론 가짜뉴스는 우리나라만의 문제는 아니다. 이에 따라 많은 나라들은 가짜뉴스에 대한 법적 처벌을 도입하거나 강화해 왔다. 예를 들어, 헝거리는 코로나19와 관련된 허위정보 유포시 5년 이하의 징역에 처하는 긴급 법안을 마련하였다. 베트남은 코로나19와 관련된 허위정보를 소셜미디어에 올리거나 공유하는 자에게 벌금 1천만~2천만 동(VND)을 부과하는 법규를 신설하였다(성욱제·정은진, 2020).

국내에서도 가짜뉴스를 막으려는 다양한 노력이 있어 왔다. 허위 사실 적시에 의한 명예훼손죄(형법), 명예훼손에 대한 손해배상(민법), 불법·유해정보에 해당하는 허위조작정보에 대한 방통통신심의위원회 심의와 시정 요구(정보통신망법) 등 기존 법령을 활용하려는 노력이 있었다. 한국인터넷자율정책기구(KISO)는 가짜뉴스 신고센터를 운영하면서, 언론보도 형식의 허위게시물에 대해 심의하고 있다. JTBC, KBS 등의 언론사들도 팩트체크 코너를 저녁종합뉴스에서 운영하고 있다. 2017년 설립된 SNU팩트체크센터는 30개 언론사와 협력해 해당 언론사의 기사에 대한 팩트체크 결과를 공개하고 있다. 2020년 11월에는 12개 언론사와 시민들이 참여하여 허위조작정보를 검증해 그 결과를 온라인으로 공개하는 '팩트체크넷'이 출범하기도 하였다.

하지만 이러한 노력에도 불구하고 하루에 생산되는 뉴스 모두를 대상으로 사실 확인을 할 수는 없다. 논리상으로 보면 언론이 생산하는 뉴스는 이미 사실을 확인한 뉴스인데 다시 사실 확인하는 것 자체가 우스꽝스러운 현상이다. 하지만 많은 허위조작정보가 가짜뉴스라는 이름으로 의도적으로 생산되고 유통되는 것이 현실이다. 2019년 문화체육관광부 정기간행물 등록 기준으로 일간/주간으로 뉴스를 생산하는 언론사가 약 13,200개 이었다. 각 언론사가 하루 10개의 기사를 생산한다고 가정한다면 13만 2천 개, 50개씩 생산한다면 약 66만 개의 기사가 매일 생산되어 유통되는 것이다. 이의 사실 여부를 모두 확인하는 것은 사실상 불가능에 가깝다.

따라서 코로나이후 디지털 미디어를 통한 뉴스이용에서 가장 중요한 것이 개인 뉴스소비자의 역량이다. 허위조작정보를 걸려낼 수 있고 다양한 뉴스를 향유할 수 있는 뉴스리터러시(news literacy) 역량이 필요한 것이다. 4차산업혁명 시대의 뉴스는 이전에 1개 신문사의 종이신문이나 방송채널형태의 텔레비전뉴스와는 다르게 디지털 미디어를 통해 통합적으로 집합적으로 유통된다. 뉴스의 종류와 양도 이전에 비해 많이 늘어, 뉴스이용자들의 선택을 받기가 여간 쉽지 않다. 이에 따라 흥미로운 제목, 선정적인 내용, 특이한 뉴스거리 등으로 뉴스이용자를 '낚으려고'한다. 따라서 '말랑말랑한' 또는 '낚시성' 뉴스보다는 품격있는 뉴스를 선택적으로 이용할 수 있는 역량이 필요하다. 그렇지 않은 경우, 이전에 인터넷시대에 정보격차와 같이, 모바일시대에는 뉴스격차가 발생할 수 있다. 뉴스는 사회를 보는 시각을 제공하는 창(window) 역할을 하기 때문에 다양한 창을 통해 사회현상을 보는 것이 필요한데, 이를 위해서는 개인의 비판적/창의적 뉴스소비 능력이 필요하다.

뉴스 리터러시는 다양한 뉴스의 이해 능력과 해독 능력을 의미한다(한국언론진흥재단, 2017). 우리나라를 포함해 많은 국가들은 어린이·청소년·성인의 읽기능력 향상, 사회문제에 대한 관심 증대, 읽기문화의 형성과 증대를 위해 다양한 활동을 벌이고 있다. 예를 들어, 덴마크는 신문을 지속가능한 민주주의 사회를 구현하는데 필수적인 정보원이며 토론학습의 자원으로 간주하고 초·중·고 교육과정에 신문활용교육(NIE: Newspaper-In-Education)을 실시하고 있다. 프랑스는 어린이와 청소년의 읽기문화 습관의 형성을 위해 연령대별 신문을 배포하고 있다(한국언론진흥재단, 2014). 국내에서는 한국언론진흥재단을 중심으로

신문활용교육과 미디어교육과 관련된 활동과 사업을 제공하고 있다.[7]

뉴스리터러시 역량은 다양한 디지털 미디어를 통해 유통되고 있는 뉴스와 관련 정보를 비판적/심사숙고적/창의적으로 이해·분석·활용·공유할 수 있는 능력을 의미한다. 이러한 능력은 민주주의 공동체에서 삶을 영위하고 있는 구성원들에게 필수적인 요건이며, 디지털 사회를 살고 있는 현대인들에게 반드시 필요한 역량이다. 이러한 역량은 뉴스의 형태를 띠고 있는 가짜 허위조작정보를 분별해낼 수 있게 만들며, 품질 좋은 뉴스들이 사람들의 선택을 받는 사회 구조를 만드는데 필요한 기초적인 사회적 인프라를 제공한다.

디지털/모바일 미디어 환경에는 활용할만한 좋은 뉴스와 정보도 무궁무진하지만, 우리의 정신과 마음을 어지럽히는 쓰레기 정보들도 많이 존재한다. 클레이 존슨(Clay Johnson)이 그의 저서 『Information Diet』(정보 다이어트)에서 언급한 바와 같이, 인터넷환경에서 쓰레기정보를 이용하지 말고 의식적으로 진짜 정보를 습득해야 한다. 즉, 뉴스를 잘 가려서 우리의 의식과 가치에 유익한 뉴스를 찾아 소비하는 의식적인 활용법과 접근법이 필요하다. 이를 수행할 수 있는 역량이 뉴스리터러시 역량인 것이다.

시민들은 스스로 그리고 다양한 뉴스 리터러시 교육 참여를 통해 뉴스 리터러시 역량을 키워야 한다. 이를 통해 좋은 뉴스를 선별하고, 쓰레기 뉴스와 허위조작정보를 선택하지 않은 능력을 가져야 한

---

7 한국언론진흥재단(www.kpf.or.kr)은 미디어교육 운영학교 지원, 미디어교육 교사 연수, 미디어교육 강사 운영, 미디어교육 전국대회, 미디어교육 산학협력 포럼, 미디어교육 국제교류, 미디어교육 교재개발, 미디어교육 포털 운영 등과 같은 사업을 실시하고 있다.

다. 이러한 개인의 능력은 건강한 시민사회의 형성과 유지, 민주주의의 유지와 발전에 기초적인 인프라로 작동할 것이다. 뉴스생산을 담당하고 있는 언론, 이의 유통을 중개하는 인터넷포털은 스스로 허위조작정보에 적극적으로 대처해 이들이 유통되지 않도록 신뢰도를 높일 필요가 있다. 우리나라 언론에 대한 신뢰도는 20%정도 내외로 매우 낮은 것이 현실이다. 이러한 언론 현실이 사실상 허위조작정보의 유통을 '초대'하고 있는 것으로도 볼 수 있다. 사회는 뉴스의 중요성과 뉴스 이용문화를 향상시키는 다양한 캠페인을 실시해야 한다.

강갑생, 「'코로나 백신' 간절한 항공…국내선 회복에도 국제선 -98%」, 『중앙일보』, 2021. 1. 1., https://news.joins.com/article/23960032.

강현창, 「코로나19로 '나홀로 아웃도어' 대세」, 『비즈니스왓치』, 2020. 6. 10., http://news.bizwatch.co.kr/article/consumer/2020/06/10/0013.

김경림, 「CJ CGV, 3분기도 968억원 적자…올 누적손실 3천억 육박」, 『연합인포맥스』, 2020. 11. 10., https://news.einfomax.co.kr/news/articleView.html?idxno=4116760.

김기훈, 「코로나19 여파로 올해 택배 물량 전년보다 20% 증가」, 『연합뉴스』, 2020. 9. 18, https://www.yna.co.kr/view/AKR20200918091600530.

김주환, 「유튜브, 카톡·네이버보다 많이 본다…이용시간 2년새 3.3배 증가」, 『서울경제』, 2018. 3. 17, https://www.sedaily.com/NewsView/1RWVZAWY5G/GD0101.

김형원, 「CJ CGV, 2019년 영업익 58.6%↑…글로벌 실적 증가. 『IT Chosun』, 2020. 2. 11, http://it.chosun.com/site/data/html_dir/2020/02/11/2020021103123.html.

나건웅·박지영, 「라이더 부족 현황과 원인-쿠팡이츠 배달비 공세에 라이더 '쏠림현상' '라이더 실업급여' 추진…배달업계 '울상'」, 『매일경제』, 2020. 8. 12, https://www.mk.co.kr/news/economy/view/2020/08/829441/.

동아닷컴, 「6월 택배량만 약 3억개…'하루 225건' 택배기사 7명 과로사」, 2020. 9. 18, https://www.donga.com/news/Economy/article/all/20200918/102996379/1.

류은주, 「올해만 3300억 쓴 넷플릭스 투자의 명과 암」, 『IT 조선』, 2020. 11. 23, http://it.chosun.com/site/data/html_dir/2020/11/23/2020112301669.html.

백봉삼, 「유튜브, 동영상 앱 압도적 1위… 2~6위 뭉쳐도 '깨갱'」, 『ZDNet Korea』, 2020. 7. 28, https://zdnet.co.kr/view/?no=20200728092140.

설성인(2020. 4. 6.). '코로나'가 부른 화상회의 특수… 웹엑스, 사용자 3억명 돌파. 『조선비즈』, https://biz.chosun.com/site/data/html_dir/2020/04/06/2020040601659.html.

성욱제·정은진, 「코로나19와 허위정보: 유형분석과 대응방안」, 『KISDI Premium

Report』, 정보통신정책연구원, 2020. 5.

신민정, 「"올해는 해외여행 대신 캠핑" 캠핑용품 매출 껑충」, 『한겨레』, 2020. 6. 7.,
　　http://www.hani.co.kr/arti/economy/consumer/948214.html.

신희철, 「스포츠도 언택트가 대세… 골프·등산용품 매출 성장 눈에띄네」, 『동아닷컴』,
　　2020. 6. 20, https://www.donga.com/news/Economy/article/all/20200621/
　　101620123/1.

유건식, 「코로나19 사태로 인한 미디어 시장의 변화」, 『2020 KCA Media Iussu &Trend
　　전문가 리포트』, 한국방송통신전파진흥원, 2020. 2.

이승환, 「전국 144개 대학 '전면 비대면' 수업중」, 『e-대학저널』, 2021. 1. 11., http://
　　www.dhnews.co.kr/news/articleView.html?idxno=128136.

정보통신정책연구원, 「허위조작정보 문제해결을 위한 제언」, 『정보통신정책연구원 공
　　개토론회 발제집』, 2019. 12. 20.

조영신, 「코로나19 이후의 미디어 세상: 유통 및 소비의 변화」, 『방송 트렌드 & 인사이
　　드』, Special Issue 1. 한국콘텐츠진흥원, 2020, http://www.kocca.kr/trend/vol22/
　　sub/s11.html.

지혜롬, 「코로나19 사태 이후 우리나라 대기질 크게 개선…"중국 대기 변화 영향"」,
　　『TBS 뉴스』, http://tbs.seoul.kr/news/newsView.do?typ_800=1&idx_800=3408254
　　&seq_800=20400831

통계청, 『2020년 11월 온라인쇼핑동향』, 2021. 1. 5, https://kostat.go.kr/portal/korea/
　　kor_nw/1/12/3/index.board.

한국언론진흥재단, 『2014 해외 미디어 동향-04: 세계의 뉴스 리터러시 교육』, 2014.

한국언론진흥재단, 『뉴스미디어와 4차산업혁명』, 2018.

허효진, 「[코로나실업]③ 여행사 9백곳 폐업…"매출 감소 아닌 '제로'」, 『KBS News』,
　　2020. 10. 2, https://news.kbs.co.kr/news/view.do?ncd=5016707.

황성연, 「2020 상반기 미디어 리포트: COVID19가 촉발한 미디어 이용 행태의 변
　　화와 시사점」, 『한국정치커뮤니케이션 2020년 전반기 정기학술대회 발제문』,
　　2020. 7. 17.

황용석·권오성, 「가짜뉴스의 개념화와 규제수단에 관한 연구: 인터넷서비스사업자의
　　자율규제를 중심으로」, 『언론과 법』, 16(1), 2017.

Kottasová, I., & Di Donato, V, "Women are using code words at pharmacies to escape domestic violence during lockdown". CNN, 2020.4.6.

https://edition.cnn.com/2020/04/02/europe/domestic-violence-coronavirus-lockdown-intl/index.html

Novet, J, "Zoom shares soar after revenue more than quadruples from last year". CNBC,2020.9.1.

https://www.cnbc.com/2020/08/31/zoom-zm-earnings-q2-2021.html

Plumer, B., & Popovich, N, "Traffic and Pollution Plummet as U.S. Cities Shut Down for Coronavirus". New York Times, ,2020.3.22.

https://www.nytimes.com/interactive/2020/03/22/climate/coronavirus-usa-traffic.html

Silverman, C, "This analysis shows how viral fake election news stories outperformed real news on Facebook", buzzfeednews, 2016.11.16.

https://www.buzzfeednews.com/article/craigsilverman/viral-fake-election-news-outperformed-real-news-on-facebook

Statista, "Number of Netflix paid subscribers worldwide from 3rd quarter 2011 to 3rd quarter 2020", 2021.

https://www.statista.com/statistics/250934/quarterly-number-of-netflix-streaming-subscribers-worldwide/

간헐적 팬데믹 시대에서 좋은 말하기와 글쓰기*

이도흠

한양대학교 국어국문학과 교수

1. 간헐적 팬데믹 시대에서 좋을 말과 글이란?

코로나바이러스19 사태로 세계는 혼란 속에서 전혀 가지 않은 길을 가고 있다. 세계화가 중단되고 국제 관계는 각자도생으로 전환하고, 대중들은 공포 속에서 상당한 시간을 격리상태로 보내고 있다. 재택근무, 원격 회의와 강의, 진료가 일상이 되고 있다.

"코로나 사태의 근본 원인은 인간이 농장, 목장, 광산, 공장, 주거지 개발을 하고자 생태계(eco-system)의 순환을 담보해 줄 '빈틈'이나 완충지대의 숲마저 파괴하는 바람에 그 숲에서 박쥐, 원숭이 등과 오랫동안 공존하던 바이러스가 인수(人獸) 공통의 바이러스로 변형한 업보

---

* 이도흠, 「간헐적 팬데믹 시대에 좋은 말하기와 글쓰기」, 『교양교육과 시민』 3호, 숙명여자대학교 교양교육연구소, 2021.1.31.에 수록된 원고임을 밝힙니다.

다. 학자들은 임계점을 넘어선 숲 파괴로 매년 두세 종의 바이러스가 인수공통의 전염병으로 변형을 하고, 확률적으로 그 중 한 바이러스가 4~5년에 한 번 꼴로 팬데믹을 일으킬 것이라고 한다. 문제는 이것에 생명의 위기, 기후위기, 불평등의 극대화, 4차 산업혁명에 따른 노동의 위기 등이 겹쳐져 있다는 것이다. 필자는 이를 '간헐적 팬데믹 시대(the age of intermittent pandemics)라 명명한다."[1]

인류 역사가 700만 년이지만, 인간이 지금과 같은 말을 하기 시작한 것은 고작 20만 년에 지나지 않으며, 문자를 기록하여 글을 쓰기 시작한 것은 12만 년에 지나지 않는다. 하지만, 인간은 말을 하면서 사회적 협력을 강화하고 문명을 건설하여 인간보다 강한 생명들을 능가하여 지구 생태계의 지배자가 되었고 이제 생명을 창조하고 인공지능로봇을 만드는 시대까지 열고 있다.

말은 의사표현을 하고 인간관계를 형성하고 진리를 표현하고 문명을 발전시키고 이를 공유하고 전달한다. 하지만, 말은 인간관계를 악화하고 진리를 왜곡하며 문명을 훼손하기도 한다. 거짓말, 막말, 잘못된 말, 이간질하는 말, 뒷담화, 악담, 발림말, 언어폭력, 성희롱, 악성댓글 등은 인간을 기만하고 상처를 주고 본성을 해치고 심지어 죽음에까지 이르게 한다. 탈진실post-truth이 시대를 대표하는 핵심어가 될 정도로 가짜뉴스가 난무하고 공론장이 붕괴되었다. 코로나 사태로 격리기간이 길어지면서 많은 사람들이 고독, 우울증, 경기침체, 생존위기를 겪고 있다. 이런 시대에 요청되는 좋은 말과 글은 무엇이며 어떻게 쓸 것인가.

---

1   이도흠, 『4차 산업혁명과 대안의 사회2-4차 산업혁명과 간헐적 팬대믹 시대』, 특별한서재, 2020, 504쪽 요약.

2. 기호와 의미의 형성

말이란 한 대상이 다른 대상에게 생각과 느낌을 발성기관을 통하여 기호로 나타내는 소리다. 여기서 대상은 주로 타인이지만, 자기 자신, 무의식, 신, 사물일 수도 있다. 기호는 한 마디로 말하여 "사물이나 생각, 느낌을 다른 것으로 대체한 것(aliquid stat pro aliquo, stand for something else)의 총칭"이다.[2] 한글이나 알파벳은 당연히 기호이지만, 사물이나 생각, 의미를 대체한 것이라면 우주 삼라만상이 기호가 된다. 모든 기호들은 관계/구조/차이에 따라 의미를 드러낸다. 삼라만상은 의미를 드러낼 때 비로소 존재한다. 구름은 '양떼, 성, 나그네, 무상, 간신' 등을 뜻하고, 돌은 '의지, 침묵, 정적, 변하지 않음, 영원, 장애' 등을 의미한다.

인류사 700만 년 가운데 20만 년 전에야 비로소 커다란 변화가 일어났다. "이 변화 이전에 인간은 개별 낱말의 조합이 아니라 한 뭉치의 발화로 통째로 의미를 갖는, 전일적(Holistic)이고, 다중성(Multi-Modal)이고, 조작적(Manipulative)이며, 음악적(Musical)인 발화인 '흠의 언어hmmmm'를 사용하였을 것이다."[3]

점진적으로 아주 느리게 언어가 발달하다가 20만 년 전에 발성에 관여하는 FOXP2 유전자의 돌연변이가 일어났다. "그 유전자의 변형은 쥐 유전자의 변형과 총 715개 중에 단 세 개의 분자만 다르며, 침팬지가 가진 변형과는 단 두 개의 분자만 다르다. 그 돌연변이를 확인한

---

2   Winfried Nöth, *Hand Book of Semiotics*, Bloomington: Indiana University Press, 1995, p.70.

3   스티븐 미슨, 『노래하는 네안데르탈인』, 김명주 역, 뿌리와이파리, 2008, 200쪽을 참고하여 기술함.

독일 연구자들은 그것이 20만 년 전에 생겨나 500~1천 세대, 즉 1~2 만 년 동안에 급속히 퍼졌다고 말한다."[4] "FOXP2는 다른 동작 과정을 필요로 하는 회로와 일치하는 언어 관련 회로 구조에 지원을 하면서 언어와 운동동작 조절을 관장하는 두뇌 영역에 영향을 미친다."[5]

다른 요인도 작용했겠지만, 결정적으로 FOXP2 유전자의 돌연변 이로 인하여 인류는 혀, 입술, 목구멍 등 발성기관을 정교하게 움직일 수 있게 되었다. 정교하다는 것은 미세한 차이들을 의지대로 창조하 고 조절할 수 있음을 뜻한다. 그러니, 한국인이 '불/풀/뿔'이나 '강/공/ 궁'을 구분하듯, 음성적 차이를 갖는 발음들을 창조해내고 그 차이를 분별하여 들으며 유인원과도 확연히 다른 인간의 언어들을 창조해내 고 소통하게 된 것이다. 정확하고 정밀한 소통을 하면서 인류는 사회 적 협력을 증대하였고, 많은 지식과 지혜를 전달하고 공유했다.

이후 인류는 12만 년에서 7만 년 전에 문자를 사용하였다. "아직 문자라 단언할 수 없지만, 히브리대 등 국제연구진은 이스라엘 람라 (Ramla)의 12만 년 전의 중석기 유적지에서 멸종된 야생 소의 뼈 조각 에 날카로운 부싯돌로 6개의 거의 평행한 상징을 새긴 화석을 발굴하 였다."[6] "남아프리카의 블롬보스 동굴에서 발견된 점토 덩어리를 보면

---

4 피터 왓슨, 『생각의 역사 1: 불에서 프로이트까지』, 남경태 역, 들녘, 2009, 65쪽.

5 Vargha-Khadem, F, Gadian, DG, Copp, A, Mishkin, M, "FOXP2 and the neuroanatomy of speech and language," *Nat Rev Neurosci*, 6, 2005: pp.131~138, French C.A.; Fisher, S.E., "What can mice tell us about Foxp2 function?," Current opinion in neurobiology .28, 2014, pp.72~79. ; Han T.U. ; Park J. ; Domingues C.F., "A study of the role of the FOXP2 and CNTNAP2 genes in persistent developmental stuttering," *Neurobiology of disease*, 69, 2014, p.73. 재인용.

6 Marion Prévosta, Iris Groman-Yaroslavski, Kathryn M. Crater Gershtein, José-Miguel Tejero, Yossi Zaidner, "Early evidence for symbolic behavior in the

상당히 많은 x자들이 새겨져 있는데, 이는 기하학적이거나 도상적인 기호다."[7] "프랑스 레제지에 있는 3만 년 전의 유적에는 인물의 토르소에 지그재그 선이 새겨져 있다. 1970년 불가리아의 바초 키로에서 발견된 뼛조각에는 네안데르탈인의 시대까지 거슬러가는 기호가 남아 있다."[8] 문자의 발명은 시간을 초월한 기억의 정박을 의미한다. 말은 의미, 지식, 지능을 전달할 수 있지만 시간의 지배를 받는다. 이후 인류는 여러 지능을 통해 획득한 지식과 정보를 문자로 기록해 시간의 지배를 넘어서서 정박시키게 되었다.

혼돈　　→　　　질서
　　　　　↑
범주화 ← 준거의 틀 ← 차이 ← 문화

　　그럼 낱말이란 어떻게 만들어졌는가. 봄날에 산에 가면 산에 있는 풀들은 필자한테 혼돈(chaos)이다. 필자가 아무 풀이나 먹었다가는 독초를 먹고 죽을 수도 있다. 그러나 필자의 선비(어머니)는 그 풀을 보고, "이건 쑥부쟁이요, 저건 취나물인데, 취 중에서도 이건 곰취이고, 저건 참취다."라고 구분을 했다. 취로 국한해도 우리나라에 자생하는 것만 60여 종이나 된다고 한다. 그 차이(difference)가 어디서 빚어지는가. 필자의 선비에겐 이 식물들은 질서를 가진 세계(cosmos)다. 이를 구

Levantine Middle Paleolithic: A 120 ka old engraved aurochs bone shaft from the open-air site of Nesher Ramla, Israel," *Quaternary International*, 20 January 2021, https://doi.org/10.1016/j.quaint.2021.01.002, 검색일자 2021년 2월 14일.

7　https://www.donsmaps.com/blombos.html(2012년 1월 4일 검색)

8　피터 왓슨, 앞의 책, 87~88쪽.

분하고 각각의 사물에 대해 다른 언어를 부여할 수 있을 뿐만 아니라, "고사리는 날로 먹으면 독소가 있으니 삶아 먹고, 곰취는 향이 좋고 독소가 없으니 날로 쌈을 싸서 먹고, 저건 심장에 좋고, 이건 기관지에 좋다"라는 식으로 이용도 한다.

이것이 가능한 것은 "저렇게 심장 모양에 톱니가 자잘하게 난 것은 곰취이고, 같은 심장 모양이지만 좀 더 길쭉하고 톱니가 굵은 것은 참취다."라고 범주화(categorization)할 수 있기 때문이다. 범주화는 차이를 발견하는 준거의 틀(frame of criteria)이 있을 때 가능하다. 차이는 문화(culture)에서 비롯된다. 취나물을 다양하게 식용하거나 약으로 이용하는 한국 사람들은 60여 종에 달하는 취나물의 차이를 발견할 수 있지만, 그렇지 않은 사람들은 취나물의 차이를 발견할 필요가 없으므로 60종 이상의 취가 자생한다 하더라도 그리 세세하게 분류하지 않는다. 어떤 지역의 사람들은 취나물 모두를 잡초로 간주하고 이름도 부여하지 않을 것이다.

'준거의 틀'은 차이를 일반화하는 데서 비롯된다. 사람마다 차이를 보는 눈이 다르므로 무한한 차이가 빚어진다. 여러 시행착오와 대화, 합의를 통해 공동체에서 그 차이를 어떤 기준에 따라 일반화하면 그것이 준거의 틀이 된다. 이 준거의 틀에 따라 자연과 사물, 사람에 대해 구분을 하여 범주화하고 범주화한 만큼 언어를 부여한다. 그러면 혼돈이었던 자연, 사물, 세계, 집단과 사회, 사람이 질서로 변한다. 세계에 존재하는 우주와 자연, 집단의 창조 신화들은 이 과정을 서사로 담은 것이 대다수다.

3. 말의 의미와 해석

소쉬르 이전의 서양의 주류 철학을 한마디로 규정하면, '이데아를 향한 끊임없는, 고단한 날개짓'이었다. 플라톤에서 헤겔이나 칸트에 이르기까지 서양 철학자들은 이데아, 본질, 실체 등을 규명하기 위하여 고통스런 사색을 하였다. 실체론에서 볼 때, '돌'은 단단한 성질을 가지고 있기에 '돌'인 것이고, 스스로 '돌스러움'을 지니고 있으며 돌에 다가가면 돌의 실체를 알아낼 수 있을 것으로 생각하였다.

소쉬르는 실체론에 맞서서 구조적 사유라는 새로운 지평을 연다. 구조적으로 볼 때, 돌은 돌 안에 없다. '돌'은 홀로 의미를 갖지 못하며 본질을 드러내지도 못한다. '돌'은 '흙'과의 차이를 통하여 '모래보다 크고 바위보다 작은 광물질의 단단한 덩어리'란 의미를 드러낸다. 흙이 없었다면 돌은 홀로 의미를 드러내지 못한다. "불, 뿔, 풀'이 음운의 차이로 의미가 갈리고 다른 낱말이 되듯, "언어에는 차이가 있을 뿐이다."[9] 이처럼 어떤 구조 속에 있는 각 기호들은 다른 기호들과 관계/구조/차이 속에서만 의미를 가진다. 의미는 차이나 관계에 따라 드러난, 공유된 의미작용 체계의 산물이다.

소쉬르는 구조적 사유에 따라 기호와 의미작용의 체계[semiosis]에 대하여 이원적으로 해명하였다. "기호는 형식과 내용, 청각적 발음과 의미의 결합체다. '나무'라는 기호에서 발성기관을 통해 '나무[namu]'로 발음하여 청각적 이미지(acoustic image)를 나타내는 부분이 기표(signifiant)이고, 이 소리를 듣고 뇌 속에서 '목질의 줄기를 가진 여러 해

---

9 Ferdinand de Saussure, *Course in General Linguistics*, tr. Wade Baskin, New York: Philosophical Library, 1959, p.120.

살이의 식물'이라는 의미를 떠올리는 부분이 기의(signifié)이다. 이렇게 기호가 기표와 기의를 드러내는 것, 또는 기표와 기의가 서로 관계를 맺으며 의미를 형성하는 것이 의미작용(signification)이다."[10]

"기표와 기의의 접합은 자의적이다."[11] 우리 조상들이 '나무'라는 사물에 대해 '노무'라 하든 '너무'라 하든 그렇게 호명했다면 지금 우리는 그렇게 불렀을 것이다. 언어와 실체와 의미, 기표와 기의 사이에는 아무런 필연적인 관계, 혹은 내적인 관계가 없다. 하지만, 사회 체계 안에서 언어는 집단 구성원의 공통된 약속으로서 소통의 매개 구실을 한다. 지금 한국에서 '나무'를 '노무'나 '너무'로 부르는 사람이 있다면 그는 한국어를 기반으로 한 언어공동체에서 살아가기 어려울 것이다. 이처럼 언어는 시간의 흐름에 따라 가변성을 내포하고 있으면서도 사회체계 안에서 불변성을 유지한다.

인간이 세계를 해석하고 의미를 만들고 이를 삶의 지표로 삼아 결단하는 것에 대하여 필자가 창안한 이론인 화쟁기호학 가운데 화쟁의 의미론 부분을 빌려서 설명을 한다. 의미를 유추하여 형성하는 두 축은 은유와 환유다. '별'에서 그처럼 모양이 유사한 '불가사리'가 떠오르듯, 사물의 유사성(likeness or similarity)을 통하여 다른 사물을 유사한 것으로 유추하여 의미를 구성하는 것이 은유(metaphor)다. '축구'에서 '손흥민'이 떠오르듯, 서로 다른 사물이나 언어를 인접성(contiguity)을 매개로 서로 관계있는 것으로 유추하여 의미를 구성하는 것이 환유(metonymy)다. 원효의 화쟁의 원리를 따라 은유와 환유의 원리와 체상용(體相用)의 체계를 결합하여 우리가 세계를 인식하고 의미작용을

---

10   Saussure, op.cit., pp.65~70을 참고하여 요약함.

11   ibid., p.67.

일으키는 원리를 체계화할 수 있다. 우리는 사물과 세계의 현상, 작용, 본질을 통하여 그 사물의 세계로 들어가며 이를 은유나 환유로 유추하여 이해하고 설명한다.

[표 1] 體相用의 원리에 따른 달의 은유적 인식과 의미작용

	체상용	유사성의 근거	내포적 의미
一心	相 몸의 품	-보름달(원) -반달(반원) -초승달 -그믐달 -분화구 -밝은 달 -노란 색 -푸른 색 -유사한 발음	쟁반, 미인, 님, 어머니, 완성, 조화, 덕성, 부처나 보살님, 임금님 배, 송편, 빗 蛾眉, 쪽배, 손톱 蛾眉, 실눈, 여자 곰보, 계수나무, 옥토끼, 빵, 바다 명료함, 일편단심 병아리, 개나리, 노란 꽃 차가움, 냉혹함, 청아함 돌, 탈, 알
	體 몸의 몸	-차고 기움 -사라졌다 다시 나타남 -드러나고 감춤	변화, 榮枯盛衰, 인생 부활, 영원성, 파라오 隱密顯了俱成門
	用 몸의 짓	-월별로 나타남 -두루 널리 비춤 -태양과 대립한다 -하늘과 땅 사이에 위치하고 운동한 다	달거리, 생리, 밀물과 썰물 광명, 문수보살, 大慈悲, 임금(의 은총) 陰, 여성성, 여신, 밤, 어둠의 세계(어 려운 상황) 영원, 이상 등의 지향, 신과 인간, 聖 과 俗, 天上과 地上, 또는 사랑의 중개 자
	體참	?	?

출처: 이도흠, 『화쟁기호학, 이론과 실제』, 한양대출판부, 1999, 182쪽.

첫째는 품[相]으로, 동그란 보름달에서 '엄마얼굴,' 반달에서 '쪽배', 그믐달에서 '눈썹' 등의 의미를 떠올리듯, 이는 사물의 드러난 모습과 현상을 보고 유사한 것으로 유추하는 것이다. 둘째는 몸[體2]으로, '달이 차고 기우는 것'에서 '영고성쇠', '사라졌는데 다시 나타남'에서 '순환, 부활, 재생' 등을 떠올리듯, 사물의 본질을 인지하고 이와 유사한 것으로 유추하는 것이다. 셋째는 짓[用]으로, '달이 하늘과 땅 사이를 오고 감'에서 '(신과 인간, 천상계와 지상계의) 중개자, 사자(使者)' 등을 떠올리듯, 사물의 기능과 작용과 유사한 것으로 유추하는 것이다.

여기서 중요한 것은 이런 의미작용이 모두 인간의 마음에서 비롯된 것으로 달의 진정한 의미인 참[體1]은 파악할 수 없다는 점이다. 달에서 천 개, 만 개의 낱말을 연상하여 그것을 달의 의미로 삼는다 하더라도 달이라는 세계의 실체를 극히 한 부분만을 드러내는 것이며 오히려 환영이거나 왜곡이기 쉽다. "참"은 세계의 실체 가운데 실체라고 할 수 있는 것이다. 이는 인간의 의식으로 파악할 수 없고 기호로 표현할 수도 없는 것으로 세계의 진정한 실체다.

[표 2] 體相用에 따른 달의 환유적 인식과 의미작용

	體相用	인접성의 관계	
一 心	相 꼴	부분 - 전체	분화구-달, 달-천상계, 달-천문, 달-세월
		유개념-종개념	달-초승달, 반달, 보름달, 그믐달/달-천체
		공간적	천상계, 하늘, (해, 별, 구름)
		시간적	밤, 한가위, 대보름, 깊은 밤(어려운 상황)
	體 몸	형식-내용	쏘의 철학

一	用	원인-결과	달-맑음
		도구-행위	등불-비춘다
心	짓	경험적	달-월명사, 이태백, 늑대, 광인, 아폴로, 암스트롱, 달-한민족, 초승달-아랍민족, 이라크
	참	?	?

출처: 이도흠, 『화쟁기호학, 이론과 실제』, 한양대출판부, 1999, 185쪽.

환유 또한 마찬가지다. '달-구름, 별, 천문, 추석, 밤'처럼, 부분과 전체 관계를 가지거나 공간적, 시간적으로 인접한 유추는 품의 환유다. '달이 진다'가 '시간이 흐른다'처럼 사물의 본질에 인접한 유추는 몸의 환유다. '달이 떴다'가 '날이 맑다'를 뜻하는 것처럼, 사물의 기능과 작용의 인접성에서 비롯된 것은 짓의 환유다.

몸의 은유는 철학이다. 고대 시대의 중국 사람들은 천지만물의 본질이 '높음과 낮음[序]→이에 따라 다름[別]→조화[和]'라 생각하였다. 그들이 천지만물을 바라보니, 높은 곳에는 산과 숲이 형성되고 짐승이 깃들이고 낮은 곳에는 물이 고이고 물고기가 살았다. 또, 물고기가 숲으로 나오면 질식하니 물에서만 놀고 사슴이 물로 들어가면 익사하니 숲에서만 논다. 이렇게 각자 높낮이에 따라 다름을 유지할 때 자연의 모든 물상과 생물은 조화를 이룬다. 이들은 이런 천지만물의 몸을 가정, 사회, 국가의 질서에 그대로 유사하게 유추하였다. 그래서 집에서는 아버지와 자식의 높고 낮음이 있으니, 아버지가 수저를 드신 뒤에 자식이 수저를 들듯이 아랫사람은 윗사람을 섬기고 복종하고 윗사람은 아랫사람을 돌보고 보듬는 서로 다름이 지켜져야 한다. 그럴 때 가정이 화목하다. 나라에서는 낮은 신분의 백성과 신하가 가장 높은 신분에 있는 임금에게 충성을 다하고 대신 임금은 사랑과 관용으로 백성과 신하를 돌보고 은혜를 베풀어야 한다. 그럴 때 국가가 태평하고 백성이 평안하다.

은유와 환유를 집단적으로 실천하면 의례나 문화가 된다. 고대 시대에 새를 솟대 위에 올리고 샤먼이나 왕이 새의 깃털을 모자에 얹은 것은 '새=천상과 지상, 신과 인간의 중개자'에서 비롯된 것이다. 티베트에서 독수리가 시신을 먹은 후 영혼을 하늘나라로 데려갔다고 생각하고 천장(天葬)을 지낸다. 제2차 세계대전 때 남태평양의 몇몇 섬에서 비행기를 처음으로 본 후에 비행기를 신으로 모셨다. 모두 독수리와 비행기가 하늘을 오고 가는 짓에서 유추한 은유다. 까마귀를 저승사자라고 생각한 것은 까마귀가 썩거나 죽은 사체에 많이 모인 것을 목격한 데서 빚어진 환유다.

다음으로 의미를 결정하는 것은 맥락context이다. "달을 그렸다"라는 간단한 문장의 의미도 맥락에 따라 다양하다. 미술시간이라는 맥락에서 이 말을 하였다면 "지구의 위성을 그림으로 그렸다."이다. 하지만 그 아이가 시험을 보고 와서 어머니가 몇 점을 맞았느냐는 물음에 그리 답하였다면 이 말의 의미는 "0점을 맞았다."이다. 또 언덕에 올라 남편을 기다리는 여인네의 맥락에서는 "남편을 그리워하였다."이다. 이처럼 텍스트의 의미는 맥락에 따라 전이한다. 텍스트의 해석이 열려 있다면, 맥락은 이에 울타리를 치고 구체성을 부여한다.

다음으로 해석에 관여하는 것은 수신자/수용자/독자의 가치다. 읽는 주체가 세계관과 주어진 문화체계 안에서 텍스트를 해석할 때, 자신의 이데올로기, 의식, 지향성, 취향과 입장 등에 따라 가치를 형성한다. 그 가치는 크게 나누어 지시적 가치, 문맥적 가치, 표현적 가치, 사회역사적 가치, 존재론적 가치다.

"절망에 잠긴 내 눈가로 별이 반짝였다."라는 언술을 예로 들면, 지시적 가치를 지향하면 이 문장을 사전적 의미대로 "절망에 잠긴 내 눈 앞 하늘에서 천체의 일종인 별이 반짝였다"로 읽는다. 문맥적 가치를 지향하면 앞 뒤 문맥을 살펴 "절망에 잠긴 내 눈 앞에 벼랑이 보였다."라고 해석한다. 표현적 가치를 지향하면 "절망에 잠긴 내 눈가로 눈물이 반짝였다."로, 사회역사적 가치를 더 지향하면 "절망에 잠긴 내 앞에 장군이나 별과 같은 사람이 나타났다."로, 존재론적 가치를 더 지향하면 "절망에 잠겼던 내가 희망을 품었다."로 해석한다.

이런 해석을 지배하는 구조는 프레임과 세계관이다. 세계관은 세계의 부조리에 대하여 인간이 집단무의식적으로 대응을 하는 양식의 체계이자 의미를 형성하는 바탕의 체계다. 어느 시대에 한 세계관만 존재하는 것이 아니라 크게 주동적 세계관이 지배하지만, 부상적 세계관도 작용하며 잔존적 세계관도 흔적으로 영향을 미친다. 지극히 착하게만 살아 온 누이동생이 중병에 걸린다면, 이는 세계의 부조리(不條理)다. 샤머니즘 시대라면, 이에 문제의식을 갖는 주체는 무당을 찾아가서 주술적인 의례로 병을 가진 악귀를 물리치는 굿을 행한다. 근대 과학적 휴머니즘의 세계관 시대라면, 문제적 주체는 의사를 찾아가서 치료를 한다. "달이 높이 떠서 산과 들을 비춘다."라는 말의 의미가 불교적 세계관에서는 "관음보살의 자비가 귀족과 양민(良民)에게 고루 베풀어지고 있다."라는 의미를 갖는다. 하지만, 유교적 세계관에서 이 문장의 의미는 "임금님의 은총이 귀족과 서민(庶民)에게 고루 베풀어지고 있다."이다.[12] "세계관이 원론적이며 포괄적인 관점을 제시

---

12 표를 포함하여 지금까지 은유와 환유에 대한 서술은 이도흠, 『화쟁기호학, 이론과 실제』, 한양대출판부, 1999, 175~213쪽을 요약함.

한다면, 프레임(frame)은 보다 각론적이며 구체적인 의제 설정을 가능하게 하는 구조적으로 미분화된 개념 체계다. 세계관은 프레임을 구성하고 프레임은 인식과 행위의 지침이며 전제가 되는 세계관을 구현한다고 볼 수 있다. 세계관과 프레임을 매개하는 것은 다름 아닌 언어다. 다르게 생각하려면 우선 다르게 말해야 한다."[13]

이처럼, 기호와 말 자체는 좋고 나쁨이 없다. 하지만, 말과 기호가 타자와 관련을 짓거나 맥락과 결합할 때 좋고 나쁨을 규정하게 되며, 세계관, 종교, 사상, 이데올로기, 맥락에 따라 윤리적 판단도 형성된다.

4. 소통의 왜곡/나쁜 말의 원인과 좋은 말하기

말은 발신자와 수신자 사이에서 소통되는 것이며 여기에는 세계관, 이데올로기, 신화, 이해관계, 권력, 맥락, 프레임 등이 작용하며 소통을 방해하고 말에 잡음이 끼게 하여 말을 왜곡한다. 철저히 선한 의지와 윤리에 입각하여 바르고 올바른 말만 하더라도, 발신자든, 수신자든 자신이 발을 디디고 있는 현실과 사회문화의 맥락, 자신이 형성하고 있는 세계관과 프레임에 따라 말에 의미를 담고 해석한다. 때문에 이에 따라 의미와 해석이 달라지며, 소통 과정에서도 잡음, 이데올로기, 권력이 소통을 방해하며 왜곡을 일으킨다. 이를 최소화하려면 발신자와 수신자가 서로 상대방의 맥락, 프레임, 세계관을 먼저 이해하고 수용하면서 코드를 만들고[encoding] 풀어내는[decoding] 원

---

13   조지 레이코프, 『코끼리는 생각하지 마 : 진보와 보수, 문제는 프레임이다』, 유나영 옮김, 와이즈베리, 2015, 17~18쪽을 참고함.

리를 일치시키는 작업이 필요하다. 더불어 말을 왜곡하는 잡음, 이데 올로기, 신화, 권력 등을 인식하고 비판할 수 있어야 한다.

권력도 거시적인 차원에서는 주권권력, 훈육권력, 생명권력, 정보 권력이 작동하고, 미시적인 차원에서는 나이, 젠더, 사회적 지위와 집 단 안의 서열, 지식 등의 요인이 권력으로 작용한다. 권력은 속성이 없으며 그저 작동하는 것이다. 한 마디로 말해 권력은 인간의 연기적 관계망에 작동하는 힘으로 체(體)가 아니라 용(用)이다. 권력은 말을 매 개로 작동한다. 박근혜 정권과 대한항공의 땅콩회항 사건에서 잘 드 러났듯이, 국가와 자본은 거시권력의 정점에서 폭력적인 언어로 권력 을 작동시키려다가 저항을 받았다. 미시적인 차원에서는 여러 권력이 작동하기에 사람들이 자신이 유리한 권력은 내세우고 불리한 권력은 숨긴다.[14] 갑의 위상에 있는 사람들은 폭력적인 언어를 통하여 을의 위상에 있는 이들에게 권력을 작동하려 한다. 을의 위상에 있는 이들 은 이에 굴복하여 복종하거나 침묵하거나 저항을 한다. 침묵은 복종, 무시, 망설임, 고민, 인내, 저항 등의 여러 의미를 내포하고 있다. 저항 하는 것은 거짓말, 받아치는 말하기, 말을 듣지 않기 등이다. 갑에 있 건 을의 위상에 있건 사람들은 자신의 약점을 숨기거나 과장하기 위 하여, 책임을 회피하기 위하여, 상대방의 화나 반발, 현재 상황의 위기 나 장애를 피하기 위하여, 손해를 보지 않고 이득을 보기 위하여 거짓 말을 한다.

---

14 접촉사고가 났을 때 젊은 청년이 상대방 운전사가 여자면 "여자가 집에서 애나 볼 것이지" 운운하는 말을 하면 여성 운전사가 주눅이 들었다가 "아니, 젊은 것이 어디 누나뻘에게 반말이냐?"라고 쏘아붙인다. 앞에서 젠더가, 뒤의 경우에는 나이가 권 력으로 작동하고 있다.

[표 3] 나쁜 말의 구조와 대안

나쁜말	거짓말	욕
원인	이해관계, 탐욕, 권력에 의한 강제나 회피	분노+배경감정, 권력의 행사나 저항
매개	이성	감성
두뇌의 활성화	대뇌피질	변연계+mirror neuron system
대안	욕망의 자발적 절제, 윤리적 이타성, 권력의 버림과 저항, 대대(待對)	수행 통한 감정의 통제와 절제, 타자의 아픔에 대한 공감, 권력의 버림과 저항, 대대(待對)

개인의 차원에서는 이성에 의할 때는 이해관계나 목적을 위하여 나쁜 말을 하고, 감정의 차원에서는 이를 억제하지 못할 때 욕을 내뱉는다. 인지과학적으로 보더라도, 거짓말 등은 이성을 관장하는 대뇌피질에서 활성화하고, 욕은 이보다 낮은 단계로 감정과 심장박동, 자율신경을 조정하거나 통제하는 변연계에서 활성화한다. 물론, 분노에도 순기능이 있는 것처럼 거짓말도 타자를 구원하기 위한 좋은 거짓말이 있고 욕 또한 스트레스 해소, 권력에 대한 풍자와 비판, 또래 집단의 유대 강화 등 긍정적인 기능을 수행한다. 하지만, 대개의 경우 상대방을 기만하며 수치심과 모욕감, 분노를 야기한다.

이성에 관련해서는 타자를 위하여 욕망을 자발적으로 절제하고 윤리적 이타성을 추구하는 삶을 지향하는 것이 바른 말, 좋은 말을 위하여 필요하다. 감정에 관련된 나쁜 말의 경우 수행이나 감정의 통제나 절제만이 대안이 아니다. "신경 과학의 최근 연구들은 뇌가 과거의 경험을 바탕으로 입력된 감각적 데이터를 지속적으로 미리 예상하면서 예측적으로 기능을 한다고 지적한다. 이러한 관점에 따르면, 예측 신호는 경험을 안내하고 제한하면서 지각에 영향을 미친다."[15] "뇌에는 세계가 바로 다음 순간에 어떻게 전개될지에 대한 정신적 모형이 있다. 이 모형은 과거 경험을 바탕으로 구성된 것이자 세계와 신체를 바탕으로 개념을 사용하여 이루어지는 의미구성현상이다. 당신이 깨어있는 매순간 뇌는 개념으로 조직된 과거 경험을 사용해 당신의 행동을 인도하고 당신의 감각에 의미를 부여한다."[16] "공포와 분노는 신체, 얼굴 등의 특정 변화가 감정으로서 의미 있다고 동의하는 사람들에게 실재한다. 다시 말해 감정 개념은 사회적 실재social reality다."[17]

감정은 외부나 타자의 자극에 대하여 인간의 마음이나 뇌신경세포에서 작동하는 것이 아니라 인지를 바탕으로 구성되는, '기억된 현재'이다. 과거 경험을 바탕으로 구성된 것이자 세계와 신체 사이의 상호작용에 의하여 예측(prediction)하고 작동하는 것이다. "이것들이 실재한다고 우리가 동의하기 때문에 실재한다. 그러나 이것들은, 그리고 감정은 오직 지각하는 인간이 있을 때만 존재한다."[18] "문화 전체가 당신이 형성하는 개념과 당신이 하는 예측에 집단으로 역할을 한다."[19] 예를 들어, 옆 사람이 나의 가슴을 주먹으로 때렸을 때 그 고통은 즉

---

15 Lorena Chanes, Jolie Baumann Wormwood and Nicole Betz, Lisa Feldman Barrett, "Facial Expression Predictions as Drivers of Social Perception," *Journal of Personality and Social Psychology*, American Psychological Association, 2018, 114(3), p.380.

16 리사 펠드먼 배럿, 『감정은 어떻게 만들어지는가』, 최호영 옮김, 생각연구소, 2017, 240~242쪽.

17 위의 책, 253쪽.

18 같은 책, 67쪽.

19 같은 책, 419쪽.

각적으로 느끼지만, 그에 대해 화를 욕으로 바로 표현하는 것이 아니다. 사람들은 기존의 경험과 기억을 바탕으로 세계를 구성하고 그에 대한 반응을 예측하며 시뮬레이션한 다음에 화를 내는 말을 하기도 하지만, 이해하고 "괜찮다"라고 말하기도 하며, 그것을 친교의 표현으로 해석하고 웃기도 한다. 그러기에 감정의 조절과 통제가 능사가 아니다. 타자, 타자의 가치관과 문화의 입장에서 생각하고, 더 나아가 타자를 섬기는 대대적(待對的)이고 화쟁적인 삶의 자세를 유지하는 것이 고운 말, 아름다운 말의 바탕이다.[20]

5. 좋은 글쓰기

간헐적 팬데믹 시대에서 좋은 글은 무엇이고 이를 어떻게 쓸 것인가. 이 시대에 부합하는 좋은 글을 다섯 가지, 곧 낯설게하기와 창조적 글쓰기, 반영과 굴절이 조화를 이룬 글쓰기, 아포리아를 담은 웅숭깊은 글쓰기, 공감과 치유의 글쓰기, 생태적 글쓰기로 나누어 그 개념과 방법에 대해 분석한다.

---

20 대대(待對)는 A or not-A의 이분법이 아니라 A and not-A의 퍼지(fuzzy)의 사고를 하고, 대립적인 것을 자기 안에 품거나 모시면서 하나로 어우러지며 운동하는 것을 뜻한다. 예를 들어, 내가 팔을 펴는 것이 양이고 팔을 구부리는 것이 음이라면, 팔을 펴는 동작 중에 구부리려는 마음이나 기운이 작용하고, 또 구부릴 때 펴려는 마음이나 기운이 작동해야 팔을 구부리고 펴게 된다. 이처럼 파란 태극 안에 빨간 동그라미인 순양(純陽)이 있고, 빨간 태극 안에 파란 동그라미인 순음(純陰)이 있기에 서로 대립하면서 변화하고 서로를 생성시켜 준다.

1) 낯설게 하기와 창조적 글쓰기

필자에게 예술을 한 마디로 정의하라고 한다면, '상투성에 대한 반역'이다. 겨울나무를 보고 쓸쓸하다고 표현하는 것은 시가 아니다. 젊은 시절에 어떤 이성으로부터 연애편지를 받았는데 그 편지에 "당신이 없는 세상은 오아시스 없는 사막이요, 금붕어 없는 어항이요, 팥 없는 찐빵이요" 식으로 쓰여 있는데 손을 부들부들 떨며 감동하여 그를 만나러 달려가겠는가? 정반대일 것이다. 이 편지가 우리를 감동시키지 못하는 것은 '상투적'이기 때문이다.

반면에 들국화를 '실존'이나 '화엄'의 은유로, '호박'을 '동자승'으로, '하루살이'를 '성자(聖者)'로 노래한다면, 우리는 그 시구와 만날 때 자동적으로 해석하거나 감상하지 못한 채 생각의 지연을 일으키고 그렇게 된 인과나 유추의 체계를 따져보게 된다. 결국 그 과정을 통하여 들국화, 호박, 하루살이에서 새로운 세계를 들여다보게 된다. 이처럼, "예술 장치는 사물을 '낯설게 하고' 형식을 복잡하게 함으로써 지각을 (자동화하지 않고) 길고 '애를 쓰게' 만든다. 예술의 지각 과정은 그 자체로 목적이 있으며 최대한으로 확장되어야 한다. 예술은 창조의 과정을 경험하는 수단이다. 이미 인식된 예술은 전적으로 중요하지 않다."[21]

낯설고 창조적인 글은 크게 두 가지다. 사물을 남과 다르게 들여다보고 거기에서 새로운 은유나 환유를 상상해내는 것과 아무도 하지 않은 경험을 하는 것이다. 필자가 화쟁기호학의 은유와 환유 이론을 만드는 과정에서 1980년대에 초등학생 3-4학년을 대상으로 실험을 하였다. 학생들에게 '나무, 달, 별' 등 흔히 접하는 사물의 낱말 열

---

21 Viktor Shklovsky, *Theory of Prose*, tr. by Benjamin Sher, Champaign & London: Dalkey Archive Press, 1990, p.6.

개를 주고 각 낱말마다 떠오르는 낱말 열 개씩 적으라고 하였다. 그런 다음에 화쟁기호학의 은유와 환유 이론을 쉽게 가르쳐 주고서 짝끼리 연상된 낱말을 적은 공책을 바꾼 다음에 왜 이 낱말이 연상되었는지 이해가 되는 것은 ×, 이해가 되지 않는 것은 ○표를 치라고 하였다. 다시 공책을 원래 주인에게 돌려주고서 ○표를 표시한 것은 초등학생 3-4학년 수준에서는 창조적인 은유나 환유, 혹은 그 짝이 경험하지 못한 현실이니 그것을 가지고 동시를 쓰라고 했다. 시적 능력에 따라 약간 차이가 있기는 했지만, 그때 참여한 모든 학생들이 아름답고 창조적인 동시들을 써서 발표하였다.[22]

2) 반영과 굴절이 조화를 이룬 글쓰기

예술은 현실과 이상, 맥락과 텍스트, 실제와 이념, 미메시스와 판타지 사이에서 진동한다. 어느 한 편에 기울어질 때 예술은 이데올로기나 저급한 재현물로 전락한다. 그러기에 양자 사이를 진동할수록 예술은 형상화의 과정을 더 거치게 되고 미적으로도 더 완성도가 높은 예술에 다가간다.

간헐적 팬데믹 시대다. 우리 주변에 참상이 이어지고 있다. 많은 이들이 코로나에 걸려 죽어간다. 의료진과 택배노동자들은 과로로 쓰러진다. 해고노동자, 소상공인과 자영업자들은 생존위기에 허덕인다. 이런 상황에서 서정시를 쓰는 것은 어떤 면에서는 야만이다. 이런 참상의 맥락에서는 글을 쓰는 이는 무엇을 해야 할까. 위기의 현실을 구

---

22   이후 88년부터 90년대에 연세대와 한양대에서 글쓰기와 논술을 가르치면서 이것을 교재에도 집어넣었고, 후배와 제자들에게도 전수했는데 그들이 실험을 한 결과도 유사하였다.

체적/객관적으로 재현하는 것과 이를 넘어서서 대안이나 유토피아를 상상하는 것이 가장 인간다운 선택일 것이다. 글쓰기 또한 현실을 구체적으로 반영하는 것과 이를 초월하는 상상을 종합하는 것이 필요하다.

"반영상은 구체적 현실을 이념과 지향성에 따라 거울처럼 객관적으로 재현한 텍스트를 가리킨다. 반영상은 현실을 반영하여 생동하는 구체적 현실을 보여주고 이에 담긴 삶의 진실을 드러내지만, 그만큼 '쓰는 주체'를 현실을 반영하는 '모방적 예술가'로 머물게 하며, '읽는 주체'를 텍스트에 담긴 반영상과 현실을 관련시키며 텍스트의 의미를 역사주의 비평식으로 해석하게 하는 '역사적 독자'에 머물게 한다."[23]

"반면에 굴절상은 프리즘에 비춘 빛이 무지개로 변하듯이 구체적 현실을 상상과 판타지, 무의식에 따라 굴절하여 형상화한 텍스트를 가리킨다. 굴절상은 '쓰는 주체'를 '내포적 예술가'로 거듭나게 하여 그가 예술적 형상화를 고차원적으로 수행하게 하고 텍스트를 다채롭고 웅숭깊게 의미화하게 하며, '읽는 주체'를 텍스트에 담긴 현실을 다양하면서도 구조적으로 해석하는 '내포적 독자'로 이끈다. 독자는 읽기의 틈을 통해 세계의 참을 형성하고 참에 머물며 생각을 하고 상상을 하면서 참, 곧 진리에 다다른다. 작가의 의도를 찾지만 이에 머물지 않고 독자가 놓인 다양한 맥락에서 의미의 파노라마를 형성한다."[24]

예를 들어, 피카소의 <게르니카>에서 반영상은 누워 있는 시민과 부러진 칼, 절규하는 여인, 말과 소이다. 반영상은 스페인과 독일의 파시즘 동맹이 1937년 4월에 바스크 마을 게르니카(Guernica)에서 무고한

---

23 이도흠, 앞의 책, 1999, 191~194쪽.
24 위의 책, 196~198쪽.

시민 200명에서 1,000명을 학살한 야만을 고발한다.[25] 반영상에서 소는 인간을 미로에 빠지게 하고 잡아먹은 미노타우르스, 말은 군마와 군대, 부러진 칼은 패배, 여성은 약자/소수자, 흑백은 지배와 억압의 이분법의 세계, 당시 파시즘이 발흥한 조국의 절망적인 상황의 환유이다. 소는 폭력과 파시즘, 태양은 야만적인 현장의 명료한 고발, 삼각형은 안정적인 기존체제의 은유이다. 독일과 스페인의 파시즘 세력이 게르니카에서 어린이와 여성을 포함하여 무고한 시민을 학살한 현장을 고발함과 동시에 그 파시즘 세력의 부조리에 맞서서 자유와 정의를 추구하는 사람들이 저항했지만 패배하였음을, 그리고 파시즘이 강력한 무기와 군대를 가졌기에 그 체제가 적지 않은 시간 동안 안정적으로 유지될 수 있음을 표현한다.

하지만, 이 그림은 반영상을 넘어서서 굴절상을 제시한다. 반영상으로 그쳤다면 <게르니카>는 좋은 리얼리즘 작품에 머물렀을 것이다. 그림을 자세히 보면, 부러진 칼에서 꽃 한 송이가 피어나고 있다. 이는 희망, 평화, 아름다움의 은유이다. 야만적인 학살로 빚어진 비통과 절망의 현장 위로 여신이 희망의 은유인 등불을 들고 나타난다. 이 부분은 들라크루아(Eugène Delacroix)의 그림, <민중을 이끄는 자유의 여신>과 상호텍스트성(intertextuality)을 갖는다. 구체제의 환유인 왕정 군인의

---

25 물론, 피카소 자신은 현장에 가보지 않은 채 조지 스티어(George Steer) 기자가 『The Times』에 쓴 「게르니카의 비극:공중폭력으로 파괴된 도시:목격자의 기술(The Tragedy of Guernica: A Town Destroyed in Air Attack: Eye-Witness's Account)"이란 기사를 보고서 착상을 얻어 그림을 그렸으며 소와 말과 같은 상징에 대해 묻는 사람들에게 "이 황소는 황소이고 이 말은 말이다. 내 그림의 특정한 것에 의미를 부여한다면, 그것은 상당히 진리일 수도 있지만, 이렇게 의미를 부여하는 것은 내 생각이 아니다."라고 말했다.(M. Arbeiter, 15 Fascinating Facts about Picasso's Guernica, Mentalfoss, April 22, 2015.)

시신 위로 자유, 평등, 박애의 가치를 상징하는 삼색기를 들고 노동자와 시민, 청년 등 여러 계층으로 이루어진 혁명군을 이끄는 자유의 여신 마리안느처럼, 죽은 채 누워 있는 시민과 절규하는 여인의 위로 여신은 등불을 비춘다. 이를 통해 현실은 어둡고 절망적이지만, 부러진 칼 사이로 피어나는 꽃처럼 비극의 현실에서도 시민들이 다시 저항과 혁명의 꽃을 피울 것이며, 신도 이에 부응하여 등불을 밝힐 것이라고 넌지시 말하고 있다. 이처럼 미학적으로 볼 때, 반영상은 구체성과 진정성을 추구하고, 굴절상은 독창성과 다의성(多義性)을 추구한다.

화쟁기호학을 통해 우리는 이성으로 명료하게 현실을 해석하지만, 이성의 한계를 넘어 상상과 이미지를 매개로 현실 저편의 참에 다가갈 수 있다. 반영상의 해석과 감상을 통하여 현실과 그에 내포된 모순을 읽어낼 수 있지만, 굴절상의 해석과 감상을 통해 현실의 굴레를 넘어 다양하게 해석을 하고 상상을 하며 비전을 품을 수 있다. "반영상은 굴절상이 현실을 버리고 비상하는 것을 붙잡아매고, 굴절상은 반영상이 쳐버린 울타리를 풀어버린다. 좋은 텍스트일수록 반영상과 굴절상의 이런 상호작용이 1차로 끝나지 않고 계속 반복된다. 이렇게 해서 텍스트의 의미는 끊임없이 드러나고 반영상이 야기할 수 있는 닫힌 읽기와 표층적 읽기를 넘어 열린 읽기와 구조적 읽기를 하며, 굴절상이 수반할 수 있는 비정치성과 비역사성도 지양하여 구체적 해석을 할 수 있게 된다."[26]

---

26 이도흠, 『화쟁기호학, 이론과 실제』, 한양대출판부, 199쪽.

3) 아포리아를 담은 웅숭깊은 글쓰기

논문, 에세이, 소설과 같은 긴 호흡의 글을 읽을 때 문장도 깔끔하고 구성도 잘 되었는데 읽기를 마치고나서 허전한 글들이 많다. 심지어 500쪽이 넘는데도 밑줄을 그은 문장이 단 하나도 없는 경우도 있다. 그 이유는 무엇인가. 바로 아포리아(aporia)가 없기 때문이다.

아포리아는 난관인 동시에 진리에 이르는 길이다. 그리스시대와 춘추시대에서 21세기 오늘에 이르기까지 수많은 사상가와 이론가들이 기존의 관습을 넘어 사유하거나 창작할 때 아포리아와 마주쳤으며, 이 아포리아를 극복하면서 사상, 문학과 예술은 한 단계 더 발전하였다.

예를 들면, "신은 완전한 존재인데 왜 선한 인간이 더 고통을 당하는 불완전이 벌어지는가?", "궁극적 진리는 말을 떠나 있는데, 말없이 어떻게 진리를 전하는가?", "경전의 교리와 과학이 맞선다면 어떤 것을 진리로 택할 것인가?" 등이 바로 아포리아다.

이처럼 거창하지 않아도 좋다. 시위 현장에서 군사독재정권의 주구로 폭력을 휘두르는 경찰에 맞서서 화염병을 던지는 것이 정의를 구현하는 것이고 용기 있는 행동인가, 아니면 그것을 맞아 다칠 어린 경찰을 염려하여 화염병 투척을 주저하는 것이 인간적인, 혹은 의식이 부족한 행위인가 등 더 낮은 차원의 딜레마도 좋다.

기술력만이 아니라 관리에서도 세계 최상위 기업인 삼성전자가 '갤럭시 노트7'을 단종까지 하면서 2조 원의 손실을 입은 까닭이 무엇인가? 무게를 가볍게 하는 것과 전기 용량을 늘리는 아포리아를 완벽하게 해결하지 않은 채 절충하였기 때문이다. 이를 근본적으로 해결하려면 부피를 줄이면서도 전기용량을 늘이는 혁신적인 전기 축전

메커니즘을 개발해야 하는데, 그렇게 하지 못한 상태에서 융착돌기를 비정상적으로 높여 해결하는 방식을 택하다 보니, 절연띠와 갑 안에 두루마기 모양으로 말린 일명 '젤리롤' 안의 분리막이 제대로 기능을 하지 못하여 음극판과 양극판이 만나면서 방전하면서 화재가 발생한 것이다. 이처럼 아포리아를 넘어서면 새롭고도 웅숭깊은 창조의 지평이 열리며, 그렇지 못할 경우 기존의 지식들의 나열이나 절충으로 그친다.

자신이 쓰려는 글의 주제와 관련하여 쟁점, 난제, 딜레마, 수수께끼 등을 찾는다. 그것을 설정하였으면 그에 관련된 기존의 논문과 저서를 최대한 모아 연구하고, 이를 넘어서는 사색을 오랫동안 한다. 그를 인물, 서사, 문장으로 형상화하거나 재현한다.

4) 공감과 치유의 글쓰기

코로나 사태를 맞아 우리는 주변에서 많은 이들이 감염이 되거나 이들을 치료하며 극심한 고통을 겪고 그 중 몇몇은 죽는 것을 보았다. 평범한 이들도 오랜 격리생활 속에서 심한 스트레스를 받는다. 여기에 필요한 것이 타자의 아픔을 자신의 것처럼 아파하는 공감이다. 우리는 코로나 사태를 통하여 아픈 자를 우선하는 것이 정의임을 깨달았다.

인간은 침팬지와 98.4%, 보노보와는 98.7%의 유전자가 같다. 그럼 1.3%에서 1.6%에 이르는 유전자에 담긴 인간만의 본성은 무엇인가. 그것은 '이성, 체계적인 공감, 노동, 의미의 해석과 공유, 욕망, 초월'이다.[27] 리처드 도킨스는 모든 생명이 "같은 종류의 자기 복제자, 즉

---

27 인간의 본성에 대한 상세한 논의는 이도흠, 『인류의 위기에 대한 원효와 마르크스의 대화』, 자음과 모음, 2015, 229~249쪽을 참고하기 바람.

DNA라고 불리는 분자를 위한 생존기계이며,"[28] "이기적 유전자의 목적은 유전자 풀 속에 그 수를 늘리는 것이다."[29]라고 말한다. 리처드 도킨스의 지적대로 인간은 대략 680여 만 년 동안 이기적 유전자의 폭정에 지배되는 생존기계에 지나지 않았다. 그러다가 20만 년 전에 FoxP2 유전자의 돌연변이에 따라 정교한 언어소통을 하여 사회적 협력을 증대하면서 모방과 공감에 관여하는 거울신경체제(mirror neuron system)가 더욱 활성화하였다.

1996년에 이탈리아 파르마대학의 신경심리학 연구소의 리촐라티(Giacomo Rizzolatti) 소장을 비롯한 연구원들은 뇌에서 타자의 모방과 공감에 관여하는 부분을 밝혔다. 이들은 "머카그원숭이 실험을 통해 영장류와 인간은 거울신경세포(mirror neuron)가 있어서 이를 통해 타인의 언어나 행위를 모방하고 타인의 감정에 공감한다고 밝혔다."[30] 아기에게 감기약을 주려 하는데 아기가 쓴 기억을 하고 입을 다물 때, 엄마가 "아!" 하고 입을 벌리면 아기도 엄마를 따라 입을 벌린다. 또, 멀리 창 너머 급브레이크를 밟는 소리와 사람의 비명이 들리면, 사람들은 누군가 다치는 것을 상상하고 안타깝게 여긴다. 이렇게 상대방을 모방하거나 공감하게 하는 것이 거울신경세포체제다. "거울신경세포의 시스템은 언어 학습과 소통에 관여하고 도움을 주면서 인간이 다른 동물과 현격히 다르게 사회적 상호작용을 하는 데 관여한다."[31] 페

---

28 리처드 도킨스, 『이기적 유전자』, 홍영남·이상임 역, 을유문화사, 2010, 68쪽.

29 위의 책, 166쪽.

30 Giacomo Rizzolatti·Luciano Fadiga·Vittorio Gallese·Leonardo Fogassi, "Premotor cortex and the recognition of motor actions," *Cognitive brain research* ,3(21), 1996. pp.131~141.

31 Glacomo Rizzolatti·Leonardo Fogassi·Vittorio Gallese, "The Mirror Neuron

라리(P.F Ferrari) 등은 "거울신경체계의 핵심적인 구성요소가 인간이 어떤 목적을 지향하는 행위를 할 때 활성화한다는 점"이라고 밝혔다.[32] 페라리와 리촐라티의 말대로, "타자의 행위를 관찰할 때 그걸 바라보는 관찰자의 운동신경세포 또한 충분히 방아쇠를 당길 준비가 되어 있는 것이다."[33]

영장류만이 아니라 서로 울음소리를 주고받는 새도 거울신경체제가 있지만, 이들의 거울신경체제는 거의 모방에 관여하며 공감하더라도 본능적 공감에 치우친다. 반면에 인간은 공감을 더욱 발달시켜서 붓다의 자비, 공자의 인(仁), 예수의 사랑으로 체계화하였다. 더 나아가 "인간은 사회를 형성하고 농경을 시작하면서 (협력과 공감을 바탕으로) 혈연 이타성(kin altruism)만이 아니라 호혜적 이타성(reciprocal altruism), 집단 이타성(group altruism)을 추구하기 시작했고,"[34] "고도의 이성을 바탕으로 맹목적 진화에 도전하여 공평무사한 관점을 증진시키며,"[35] 윤리적 이타성(ethical altruism) 또한 추구했다.

위기의 시대에는 좀 덜 세련되더라도 타자의 아픔을 자신이나 자신의 자식이 아픈 것처럼 공감하는 글쓰기가 필요하다. 이는 타자에

System: A motor-Based Mechanism for Action and Intention Understanding," *The Cognitive Neurosciences*, Michael S. Gazzaniga (eds.), Cambridge, Mass.; MIT press, 2009, pp.625~640.

32 G. Coude·R.E. Vanderwert·S. Thorpe·F. Festante·M. Bimbi·N.A. Fox·P.F. Ferrari, "Frequency and topography in monkey electroencephalogram during action observation: possible neural correlates of the mirror neuron system," *Biological sciences*, 1644, 2014, p.6.

33 P.F. Ferrari·G. Rizzolatti, "Mirror neuron research: the past and the future," *Philosophical Transactions of the Royal Society*, 2014, B369: 20130169. p.2.

34 피터 싱어, 『사회생물학과 윤리』, 김성한 역, 연암서가, 2014, 22~49쪽 요약.

35 위의 책, 280쪽.

대한 연민과 공감, 자비심만으로 부족하며, 동일성을 깨는 대대(待對), 혹은 눈부처의 사유가 필요하다. 페스트 시대 때 극심하였고 코로나 사태에서 다시 반복된 특정 집단에 대한 혐오, 인종차별, 집단학살 모두 자신과 사상, 이념, 문화, 피부가 다른 이를 타자화하면서 동일성을 강화하는 데서 비롯되었기 때문이다. 상대방의 눈동자 안의 내 모습인 눈부처를 바라보듯, 대대와 눈부처의 사유를 통하여 나와 너, 동일성과 타자의 경계를 해체하고 그의 고통을 나의 아픔처럼 공감하며 글을 쓴다. 이슬람인에 대한 테러가 발생하자마자 히잡을 쓰고 현장으로 달려가서 이슬람 유가족을 포용하여 전 세계의 이슬람인들을 오히려 감동시킨 저신다 아던(Jacinda Kate Laurell Ardern) 뉴질랜드 총리처럼, 진정으로 공감하면 그것은 치유의 문을 연다.

5) 생태적 글쓰기

국제자연보존연맹(The International Union for Conservation of Nature)은 전 세계 과학자 1,700명이 참가하여 조사한 44,838종의 대상 동식물 가운데 38%인 16,928종이 멸종위기에 놓였다고 발표하였다.[36] 호주 산불은 기후위기의 심각성을 잘 보여준다. "2019~2020년 사이에 일어난 호주산불로 1,860만 헥타르가 불타고 34명이 죽고 10억 마리의 동물이 죽었고 몇몇 종은 멸종위기에 처했다."[37] 6개월에 걸쳐서 서울

---

36 Jean-Christophe Vié·Crig Hilton-Taylor·Simon N. Stusart(eds.), *Wildlife in a Changing World, an analysis of the 2008 IUCN Red List of Threatened Species, Gland, Switzerland*: The International Union for Conservation of Nature, 2008, p.16.

37 <위키피디아> 영어판, Wikipedia, 2019-20 Australian bushfire season, https://en.wikipedia.org/wiki/2019%E2%80%9320_Australian_bushfire_season, 검색일

시 면적의 307배나 되는 광대한 지역에 화재가 발생하였다. 브라질과 러시아에서도 장기간 동안 산불이 발생하였다. 북극권의 영구동토층에 갇혀 있던 인류 탄생 이전의 바이러스나 1조 6천억 톤의 이산화탄소가 짧은 시간에 대기 중으로 방출되는 것과 같은 임계연쇄반응(criticality chain reaction)이 발생한다면, 인간의 의지로 자연을 되돌리는 작업이 거의 불가능한 상황에 이를 수도 있다. IPCC는 "우리가 돌이킬 수 없는 파국을 맞지 않으려면 금세기 말까지 지구 온난화를 1.5℃로 제한해야 한다. 이는 이산화탄소(CO2) 배출량을 2030년까지 약 45%를 감축하고 2050년에는 순 영점에 도달해야 함을 의미한다."[38]라고 밝혔다.

환경파괴는 인간에게 되돌려지고 있다. 역대 급의 태풍, 홍수, 폭설, 가뭄, 폭염, 한파, 대형 산불, 미세먼지 등이 상당수의 인간을 죽음으로 몰아 놓고 있으며 살아남은 자의 몸도 병들게 하고 자연을 파괴하고 식량생산을 감소시키고 있다.

이런 6차 대멸종으로 가는 시대를 맞아 인류는 사회를 개혁하고, 에너지 체계를 재생에너지 중심의 글로벌 그린 뉴딜로 바꾸며, 개인 또한 소욕지족(少欲知足)의 삶으로 전환해야 한다. 이의 주요한 동력은 개인이 생태적 감수성을 회복하는 것이다.

생태적 글쓰기는 환경이나 생태를 소재나 주제로 하는 것으로는 부족하다. 환경파괴를 비판한 환경문학, 생명의 숭고함이나 고귀함을 다룬 생명문학을 넘어서서, 환경파괴, 생명의 멸종, 기후위기를 야기

자 2021.1.2.

38 Climate Summit 2019, "Report of the Secretary-General on the 2019 Climate Action Summit and the Way Forward in 2020," 11 December 2019. p.3.

한 근대의 이분법과 인간중심주의, 과학중심주의를 극복하는 생태론적 패러다임으로 전환한 생태문학을 지향한다.[39] 이와 함께 작자 자신부터 생태적 감수성을 복원해야 한다. 어디에 있든 가까운 숲으로 가서 바람 따라 잎들이 어떻게 서로 소통하며 신바람 나게 일하고, 햇빛 따라 꽃들이 어떻게 노래를 하며 씨를 키우고, 물 따라 풀과 나무가 어떻게 춤추는 지 가슴 깊이 호흡해보는 것이 필요하다. 그리 깃든 생태적 감수성으로 우리로 인하여 그들이 나고 자라고 변하고 사라지는 일들을 얼마나 제대로 못하는지, 얼마나 고통을 당하며 죽어가고 있는지 침묵하며 성찰하자.

6. 대안의 글쓰기를 향하여

의미를 중심으로 인류사 700만 년을 압축하여 살펴보고 화쟁기호학을 이용하여 은유와 환유를 중심으로 의미가 형성되는 원리를 분석하고, 이를 바탕으로 좋은 말과 나쁜 말에 대해서 분석했다. 이어서 간헐적 팬데믹 시대에 부합하는 좋은 글을 '낯설게하기', '반영과 굴절이 조화를 이룬 글쓰기', '아포리아를 담은 웅숭깊은 글쓰기', '공감과 치유의 글쓰기', '생태적 글쓰기' 등 다섯 가지로 나누어 그 개념과 방법을 종합했다.

시대를 떠나 좋은 글은 형식과 내용에서 낯설게하기를 통해 창조성을 이룩한 글이다. 낯익은 것을 자동화하여 생각하거나 감상하는

39　이도흠, 「생태론적 패러다임과 문학적 재현」, 『한국언어문화』, 43호, 2010, 286~289쪽.

것을 지양하여, 새로운 은유와 환유, 체험을 통하여 사물의 낯선 의미를 드러내고 형식을 독창적이고 체계적으로 엮는 작업이 필요하다. 우리는 이를 통하여 사물의 숨겨진 세계에 다가가고 사물을 새롭게 감상할 수 있다.

비참한 현실이 전개되는 간헐적 팬데믹 시대에서 현실을 거울처럼 구체적으로 반영하는 것과 이를 프리즘처럼 굴절하여 형상화하는 것을 종합하는 글쓰기가 필요하다.

글에 깊이가 담기려면 아포리아(aporia)를 설정하여야 한다. 자신이 쓰려는 글의 주제와 관련하여 쟁점, 난제, 딜레마, 수수께끼를 만들고 연구와 사색을 하여 이를 인물, 서사, 문장으로 형상화하거나 재현한다.

코로나 사태를 맞아 우리는 아픈 자를 우선하는 것이 정의임을 깨달았다. 좀 덜 세련되더라도 타자의 아픔을 자신이 아픈 것처럼 공감하는 글쓰기가 필요하다. 이는 타자에 대한 연민과 공감, 자비심만으로 부족하며, 동일성을 깨는 대대(待對), 혹은 눈부처의 사유가 필요하다. 이를 통하여 나와 너, 동일성과 타자의 경계를 해체하고 그의 고통을 나의 아픔처럼 공감하며 글을 쓴다.

생태적 글쓰기는 환경이나 생태를 소재나 주제로 하는 것으로는 부족하다. 환경문학과 생명문학을 넘어서서 생태문학으로 전환하여야 하며, 작자 자신부터 생태적 감수성을 복원해야 한다. 어디에 있든 가까운 숲으로 가서 몸과 마음이 자연과 하나가 되어 그 느낌과 사고를 글로 표현한다.

현재 인류는 종점에 서 있다. 기후위기, 환경과 생태 위기, 불평등의 극대화, 재현의 위기, 4차 산업혁명으로 인한 노동의 위기를 맞고 있다. 기후위기 한 가지만 하더라도 인류가 앞으로 10년 안에 근본적

대안을 마련하지 않으면 파국에 직면할 것이다. 우리에게 남은 시간은 별로 없다. 경주 서악의 정상에 가면 옆의 관세음보살과 대세지보살과 달리 극락왕생을 인도하는 아미타불의 발만은 땅에 놓여 있다. 그렇듯 '지금 여기에서' 우리가 맞은 현실에 발을 굳건히 딛고서 대안과 유토피아를 상상하고 실천하는 것이 필요하다. 사르트르의 참여문학론에 일부 비판하지만, 지금은 참여의 글쓰기가 필요하다. 그만큼 절박하다.

참고문헌

이도흠, 『화쟁기호학, 이론과 실제』, 한양대출판원, 1999.

이도흠, 「생태론적 패러다임과 문학적 재현」, 『한국언어문화』, 43호, 2010.

이도흠, 『인류의 위기에 대한 원효와 마르크스의 대화』, 자음과 모음, 2015.

이도흠, 『4차 산업혁명과 대안의 사회2-4차 산업혁명과 간헐적 팬데믹 시대』, 특별한서재, 2020.

Arbeiter, M. "15 Fascinating Facts about Picasso's Guernica," Mentalfoss, April 22, 2015.

Barrett, Lisa Feldman, 『감정은 어떻게 만들어지는가』, 최호영 옮김, 생각연구. 2017.

Climate Summit 2019, "Report of the Secretary-General on the 2019 Climate Action Summit and the Way Forward in 2020," 11 December 2019.

Coude, G. et al., "Frequency and topography in monkey electroencephalogram during action observation: possible neural correlates of the mirror neuron system," *Biological sciences*, 1644, 2014.

Dawkins Clinton Richard, 『이기적 유전자』, 홍영남·이상임 옮김, 을유문화사, 2010.

Derrida, Jacques, 『해체』, 김보현 편역, 문예출판사, 1996.

Ferrari, P.F., "Mirror neuron research: the past and the future,". Philosophical Transactions of the Royal Society, 2014. 6. 5.

Han, T.U. et al,, "A study of the role of the FOXP2 and CNTNAP2 genes in persistent developmental stuttering," *Neurobiology of disease*, 69, 2014.

Lakoff, George, 『코끼리는 생각하지 마 : 진보와 보수, 문제는 프레임이다』, 유나영 옮김, 와이즈베리, 2015.

Chanes, Lorena; Wormwood, Jolie Baumann; Betz, Nicole; Barrett, Lisa Feldman, "Facial Expression Predictions as Drivers of Social Perception," *Journal of Personality and Social Psychology*, 114(3), American Psychological Association, 2018.

Mithen, Steven, 『노래하는 네안데르탈인』, 김명주 옮김, 뿌리와이파리, 2008.

Nöth, Winfried *Hand Book of Semiotics*, Bloomington: Indiana University Press, 1995.

Prévosta, Marion; Groman-Yaroslavski, Iris; Gershtein, Kathryn M. Crater; Tejero, José-Miguel; Zaidner, Yossi, "Early evidence for symbolic behavior in the Levantine Middle Paleolithic: A 120 ka old engraved aurochs bone shaft from the open-air site of Nesher Ramla, Israel," *Quaternary International*, 20 January 2021, https://doi.org/10.1016/j.quaint.2021.01.002, 검색일자 2021년 2월 14일.

Rizzolatti, Giacomo et al., "Premotor cortex and the recognition of motor actions," *Cognitive brain research* 3(2), 1996.

Rizzolatti, Giacomo et al., "The Mirror Neuron System: A motor-Based Mechanism for Action and Intention Understanding", *The Cognitive Neurosciences*, Michael S. Gazzaniga (eds.), Cambridge, Mass.; MIT press, 2009.

Saussure, Ferdinand de, *Course in General Linguistics*, tr. Wade Baskin, New York: Philosophical Library, 1959.

Shklovsky, Viktor, Theory of Prose, tr. by Benjamin Sher, Champaign & London: Dalkey Archive Press, 1990.

Singer, Peter, 『사회생물학과 윤리』, 김성한 역, 연암서가, 2014.

Vié, Jean-Christophe et al., *Wildlife in a Changing World, an analysis of the 2008 IUCN Red List of Threatened Species*, Gland, Switzerland: The International Union for Conservation of Nature, 2008.

Watson, P, 『생각의 역사 1: 불에서 프로이트까지』, 남경태 역, 들녘, 2009.

Wikipedia, '2019-20 Australian bushfire season'. https://en.wikipedia.org/wiki/2019%E2%80%9320_Australian_bushfire_season검색일자 2021년 1월 2일.

https://www.donsmaps.com/blombos.html 2021년 1월 4일 검색함.

팬데믹 시대와 생태 지혜의 실천*

홍성민
한국외국어대학교 철학과 교수

1. 팬데믹 시대의 공동체

2019년 12월 12일 중국 우한에서 처음 발견된 코로나19는, 이전의 몇몇 감염병들과 비슷할 것이라는 예상을 깨고 온 지구를 공포의 도가니에 몰아넣었다. WHO가 팬데믹을 선언한 지도 어언 1년이 다 되어가지만 전지구적 감염 상황은 별로 달라진 것이 없다. 매일 뉴스에서 확인하듯 오늘도 감염자는 폭발적으로 증가했고 사망자도 연일 늘어나고 있다. 언제 어디에서 감염될지 모른다는 불안감 속에서 우리의 일상은 완전히 바뀌었다. 상점이 폐쇄되고 도시가 봉쇄되었으며 사람 사이는 단절되었다. 마스크는 신체의 일부가 되었고, 언

---

* 홍성민, 「코로나19와 생태 지혜로의 전환」, 『교양교육과 시민』3호, 숙명여자대학교 교양교육연구소, 2021.1.31.에 수록된 원고임을 밝힙니다.

택트 생활은 익숙한 일상으로 자리 잡았다. 다행히도 미국과 영국에서 백신이 개발되었고 접종이 시작되었지만, 그 효과와 부작용에 대한 기대와 불안은 여전히 혼란스럽다. 더구나 코로나19 이후 더이상 팬데믹을 일으킬 새로운 바이러스가 발생하지 않을 것이라고 누구도 장담하지 못하는 만큼, 인류 사회의 불안과 위험은 앞으로 쉽게 종식되지 못할 것이다.

그렇다면 앞으로도 충분히 발생할 수 있는 또 다른 팬데믹 상황들에 대해 인류는 어떻게 대처해야 할 것인가? 인류는 분명 코로나19의 상황으로부터 많은 것을 학습할 것이고 향후 펜데믹에 대해 효과적으로 대처 방법을 고안할 것이다. 그렇다면 인류는 현재의 코로나19로부터 무엇을 학습하여 빠르게 이 상황을 종식시키고 나아가 향후 또 다른 팬데믹 상황에 효율적으로 대응할 것인가?

이를 위해 먼저 주목해야 할 것은 오늘날의 전세계적 팬데믹 상황에서 어느 지역 어느 국가가 감염을 효과적으로 통제하였고 빠르게 팬데믹의 상황을 벗어났는지 파악하고 그 해법을 배워야 한다는 것이다. 어느 나라가 팬데믹의 모범이 될 수 있을까? 인류의 역사 발전에서 늘 선구적 위치에 서 있던 것은 미국과 유럽이었지만 작금의 상황은 전혀 그렇지가 않다. 미국과 유럽은 오히려 방역 후진국의 면모를 드러냈다. 미국과 유럽이 코로나19에 의해 심각한 피해를 본 반면, 후발주자인 동아시아의 국가들, 예를 들어 한국과 중국, 대만 같은 나라들은 비교적 수월하게 감염을 통제하였고 확진자의 증가세를 저지하고 있다.[1] 국제 언론에서 동아시아 사회의 코로나19 통제를 연일 보

---

1   단적인 예로, 2019년 12월 20일 현재, 미국의 코로나19 누적 확진자는 15,591,709명이고 누적 사망자는 293,398명인 데 반해, 중국의 누적 확진자는 86,673명이고

도하고 있고, K-방역을 모델로 삼으려 하는 것이 이러한 상황을 잘 보여준다. 어째서 과학 선진국인 구미 국가들은 동아시아의 국가들보다 코로나19를 통제하지 못한 것인가?

프랑스 사회학자 기 소르망(Guy Sorman)은 이런 의견을 제시했다. 즉 한국의 방역대책은 최고이지만 심한 감시 사회이기 때문에 방역에 성공할 수 있었고, 그 방역의 근저에는 집단을 위해 개인의 자유를 희생하는 것이 정당화되는 유교 문화가 작동했기 때문이라는 것이다.[2] 이런 주장은 기 소르망만이 아니다. 에스코바(P. Escobar)와 오비에도(A. Oviedo) 역시 동아시아의 방역이 동양적 복종과 집단주의 덕분에 성공한 것이고 그 이면에는 유교 정치 이데올로기의 유산이 작동하고 있다고 주장하였다.[3] 이들이 말하는 유교의 영향이라는 것은 결코 긍정적인 의미가 아니다. 이들에게 동아시아의 유교는 국가주의와 전체주의의 상징이자 개인의 자유와 인권의 통제에 수긍하는 전근대적 공동체 사상을 뜻하는 것이기 때문이다.

그렇기 때문에 이들에 대한 비판의 목소리가 높아지는 것도 당연한 일이다. 이찬에 따르면, 기 소르망 등의 분석은 동아시아의 성공적

누적 사망자는 4,634이다.(질병관리본부 홈페이지 참조) 그날 이후의 상황도 이런 상황에서 크게 변화하지 않았다.

2 김윤종, 「기 소르망 "한국 방역대책최고지만…… 심한 감시 사회" 주장」, 중앙일보, 2020.04.29., https://www.donga.com/news/article/all/20200429/100862194/1, 검색일자 2020.12.31.

3 P. Escobar, (2020a, April 13). "Confucius is winning the COVID-19 war". Asia Times. (https://asiatimes.com/2020/04/confucius-is-winning-the-covid-19-war) / A. Oviedo, (2020, April 2). "Cooperation and solidarity, between Slavoj Žižek and Byung Chul Han."Latin America in Movement, 1-8.(https://www.alainet.org/en/articulo/205649)

방역 성과란 결국 민주주의와 자유주의가 미성숙한 문화에서 기인한 것이라는 문화적 비난인 셈이다. 그리고 거기에는 동아시아 사회에 대한 은밀한 질투심이 잠복해있다고도 할 수 있다.[4]

그러나 사실은 정반대이다. 임동균의 조사에 따르면 우리나라에서 방역이 성공적이었던 이유는 오히려 성숙한 민주 의식에서 기인한 것이라고 할 수 있다.[5] 또한 유발 하라리(Yuval Noah Harari)에 따르면, 한국과 대만, 싱가포르의 국민들은 민주와 자유 의식이 충분히 성숙하였고, 시민 자율권(citizen empowerment)에 기반한 민주주의적 연대의식을 발휘했기 때문에 방역 성공이라는 결과를 낳았다는 것이다.[6] 그

---

4 이찬은 다음과 같이 비판한다. "기 소르망의 발언은 주체적이고 자율적인 개인이 아니라 단호한 권위주의적인 정부와 그에 순응하는 의존적인 백성의 도식이다. 서방에 코로나가 창궐하기 직전 유럽은 한국을 중국과 비교해서 개방성과 투명성을 무기로 방역에 성공했다고 칭찬했었다. 중국을 깎아내리고, 자신들의 민주정을 잘 학습한 모범생으로 한국을 치켜세움으로써 자신들의 체제가 낫다는 것을 증명하려는 방식인 것이다. 하지만 유럽이 방역에 실패하자 한국을 유교적 체제에 순응하는 나라로 비판하기 시작했다. 만일 투명성과 개방성의 잣대를 계속 들이대면 한국이 미국이나 유럽보다 나은 나라라는 것이 증명되니 그런 결론을 받아들이기 싫었을 것이다. 그러니 감시국가, 통제사회, 동아시아적 집단주의로 몰아붙이고 싶어서 유교적 통제국가라고 운운한 것이다."(이찬, 「팬데믹 시대에 있어 겸손의 의미」에 대한 논평, 「팬데믹 시대에 대응하는 동서양의 지혜」, 2020년 충남대학교 철학과&유학연구소 국내학술대회 자료집, 16쪽.)

5 임동균 연구팀의 설문조사에서 도출한 결론은, 우리나라 사람들이 정부의 방역 지침에 잘 따랐던 이유는 집단주의적 성향 때문이 아니라 민주적 시민성과 수평적 개인주의가 적절하게 균형을 이루었기 때문이라는 것이다.(천관율, 「코로나19가 드러낸 '한국인의 세계'-의외의 응답편」, 시사IN, 2020.6.2. 663호, 위의 글에서 재인용)

6 물론 모든 동아시아 국가들이 다 그렇다는 것은 아니다. 중국의 방역 통제 역시 성공적이었다 할 수 있겠지만 이는 우리나라의 상황과 꽤 다르다. 유발 하라리는 영국 『파이낸셜 타임즈』의 기고문에서 코로나19에 대응하는 중국적 방식과 한국적 방식을 비교하고 있다. 중국은 스마트 기기를 활용하여 전국민을 밀착 감시하면서 전체주의적 감시(totalitarian surveillance) 방식을 통해 코로나19를 통제했던 것인 반면, 한국 대만 싱가포르는 시민 자율권(citizen empowerment)에 기반한 연대

러니까 동아시아 국가들이 구미 국가들보다 코로나19를 더 잘 통제할 수 있었던 까닭은 정부 권력에 복종을 정당화하는 유교의 전체주의적 특성 때문이 아니라 서구 국가들보다 더 성숙한 자율적 시민의식 때문이었다는 것이다. 그 시민의식은 수평적 개인주의에 입각한 자율적 참여이자 사회공동체에 대한 적극적 관심으로 현상한 건전한 정치의식인 것이다.

우리는 이런 상황을 보고 서구 정치문화의 한계를 지적하거나 동아시아 정신문화의 우수성을 과장할 필요는 전혀 없다. 그것은 또 하나의 편 가르기를 조장하거나 국수주의를 주창하는 데로 흘러들 위험이 클 뿐 아니라 현재와 같은 급박한 상황에 유용하지도 않다. 코로나19의 상황이 결코 한 개인의 노력을 해결될 수 없는 집단적 문제임을 이미 알게 되었다면, 이제 필요한 것은 어떻게 개인과 개인, 사회와 사회, 국가와 국가를 하나의 목표와 공통의 이념으로 결집하고 연대할 수 있을 것인가에 대한 고민일 것이다. 다시 말해 팬데믹 상황을 해결하기 위해 건전한 공동체 의식과 자율적 참여 의식이 필요하다는 점이다. 개인의 자유와 권리를 주장하기보다는 공동체에 대한 관심과 상호 협력이 필요하고, 공동체에 대한 관심과 상호 협력은 민주 시민들의 자율적 연대로 성취된다는 것이 중요하다. 성숙한 민주 사회의 모습은 각 개인이 충분히 자기의 자유를 실현하는 것을 넘어 공동체의 존속을 위한 자발적 자율적 연대의식을 실현하는 것이어야 한다.

의식이 작용한 것이었다고 분석하였다. 그리고 향후 미래 사회가 나아갈 일이 이 두 가지 중 무엇인가를 고민해야 한다고 주문하였다.(https://www.hankyung.com/international/article/202003220926i)

그렇다면 우리가 관심을 기울여야 할 공동체의 연대란 무엇일까? 우리는 누구를 고려하고 누구와 연대해야 할 것인가? 연대의 대상은 한 지역의 구성원들인가, 한 국가의 국민들인가, 민족인가, 아니면 세계인 전부인가? 당연히 민족과 계급을 초월한 세계인 전부가 되어야 할 것이다. 인류 모두가 '방역의 안전지대' 안에 들어오지 않고 일부가 배제된다면, 코로나19는 결코 종식되지 않고 다시 확산될 수 있다. 방역의 연대 범위를 세계 인류 전체로 최대한 확장하여야만 비로소 개인들의 안전도 보장될 것이다. 인류 전체가 하나의 목표와 이념으로 연대한다는 것은 역사상 단 한 번도 이루어진 적 없는 신기원적인 사건일 것이다.

그러나 인류 전체의 연대만으로는 부족하다는 것도 인식해야 한다. 작금의 코로나19와 같은 팬데믹의 상황을 종식하는 데 인류 전체의 연대가 필수적이기는 하지만 그것만으로는 여전히 얕고 좁은 연대일 수밖에 없으며 불완전한 사후 처방일 수밖에 없다. 이보다 더 근본적인 관점이 필요하다. 바로 자연생태계로까지 공동체의 범위를 확장하고 생태계에 대한 관심을 경주해야 한다. 왜냐하면 바이러스는 사람들 사이에서 발생한 것이 아니라 사람과 자연이 접촉하는 지점에서 발생하는 것이고 인류가 야생동물의 생태 터전을 침범하여 생겨나는 것이기 때문이다. 그렇기 때문에 인류가 생태계에 대해 관심을 기울이고 생태를 보존하는 것만이 바이러스의 재유행을 막을 수 있는 근본적 방안이 마련되는 것이다. 요컨대 공동체의 연대 범위가 인류를 넘어 지구생태계 전체로 확장될 때라야 인류는 비로소 코로나19와 같은 인수공통감염병(zoonosis)의 바이러스로부터 안전해질 수 있는 것이다.

이 글은 우리가 바이러스의 위협으로부터 안전해지기 위한 근본적이면서 급선무인 처방은 생태공동체의 결성이라는 점을 주장할 것이다. 인류의 안전을 담보하기 위해 시민의 자율적 연대는 지역과 국가, 인종과 민족을 넘어 인류 전체에까지 확장되어야 하지만, 그보다 더 근본적으로는 인류를 넘어 지구생태계 전체로 공동체를 넓혀야 한다. 이를 위해 필요한 것은 생태에 대한 인식의 전환, 즉 자연을 자원으로 간주하지 않고 생태를 인류의 공생적 공통체로 인식하는 생태 사상의 토대를 바로세우고 나아가 생태 존중의 방법에 대해 정확히 인식해야 한다는 것이다. '생태지혜'(ecosophy)로 인식을 전환하고 그 인식으로 구체적으로 실천해갈 때 인류를 포함한 생태 전체의 삶이 더 안전해지고 풍요로워질 것이다.

이 글에서는 먼저 코로나19를 비롯한 오늘날의 인수공통감염병이 부단히 창궐하는 생태학적 이유를 살펴보고, 나아가 생태 인식의 전환으로서 심층생태론(deep ecology)의 주장을 고찰할 것이다. 그리고 마지막으로 심층 생태론의 취약점을 분석하고 이를 보완하기 위한 유교 철학적 대안을 제시할 것이다. 만일 유교사상이 오늘날 어떤 의미와 가치를 가진다면, 그것은 유교가 국가의 이름으로 시민을 감시하고 자유를 통제하는 전체주의 사상이기 때문이 아니라 생태계의 생명들 전체를 돌보고 생태와 공생하는 생태 공동체주의 사상이기 때문일 것이다.

2. 자본주의의 폐해와 생태학적 인식의 필요성

　　최근 발명된 코로나19 백신은 팬데믹의 어두운 터널을 끝내는 출구가 될 것이다. 유효성과 안정성에 대한 의심이 아직 종식되지는 않았지만 백신의 발명은 확실히 암흑 같은 상황을 타개할 빛이 될 것만은 분명하다. 또한 세계 각국에서 임상실험이 진행 중인 각종 치료제는 지난 2년간의 악몽에서 벗어나 인류가 코로나19를 완전히 극복할 것이라는 희망을 보여주고 있다. 그러나 이러한 기대와 희망은 단지 코로나19 바이러스에 한정된 것일 뿐이다. 코로나19 이후 또 어떤 바이러스가 창궐할 것인가를 생각해보면 오늘날의 낙관과 희망은 매우 제한적이며 심지어 비관적이기까지 하다. 코로나바이러스의 현대사를 생각해본다면 이런 말이 괜한 비관만은 아닐 것이다.

　2002년 11월 중국 광동성에서 중증급성호흡기증후군(SARS)가 발생하여 아시아 국가들을 공포에 떨게 했고, 2009년 3월에는 미국 샌디에이고에서 신종플루 인플루엔자가 발생하여 전세계를 두렵게 했고 급기야 WHO에서는 팬데믹을 선언했었다. 2102년 4월에는 사우디아라비아에서 메르스(MERS-CoV)가 발생하여 많은 사상자를 냈고 2019년 12월 중국 우한에서 코로나19가 발생하여 오늘날 전세계를 팬데믹의 암흑 속에 몰아넣었다. 이런 상황을 볼 때 3~7년 2-3년 주기로 새로운 바이러스가 발견되고 있으며 인류는 이 바이러스들에 대해 전혀 준비하지 못하고 있다. '향후 감염병의 주기가 더욱 짧아져서 앞으로는 3년 또는 그 이내로 또는 매년 새로운 감염병이 도래할 것'이라는 최재천의 예견[7]은 결코 충분히 신뢰할 만한 발언으로 보인다.

7　최재천, 「생태와 인간: 바이러스 3-5년마다 창궐한다」, 『코로나 사피엔스』, 인플루엔

이런 상황에서 코로나19의 백신과 치료제는 단기 처방은 될지언정 구조적 해결방안이 될 수는 없다.[8] 이와 같은 코로나바이러스의 연쇄적 발생은 현 인류가 겪어야 할 숙명적 재앙일까? 그렇지 않다. 코로나바이러스가 연이어 창궐해온, 그리고 앞으로도 창궐하게 될 이유를 생각해본다면, 이 재앙은 피할 수 없는 숙명이 아니라 인류 스스로가 만들어낸 오류일 뿐임을 알 수 있다.

위에서 열거한 바이러스들을 포함해 인류에게 큰 위협을 가했던 질병들은 모두 인수공통감염병이다. 1347년부터 1351년 사이 2천만 명의 목숨을 앗아간 흑사병은 쥐벼룩으로부터, 1918년 유행하여 2500만~5000만명의 희생을 만든 스페인독감은 돼지와 조류들로부터, 중증급성호흡기증후군은 박쥐와 사향고양이로부터, 신종플루 인플루엔자는 돼지로부터, 에볼라 바이러스는 박쥐와 고릴라로부터, 메르스(MERS-CoV)는 박쥐와 낙타로부터, 그리고 코로나19는 아직 상세하게 밝혀지진 않았지만 박쥐와 천산갑으로부터 유래한 것이라고 추측된다. 인류를 집단 죽음에 몰아넣은 이 전염병의 기원은 모두 동물들이다. 동물의 바이러스가 인간에게 전이되고 변형되어 심각한 인류사적 폐해를 만든 것이다. 이러한 동물들은 원래 병원체를 몸속에 오래 갖고 있으면서도 전혀 증상이 나타나지 않는다. 생태계가 안정적으로 작동하면 병원체는 보유 숙주의 몸속에서 별문제 없이 보존되고 있을 뿐이다. 하지만 생태계에 변화가 생기면 숨어있던 병원체들이 밖

설, 32쪽.

8 하승우, 「코로나19 팬데믹 이후의 삶과 생태사회주의」, 『문학과학』 103호, 문학과학사, 2020. 101쪽.

으로 드러나 전염병의 원인이 되는 것이다.[9]

생태계의 급격한 변화는 인간에 의해 만들어진다. 인간이 생태계를 파괴하고 동물의 서식지를 침범하기 때문에 자연히 인간과 동물이 접촉하는 일이 많아졌고 그런 과정에서 보유 숙주의 몸속에 잠재해있던 바이러스가 밖으로 드러나 질병을 만드는 것이다. 도시의 개발과 확장, 도로의 건설을 위해 산림을 파괴해온 결과는 고스란히 인간에게 재앙으로 되돌아온 것이다.[10] 정석찬은 다음과 같이 말한다.

> 산업화와 토지 개발로 생태계가 파괴되면서 박쥐 등 야생동물이 서식하던 자연은 농지, 목축지, 공장 부지, 거주지 등으로 탈바꿈하고 인간의 활동영역과 가까워졌다. 산림자원의 훼손, 개간과 경작 등 인간의 생태계 파괴도 야생동물과의 접점을 늘려 인수공통 감염병의 유발 가능성을 높인다. 또한 도시화로 인해 인구밀도가 높아지고 운송수단이 발달해 인구 이동도 늘면서 이러한 감염병은 더 넓은 지역으로 빠르게 확산된다.[11]

바이러스의 발생과 확산의 책임은 전적으로 인간에게 있다. 그렇기 때문에 자명하게도 코로나19의 종식과 새로운 바이러스의 방지도 오직 인간에게 달려 있다. 그러나 이와 같이 바이러스의 발생 원인이

---

9 콰먼, 데이비드, 『인수공통 모든 전염병의 열쇠』, 강병철 옮김, 꿈꿀자유, 2020. 30쪽.(위의 글 99쪽에서 재인용)

10 임신재, 『동물행동학』, 살림, 2020. 76쪽.

11 정석찬, 「하나의 건강, 하나의 세계: 기후변화와 인수공통감염병」, 『포스트코로나 사회』, 글항아리, 2020. 213쪽.

인류라는 것을 알게 되었다는 것만으로는 아직 명확한 인식에 도달한 게 아니다. 생태 파괴의 주범을 인류라고 지목하는 것은 사실 '어떤 살인사건의 범인은 인간이라고 말하는 것만큼이나 모호하고 무의미하다. 인류 중 누가 생태를 파괴했는가? 그 구체적인 범인을 지목해야 한다.

> 누구로부터 생명계를 보호해야 할지에 대해 물어보아야 한다. 인류로부터? 인간 종으로부터? 사람들로부터? 아니면 위계적 사회관계를 가진 특정 사회와 특정 문화로부터? 이러한 탈사회적이고, 종 중심적인 사고방식의 문제점은 피해자들을 비판한다는 점이다. 할렘의 흑인 아이가 엑손(exxon)의 기업주와 생태 환경에 대해 똑같은 책임이 있다고 말하는 것은, 죄인은 올가미에서 풀어주고, 엉뚱한 사람에게 죄를 뒤집어 씌우는 것이다.[12]

생태계 파괴의 주범은, 정확히 말해 인류가 아니라 산업주의와 자본주의이다. 또한 산업주의와 자본주의의 근저에는 서구 근대적 가치관이 만들어낸 과학기술 만능주의가 자리하고 있다. 산업자본주의는 자연생태계를 재료와 자원으로만 간주하고 고갈될 때까지 퍼 올린다. 여기에 과학과 도구적 이성이 그 목적 달성을 적극 돕는다. 무분별한 개발지상주의는 근시안적 이익에만 혈안이 되어 자기 존재의 토대인 생태조차 자원화하는 것이고, 그 엄청난 후과를 되돌려받고 있다.

따라서 코로나바이러스의 종식과 재발생을 막기 위해 우리는 서

---

12 Steve Chase ed. Defending the Earth: A Dialogue Between Murray Bookchin and Dave Foreman, Boston: South End Press, 1991. pp.30-31.

구 근대적 패러다임, 즉 과학기술만능주의와 산업주의부터 고찰해야
한다. 인류문명에 대해 전체적으로 통찰하고 반성해야 한다는 말은
너무 모호하여 낭만적으로 느껴지기까지 한다. 필요한 것은 자본주
의 사회구조에 대한 비판적 통찰과 전면적 인식 전환이다. 김창엽의
말대로 바이러스는 단지 생물학적 질병이 아니라 사회적 질병이라고
규정되어야 하며 바이러스의 치유와 예방은 의학적 문제가 아니라
정치경제의 문제로 인식되어야 한다.[13]

3. 생태에 관한 깊은 통찰

그렇다면 대안은 무엇인가? 자연을 가용할 자원이 아니라
삶의 터전으로 간주하기 위해 어떤 인식적 전환이 필요한가? 그런 인
식적 전환이 가능하기 위해서는 어떤 존재론적 전환이 필요한가? 인
간과 생태의 진정한 관계를 밝혀줄 형이상학적 근거는 무엇인가? 자
연이란 우리에게 무엇이라 말할 수 있는가?

우리는 자연 생태를 보존해야 한다는 것에 대해 익히 들어 알고
있지만 그 이유가 무엇인지는 명확히 따져보지 않는다. 우리는 왜 생
태를 보존해야 하는가? 작금의 코로나19 상황을 두고 생태론자들은,
생태를 파괴의 결과가 우리에게 재앙으로 되돌아온 것이기 때문에
생태를 보호해야 한다고 경고한다. 또는 상투적으로 우리가 후손들에
게 더 나은 자연 재산을 물려주고 인류 문명의 지속적인 발전을 도모

---

13   김창엽, 「사회적인 것으로서의 코로나: 과학과 정치 사이에서」, 『포스트코로나사
      회』, 글항아리, 2020. 108-125쪽 참조.

하기 위해 지금 자연을 아끼고 보호할 필요가 있다고 주장하기도 한다. 이런 입장은 자연을 이용가치가 높은 천연자원으로 간주하고 인간의 목적을 위해 자연의 이용 한도를 연장하려는 시도이다. 이러한 관점들은 기본적으로 생태자연을 인간 앞에 놓인 대상으로 전제하고 인간에 의해 이용되는 자원이라고 간주하고 있는 것이다. 인간과 자연은 대립적 관계에 놓여 있고 자연은 인간의 개발에 내맡겨진 사물일 뿐이다.

일군의 생태론자들은 이러한 관점을 '얄팍한'(shallow) 생태관이라고 비난하면서 보다 깊은(deep) 생태적 인식의 전환을 촉구한다. 이들은 생태 인식에 대해 형이상학적 전환을 시도한다. 러브록(J. Lovelock)에 따르면 지구는 그 자체로 살아있는 생명체(Gaia)이다. 지구는 생명 없는 땅덩어리나 행성에 불과한 것이 아니라 그 자체 생명 활동을 유지하고 있는 생명체라는 것이다. 엔트로피가 증가함에도 불구하고 40억 년간 지구가 파괴되지 않고 계속 존재하고 있는 이유는, 지구가 살아있고 자기 생명을 적정한 평형 상태로 유지하기 때문이라는 것이다. 긴 시간 동안 지구는 산소 21% 염도 3.4% 등 자체적인 항상성(homeostasis)를 유지해왔는데, 이것이 바로 지구 스스로 생명권, 대기권, 해양, 토양을 포함한 하나의 복합적 생명체라는 것이라고 주장한다. 이러한 관점에서 볼 때 인간은 지구생명체에 속하는 생명의 일부일 뿐 어떠한 주도적 지위를 인정받을 수 없다. 그럼에도 불구하고 인간은 지구생명체 안에서 산업화 공업화 도시화를 해나감으로써 지구생명의 항상성을 해치고 있다. 그래서 인간은 그저 해충, '지적인 벼

룩'(intelligent fleas)일 뿐이라고 간주한다.[14] 심층 생태주의(deep ecology)는 자연의 본질과 가치, 인간과 자연의 관계에 대하여 '깊이' 숙고해야 한다고 촉구한다. 심층 생태주의에 따르면, 인간은 자연의 주인도 이용자도 될 수 없다. 오히려 인간은 자연의 부수적인 일부이고 자연이 인간의 주인이다.

심층생태주의의 선구자 내스(A. Naess, 1912-2009)[15] 역시 지구를 단일한 생명체로서 인식한다. 그는 개별 생명체들이 서로 관계 맺으면서 지구라는 거대한 생명체 안에 귀속된다고 생각했다. 지구는 모든 존재자들이 복잡한 관계망으로 서로 얽혀서 만들어낸 '일종의 거대한 덩어리'(a kind of vast whole)라는 것이다. 그래서 내스는 지구를 개별 생명체들이 '서로 관계 맺는 전체적 터전'(relational total field)이라 정의한다.[16] 이른바 전일적 존재론(holistic ontology)이라 할 수 있다. 러브록의 생각과 유사하게, 내스 역시 지구자연을 하나의 생명체로 간주하고 개별 생명체는 그 안의 부속되는 것으로 규정한다. 내스가 개체 생명을 물방울로 비유하고 지구 자연을 생명의 바다로 비유하면서 "모든 생명은 근본적으로 하나다"(All Life is fundamentally one)라고 주장하는 것도 이런 이유에서이다. 마치 화엄철학華嚴哲學의 논리와 같이, 개체 생명은 자연이라는 단일한 거대 생명의 세포와 같고, 단일한 거대 생명

---

14   러브록, 제임스, 『가이아: 살아있는 생명체로서의 지구』, 홍욱희 옮김, 갈라파고스, 2004.

15   로텐버그, 데이비드, 『생각하는 것이 왜 고통스러운가요?』, 박준식 옮김, 낮은산, 2014.

16   Arne Naess, Ecology, Community and Lifestyle, Cambridge Univ Press, 1989, p.200.

은 개체 생명들로 이루어진 전체 집합이라는 것이다.[17]

내스의 생각에 따르면, 자연계의 개별 생명체들은 다른 개별 생명체들과 고르게 관계 맺으면서 지구라는 거대한 생명 터전 위에서 공생하고 있다. 불교의 연기법緣起法과 같이 모든 개별전 존재들은 다른 존재에 의존하여 살아간다. 독자적이고 독립적인 존재란 없다. 존재한다는 것은 관계 맺어있다는 것이고, 관계 맺음이 존재자들이 존재해가는 방식이다. 관계가 없다면 존재도 없다. 내스는 모든 존재가 고르게 관계 맺으며 공생한다는 점에서 지구 내 어떠한 생명체도 다른 것들보다 우월한 지위를 가질 수 없다고 주장한다. 만물은 절대적으로 평등한 관계에 놓여 있다. 모든 존재자들은 평등하고 모든 존재자들은 동등한 권리를 갖는다. 그 권리는 개체의 내재적 가치(inherent value)로서 그 어떤 것에 의해서도 침해되거나 박탈될 수 없는 절대적 가치이다. 누구도 다른 존재자를 소유하거나 지배할 수 없다. 다만 평등하고 동등하게 관계 맺을 뿐이다.[18] 이른바 생명평등주의((biotic egalitarianism)라 할 수 있다. 그래서 내스는 인간에게는 자연을 지배하거나 이용할 권리가 전혀 없을 뿐 아니라 오히려 인간들 스스로 자연계에 대한 간섭을 최소화하면서 보다 작은 개체군으로 축소해야 한다고 주장한다.[19] 서구의 역사에서 장기간 자리 잡아온 인간중심주의

---

17 David Barnhill, Relational Holism: Huayan Buddhism and Deep Ecology edited by David Barnhil & Roger Gottlieb, Deep Ecology and World Religion, New York: SUNY Press, 2002.

18 Arne Naess, Equality, Sameness, and Right, edited by George Sessions, Deep Ecology for the 21st Century, Boston: Shambhala Publication, 1995, p.223.

19 Arne Naess, The Deep Ecological Movement: Some Philosophical Aspects, edited by Michael E, Zimmerman, Environmental Philosophy -From Animal Right to Radical Ecology-, New Jersey: Prentice Hall, 1998. pp.196-200.

(anthropocentrism)가 탈인간중심주의 생태중심주의로 전환되는 것이다.

만일 이러한 생태의 존재론을 이해한다면 우리는 무엇을 해야 하는가? 우리가 해야 할 실천적 규범은 무엇인가? 내스는 '대아大我의 실현'(Self-Realization)이라고 말한다. 내스에 따르면, 개인의 이기적 본성과 배타적 권리를 전제하고 타자와의 투쟁 혹은 합의를 정당한 것으로 간주하는 근대적 관점의 자아 실현은 '소아小我의 실현'(self-realization)에 불과하다. 우리가 인류와 자연의 존재론적 상태를 이해하게 된다면, 우리는 근대적 소아를 넘어 생태적 대아로 나아갈 수 있다. 인격의 수양과 성장을 통해 자아의 범위를 무한정 확장해갈 수 있다. 우리의 혈연과 지역을 넘어, 다시 종족과 민족을 넘어, 다시 인류라는 울타리를 넘어 동물 및 모든 자연적 존재물에까지 자아를 무한하게 확장시킬 수 있다는 것이다.[20] 이러한 자아 확장은 바로 자아와 타자의 '동일시'(identification)이다. 동일시란 자아가 다른 생명체를 자기 몸으로 간주함으로써 다른 생명체를 자기 안에 포섭하거나 혹은 자신을 다른 생명체에게로 확장해가는 것을 의미한다. 이러한 과정을 통해 자아는 이기적이고 고립적이고 원자적인 자아에서 이타적이고 상호의존적이며 전일적인 자아로 변형된다. 내스는 자아의 확장적 실현을 통해 자연계의 다양성 보존과 만물의 공생을 성취할 수 있을 것이라고

---

20 이점은 동물해방론자 피터 싱어의 '영역 확장'(Expanding Circle)을 연상케 한다. 싱어에 따르면, 인간은 생물학적 토대의 관습에서 벗어나 호혜와 이타의 영역을 무한정 확장해갈 수 있는 능력이 있다. 그래서 인간은 동물의 快苦에까지 관심 영역을 확장할 수 있으며, 또 그렇게 해야 한다는 것이다.(싱어, 피터, 『사회생물학과 윤리 The Expanding Circle』, 김성한 옮김, 인간사랑, 1999. 171-236쪽 참조.) 하지만 주의할 것은, 싱어의 영역 확장은 인간의 이성 능력 덕분인 반면 내스의 대아 실현은 감성적이고 직관적이며 미학적인 차원이라는 사실이다.

주장한다.[21] 이상과 같은 그의 생각은, 기술 산업사회를 추동해온 서구 근대적 세계관, 즉 인간을 자연과 분리하여 독자적인 지위에 올려놓고 다른 생명체들을 지배하고 이용하라고 명령했던 세계관과 매우 상반된다.[22]

내스의 사상은 사실 동양에서는 낯선 것이 아니다. 氣一元論이나 緣起法의 동양적 존재론은 언제나 인간을 자연과 분리하여 생각하지 않았고 인간과 자연을 본래부터 한 몸인 것으로 여겨왔다. 장횡거張橫渠의 위대한 작품 『서명西銘』을 보면 천지만물을 한 가족 한 몸으로 간주하고 그 안에서 인간의 윤리적 역할을 설정하는 형이상학적 윤리학이 잘 드러나고 있다. 장횡거는 내스의 '대아의 실현'을 대심설大心說에서 다음과 같이 압축적으로 표현하였다.

> 마음을 크게 확장한다면 천하의 만물을 모두 내 몸으로 삼을 수 있다. 천하 만물 중에 내 몸으로 삼지 못한 것이 있다면 마음에 배제한 것이 있기 때문이다. 세상 사람들의 마음이 견문의 협소함에만 머물러 있기 때문에 그러한 것이다. 성인은 자기 본질(性)을 다하기 때문에 견문에 의해 그 마음을 제약하지 않고 천하의 모든 존재가 자기 아님이 없다고 여긴다. 맹자께서 "마음을 다하면 본성을 알 수 있고 하늘을 알 수 있다"고 말씀하신 까닭이 바로 이 때문이다. 하늘은 지극히 커서 배제하는 것이 없다. 그러므로 배제하

---

21   Arne Naess, Ecology, Community and Lifestyle, Cambridge Univ Press, 1989, pp.81-85.

22   Bill Devall & George Sessions, Deep Ecology, Salt Lake City, Peregrine Smith Books, 1985, pp.65-66.

는 것이 있는 마음은 하늘의 마음과 합해질 수 없다.[23]

　마음을 크게 한다는 것은 무엇일까? 내스에게 이것은 일종의 공감과 연민의 감정이다. 죽어가는 존재를 보며 측은지심을 느낀다는 것은 그 고통을 함께 한다는 것이고 자아가 그만큼 확장된다는 것이다. 역으로 확장된 자아는 타자의 아픔을 자기의 아픔처럼 공감하는 것이다. 마치 불교의 동체자비同體慈悲와 같다.[24] 왕양명王陽明은 이와 같이 타자와 공감하면서 자아를 확장하는 것이 자아의 실현이자 대인大人의 의미라고 설명한다.

　　　대인은 천지 만물을 모두 자기 몸처럼 여기는 사람이다. 세상을 한 가족처럼 보고, 중국中國을 한 사람처럼 본다. 개체화된 형체를 사이에 두고 너와 나를 나누는 자는 소인이다. 대인이 천지 만물을 자기 몸으로 여길 수 있는 까닭은 그것을 억지로 의도하기 때문이 아니라, 그의 마음의 인仁이 본래 그와 같이 천지 만물과 하나가 되어 있기 때문이다. …… 그렇기 때문에 어린아이가 우물에 빠질 것 같은 위태로운 상황을 보면 반드시 깜짝 놀라며 두려워하고 측은해하는 감정이 생겨나는 것이니, 이때 그의 仁은 그 어린아이와 한 몸이 된 것이다. 하지만 어린아이는 오히려 인간과 같은 부류이다. 새가 슬프게 울거나 짐승이 도살장에 끌려가면서 벌벌 떠는 것을 볼 때도 반드시 차마 그냥 지나치지

23　張載, 『正蒙』, 中華書局, 1986.
24　안옥선, 「생태적 삶의 태도로서 '동일시'와 '동체자비'」, 『불교와 문화』 1권, 동아시아불교문화학회, 2007.

못하는 마음(不忍之心)이 일어나는데, 이것은 그의 仁이 새나 짐승과 한 몸이 되었기 때문이다. 하지만 새나 짐승은 오히려 지각이 있는 동물들이다. 초목이 잘려 나간 것을 볼 때도 반드시 불쌍하게 여기고 구제하고 싶은 마음이 일어나는데, 이것은 그의 仁이 초목과 한 몸이 되었기 때문이다. 하지만 초목은 오히려 살고자 하는 의욕(生意)이 있는 존재이다. 기와장이 무너진 것을 보면 반드시 돌이켜 회고하는 마음이 생겨나는데, 이것은 그의 仁이 기왓장과 한 몸이 되었기 때문이다. 이렇게 대상을 한 몸으로 여기는 仁은 비록 소인의 마음이라 하더라도 반드시 갖추어져 있다. 이것은 바로 하늘이 명한 본성에 뿌리를 두고 있는 것이고, 스스로 영명靈明하여 어둡지 않은 것이다. 그런 까닭에 그것을 '명덕'이라 부른다.[25]

내스, 불교, 장횡거, 왕양명의 생각은 큰 차이가 없다. 그들은 모두 자아의 확장과 대아의 실현을 궁극의 경지로 보고 있으며, 다른 존재자들에 대한 공감과 동정을 크게 확장해갈 때 그 대아 실현이 성취될 수 있다고 보고 있는 것이다. 그리고 그러한 생각들의 저변에는 모든 존재자가 동일한 존재론적 근거를 공유하고 있다는 인식이 깔려 있다. 현상세계의 존재자들은 만 가지로 제각각 다르지만, 그 현상의 차이가 존재 근원의 차이를 뜻하지는 않는다. 오히려 현상의 차이는 존재론적 근거의 동질성에 기초하고 있다고 보고, 그렇기 때문에 존재론적 근거의 동질성으로 현상의 개별 존재자들은 대립적 관계에 놓이지 않는다.

25 王守仁,「大學問」,『王陽明全集』, 上海古籍出版社, 2011.

이들의 생태학은 인류와 자연생태계의 관계를 재인식하고 나아가 자본주의에 의해 손상된 생태계를 회복하는 데 중요한 기여를 할 것이다. 인간의 존재 근거이자 생존의 토대가 바로 자연이며 인간과 자연이 결코 둘일 수 없다는 각성은, 자연을 무분별하게 자원화하고 생태계를 침탈하는 폐해를 완화하는 것만 아니라 생태계의 존재자들을 인간 자신처럼 존중하고 돌보는 생태윤리적 실천을 가능하게 할 것이다. 이러한 인식의 전환과 실천의 변혁을 통해 인간의 삶은 훨씬 더 향상될 것이고 바이러스의 위협으로부터 자유로워질 것이다.

　　물론 심층생태주의가 완벽한 대안인 것은 아니다. 그것은 여러 측면에서 문제를 드러내고 있고 숱한 비판을 받아왔다. 예를 들어 생명평등주의는 자연계에서 인간의 지위를 폄하하고 '문화적 인간'의 가치를 부정하는 결과를 초래할 수 있다고 비판받는다. 인간과 동물에게 무조건적으로 평등한 권리를 부여하고 동등한 윤리적 고려를 부여하는 것이 타당한가? 인간종으로의 진화 결과를 모두 무시해도 괜찮은 것인가? 또한 결정적으로 그 평등이념이 불러오는 인간혐오주의를 인간 자신은 수용할 수 있는가? 뿐만 아니라 '하나의 거대한 생명 덩어리'를 내세우는 내스의 전일적 존재론은 오직 지구생태계 전체의 가치에만 주목하기 때문에 개체생명체들의 고유한 가치는 무시될 수 있다고 비판받기도 한다. 물방울이 바다로 용해되는 것과 같이, 종과 개체는 자연이라는 전체 생명 속으로 흡수되어 버릴 수 있다는 것이다. 특히 생태윤리의 실천 주체인 인간이 사라져버린다는 것은 매우 심각한 문제이다. 그의 심층생태학을 에코 파시즘(eco-fascism)이라 비

난하는 것도 이런 이유이다.[26]

　그럼에도 불구하고 심층생태주의나 동양철학의 유사한 주장들은 여전히 의미가 있다. 생태를 중심에 두고 있다는 점에서 그 어떤 생태 사상보다도 인류의 방만한 생태침탈행위에 대해 근본적인 반성을 촉구하기 때문이다. 심층생태주의가 비록 다소 신비주의적이고 감정적이어서 현실성이 떨어진다는 비판을 받기도 하지만 존재자들의 동일한 근원에 대한 사색을 제안하고 있고 또 감성적 동기를 촉발하고 있다는 점에서 형이상학적 이론과 감성적 실천을 함축하는 유의미한 생태 사상이라 할 수 있다. 따라서 심층생태주의의 약점에만 주목하여 그것을 송두리째 부정하려 할 것은 아니다. 심층생태주의가 제시하는 비전과 중요성을 명확히 이해하고 그 단점을 보완하고 다른 생태 사상과 융합하여 보다 완전한 생태 사상으로 발전시켜가는 것이 필요하다.

4. 참찬화육과 생태계의 공영

　　이러한 점에서 朱子 철학의 생태학적 비전에 주목해볼 필요가 있다. 주자의 철학은 심층생태주의의 존재론과 일정 부분 뜻을 같이하면서도 보다 현실적이고 실천적인 생태 사상이 될 수 있는 가능성이 있다고 판단된다.

26　한면희, 『미래세대와 생태윤리』, 철학과 현실사, 2007. 240쪽 / 김명식, 『환경, 생명, 심의민주의』, 범양사, 2002. 96쪽. / Joseph, R. Desjardin, Environmental Ethics, An Introduction to Environmental Philosophy, 4th Edition, Thomson Wadsworth, 2006, p.219.

우선 언급해야 할 것은 주자 형이상학의 특징이다. 주자는 우리가 모든 존재의 생명을 존중해야 하는 이유를 형이상학적으로 정당화한다. 주자에 따르면 천지天地는 만물을 살려주는 마음(生物之心)을 그 본질로 삼고 있어서, 천지가 만들어낸 인간과 만물 역시 살고자 하는 의지(生意)를 그 본질로 삼고 있다.[27] 주자는 생명 그 자체가 우주의 최고 목적이며 지상의 가치라고 간주하였다. 생명에 대한 예찬은 주자 철학 더 나아가 유가 철학 전부가 지향하는 철학의 목적이다. 지구가 하나의 거대한 생명체라고 인식한 것과 같이, 주자는 천지를 살아있는 생명체라고 간주하였고, 각 개별자들은 천지로부터 생명을 부여받았기에 모든 개별자가 그 생명을 온전히 성취해가야 한다고 생각하였다. 개별자들이 다른 존재의 생명을 침해하지도 않고 다른 존재로부터 자기 생명을 침해받지도 않으면서 모두가 모든 존재들이 자기 고유한 생명을 온전히 성취할 때 천지의 본래 의도도 성취될 수 있는 것이다. 이러한 점은 내스의 생태사상과 맥을 같이 하는 것이다.

내스는 서구 근대적 인간의 폐해를 인식하고 인간의 지위를 강등하고자 하였다. 내스는 인간이 생태자연에 관여하지 않을 때, 인간이 생태계를 지배하고 침범하는 행위를 멈추고 생태계의 다른 존재들과 평등한 위치로 복귀할 때 비로소 생태가 최적의 상태로 회복할 것이라고 보았다. 바람직한 상태의 상태는 인간이 무위無爲할 때, 즉 지금까지 인간이 해온 행위들을 모두 멈출 때 비로소 실현 가능하다고 생각했던 것이다. 이러한 점에서 생태계의 안정과 번영은 무위자연으로써만 가능할 뿐 다른 어떤 것으로도 불가능한 것이라 할 수 있다.

---

27 『朱熹集』67-23(3542쪽)「仁說」, 天地以生物爲心者也. 而人物之生, 又各得夫天地之心以爲心者也.

하지만 주자는 그렇게 생각하지 않았다. 주자는 천지의 뜻을 실현해가는 인간의 능동적 실천을 주장한다. 천지가 만물을 낳고 생장시키고자 하는 의지를 가지고 있으므로 인간은 천지를 도와 그 의지를 최대한 실현해야 한다. 인간은 천지에서 독립해있거나 천지와 맞서는 존재가 아니다. 인간은 천지의 자식으로서 그 본연의 임무는 천지로부터 이탈하고 독립하는 것이 아니라 천지에 순응하고 천지를 도와 그 뜻을 도와 실현하는 것이다. 윤리학의 목표는 여기에 있다. 인간의 윤리적 의무는 천지 생명의 보호와 창달에 집중된다. 인간이 하찮은 미물의 생명에도 주의를 기울여야 하는 까닭도 여기에 있다. 만물 저마다의 생명 원리를 상세히 살펴 그것들 각자의 생명의지를 충족시켜주는 것이 천지의 목적 의지에 부합하는 것이기 때문이다. 그래서 주자는 "성인이 하찮은 만물도 모두 각득기소各得其所하도록 힘쓰는 까닭은 그가 천지 본연의 생생生生하는 의지를 알고 있기 때문"[28]이라고 말한다. 성인은 천지 본연의 생의生意를 이해하기 때문에 천지가 만물을 화육하는 과정에 참여하여 돕는다(參贊化育)는 것이다. 이것은 비단 성인만이 아니라 인간이 자연에 대해 실천해야 할 도덕적 소임이기도 한 것이다.

주자는 내스처럼 인간의 사업을 부정하지 않았다. 오히려 인간이야말로 가장 천지의 뜻을 실현해갈 주체인 것이다. 이러한 점에서 볼 때 내스가 부정하는 서구의 인간중심주의는 주자철학의 인간학과는

---

28 『朱子語類』114:38, 聖賢出來撫臨萬物, 各因其性而導之. 如昆蟲草木, 未嘗不順其性, 如取之以時, 用之有節: 當春生時不夭夭, 不覆巢, 不殺胎; 草木零落, 然後入山林; 獺祭魚, 然後虞人入澤梁; 豺祭獸, 然後田獵. 所以能使萬物各得其所者, 惟是先知得天地本來生生之意.

판연히 다르다는 것을 알 수 있다. 내스는 인간을 생태의 중심에서 몰아낼 때 생태가 온전한 상태를 되찾을 것이라고 주장하지만 주자는 인간의 역할로 생태가 최적의 상태에 이를 것이라고 역설한다. 주자에게 있어 인간은 애당초 생태 안에 존재하는 것이었기 때문이다.

참찬화육이란 무엇인가? 우리는 두 가지 측면에서 참찬화육의 의미를 고찰해볼 것이다. 먼저 참찬화육의 필수조건으로서 성誠이 무엇인지 살펴볼 것이고, 그 다음으로 인간의 참찬화육이 구체적으로 어떠한 행위인지 알아볼 것이다. 『중용』에서는 '지성至誠'의 태도만이 참찬화육하는 길이라고 말하고 있는데,[29] 지성이란 무엇을 의미하는가?

> 만물은 모두 리를 갖추고 있고 그 리는 모두 하나의 원천에서 나온다. 하지만 존재마다 처한 위치가 다르므로, 그 리의 현상 또한 하나가 아니다. …… (또한 역으로) 존재들은 각자 저마다의 리를 가지고서 각자 그 현상을 달리하지만 그 모든 것이 단일한 리의 유행 아닌 게 없다. 성인은 '모든 존재의 이치를 궁구하고 저마다의 본성을 다하게 하여 命에 이르게 한다.' 세상의 모든 존재들에 대해 그 리를 모두 궁극에까지 탐구하여 존재들마다 각각 제 살 곳을 얻도록 배려하고 一事一物이라도 반드시 최적의 상태를 얻을 수 있게 안배한다. 사물이 없으면 그것의 리도 없는 것이다. 사물이 있으면 성인은 그 리를 완전히 실현하지 않는 일이 없다. 이른바 "오직 지극한 誠만이 천지의 화육을 도울 수 있

---

29   孔伋, 『中庸』 제22장, 唯天下至誠, 爲能盡其性; 能盡其性, 則能盡人之性; 能盡人之性, 則能盡物之性; 能盡物之性, 則可以贊天地之化育; 可以贊天地之化育, 則可以與天地參矣.

으니, 이에 천지와 더불어 셋으로 설 수 있게 되는 것이다."
라는 말이 그것이다.[30]

주자에 따르면, 모든 존재들은 저마다 다른 삶의 원리에 따라 살아
가지만 그 삶의 원리들은 궁극적으로 하나의 원천, 즉 생명의 의지에
서 비롯된다. 따라서 인간의 참찬화육이란 모든 존재들이 각자의 구체
적인 삶의 현장에서 각자의 생명 의지를 온전히 실현할 수 있도록 배
려하고, 저마다 최적의 상태를 획득할 수 있도록 돕는 것이다. 이를 위
해 주자는 모든 존재들의 이치를 끝까지 궁구하고(窮極其理) 그 리를 완
전히 실현시켜주어야 한다(盡其理)고 말한다. 『중용』의 표현으로 말하
자면 진성盡性(盡人之性과 盡物之性)해야 한다는 것이다. 그것이 성誠의
의미이며 참찬화육을 위해 인간에게 요구되는 태도라는 것이다. 그렇
다면 '완전히 실현시킨다'(盡)는 것은 무엇을 의미하는가? 그주자는 『중
용』의 맥락에서 '盡'의 의미를 외연적 확장으로 파악한다.

> 완전히 실현시킨다(盡)는 말은 어디를 가든지 그 힘을
> 다하지 않음이 없다는 뜻이다. …… 자기 본성 안에 있는 仁
> 의 德을 가족에게는 베풀면서 宗族에게는 베풀지 않는다거
> 나 종족에게는 베풀면서 鄕黨에는 베풀지 않는다거나 향당
> 에는 베풀면서 천하국가에는 베풀지 않는다면, 이는 모두
> 다하지 않은 것이다. …… 타인의 삶을 완전히 실현시켜준

---

30 『朱子語類』18:28 "萬物皆有此理, 理皆同出一原. 但所居之位不同, 則其理之用不
一. …… 物物各具此理, 而物物各異其用, 然莫非一理之流行也. 聖人所以'窮理盡
性而至於命', 凡世間所有之物, 莫不窮極其理, 所以處置得物物各得其所, 無一事
一物不得其宜. 除是無此物, 方無此理; 既有此物, 聖人無有不盡其理者. 所謂'惟至
誠贊天地之化育, 則可與天地參者也.'"

다(盡人)는 것은, 사람마다 인품이 어질거나 비루하거나 명
이 짧거나 길거나 하는 차이가 있어도 모두를 온전하게 배
려하여 저마다 최적의 삶을 살게 해주는 것이다. 만물의 생
을 완전히 실현시켜 준다는 것은 鳥獸蟲魚이건 草木動植이
건 간에 모두를 온전하게 배려하여 저마다 가장 적합한 생
을 살 수 있도록 해주는 것이다. 盡性, 盡人, 盡物이란 대략
이와 같은 것이다.[31]

주자에 따르면 지성은 필연적으로 향외적向外的 확산을 함축한다.
만일 세계의 모든 존재가 동일한 생명의 의지를 가지고 있다는 사실
을 알고 있다면, 우리는 자신의 삶의 욕구를 실현시키고자 할 때 마
땅히 타자의 삶의 욕구도 함께 실현시켜주어야 한다고 주자는 주장
한다. '완전히 실현시켜준다'(盡)는 것에는 자기 욕구를 완전히 충족시
키는 것만 아니라 타자의 욕구까지 완전히 충족시키는 것까지 포함
되어야 한다는 것이다. 자신의 것만 다하는 것(盡)은 반에도 못 미치
는 다함이다. 이러한 점에서 至誠이란 누구의 생명 의지이건 동등하
게 대우하고 각자의 본성에 맞게 모든 존재의 삶을 완성시켜 주려는
의지와 태도라고 할 수 있다. 주자는 『중용』의 "誠이란 자기의 삶을 성
취하는 것만이 아니라 타자의 삶을 성취시켜주는 것이기도 하다."(誠

---

31 『朱子語類』 64:50 問: "至誠盡性, 盡人, 盡物'如何是盡?" 曰: "性便是仁義禮智. '盡'
云者, 無所往而不盡也. 盡於此不盡於彼, 非盡也; 盡於外不盡於內, 非盡也. 盡得
這一件, 那一件不盡, 不謂之盡; 盡得頭, 不盡得尾, 不謂之盡. 如性中之仁, 施之一
家, 而不能施之宗族; 施之宗族, 不能施之鄉黨; 施之鄉黨, 不能施之國家天下, 皆
是不盡. 至於盡禮, 盡義, 盡智, 亦如此. 至於盡人, 則凡或仁或鄙, 或夭或壽, 皆有以
處之, 使之各得其所. 至於盡物, 則鳥獸蟲魚, 草木動植, 皆有以處之, 使之各得其
宜. 盡性盡人盡物, 大概如此."

者非自成己而已也, 所以成物也.)라는 구절에 대해 "誠은 자신의 삶을 성취하는 것이지만, 자신의 삶을 성취할 수 있으면 타자의 삶에도 이르는 것"이라고 설명하고 있다.[32] 내스가 말한 대아의 실현과 일맥상통하는 말이다.

그런데 여기에서 의문이 드는 것은 만물을 낳고 또 살게 해주는 것이 천지의 본질이자 化育의 과정이라면 인간은 거기에서 무엇을 해야 하는 것인가? 천지가 자연히 그러한 생생의 의지를 갖추고 만물을 관장한다면, 인간은 천지의 운행과 화육을 거스르지 않고 無爲의 태도로 자연 안에 처하면 되는 게 아닐까? 천지의 생명 의지와 자체적인 활동 안에서 인간이 해야 할 일이 따로 있는가? 참찬화육參贊化育한다는 것은 과연 무엇인가?

이점에 대해 정이는 인간의 참찬參贊이란 단지 성誠의 태도로 자연의 법칙을 거스르지 않는 것이지 실제로 인간이 천지를 돕는 것은 아니라고 설명하였다.[33] 즉 진실무망眞實无妄한 태도로 자연의 법칙에 순응하고 자연의 뜻을 따르는 것만으로 천지의 생명 활동을 돕는 인간의 의무는 완수되는 것이라고 정이는 생각하였던 것이다. 그러나 주자는 정이의 생각에 반대한다.

> 『중용』에서는 "성인이 천지의 화육을 돕는다."고 했다. 인간은 천지 사이에 처해 있는데, 비록 (天地人의 일이) 동일한 이치이기는 하지만 천지와 인간이 하는 일에는 각자 다

---

32 『중용장구』제25장, 誠雖所以成己, 然旣有以自成, 則自然及物, 而道亦行於彼矣.
33 『二程遺書』11-183 至誠可以贊天地之化育, 則可以與天地參贊者. 參贊之義, 先天而天弗違, 後天而奉天時之謂也. 非謂贊助, 只有一箇誠何助之有.

른 직분이 있다. 인간이 할 수 있는 일 중에는 천지도 할 수
없는 것이 있다. 예를 들어 하늘은 만물을 낳지만 밭 갈고
씨 뿌리는 일은 반드시 사람의 힘을 써야 한다. 물은 만물을
적셔줄 수 있지만 관개灌漑하는 일은 반드시 사람의 힘을
써야 한다. 불은 만물을 태울 수 있지만, 장작으로 불 때는
일은 반드시 사람의 힘을 써야 한다. '만물을 마름질해서 완
성시키고 천지의 화육을 돕는 것'은 반드시 사람이 해야 하
는 일이니, 이것이 천지를 돕는 게 아니면 무엇이겠는가? 정
선생程先生께서는 '참찬參贊의 뜻이 실제로 돕는 것은 아니
다.'라고 하셨는데, 이 말씀은 옳지 않은 것이다.[34]

　　주자는 천지의 작용과는 다른 인간만의 고유한 실천 영역을 주장
하고 있다.[35] 만물을 낳고 살게 해주는 생명 의지의 발현이 천지의 역
할이라면, 인간의 역할은 그 생명 의지를 현실의 차원에서 구체화하
는 것이라 할 수 있다. 주자는 이 구체화의 과정이 천지가 하지 못하
는 인간만의 고유한 영역이라고 주장하고 있다. 농사를 짓거나 물길
을 만들거나 불을 지피는 일 등은 자연의 이치를 그대로 따르면서 만
물의 생명 의욕을 더 충실히 채워주고 존재의 생명 활동을 더 풍부하
게 만들어주는 행위인 것이다. 이러한 행위는 천지의 생명 의지만으

34　『朱子語類』 64:55 "贊天地之化育." 人在天地中間, 雖只是一理, 然天人所爲, 各
　　自有分, 人做得底, 卻有天做不得底. 如天能生物, 而耕種必用人; 水能潤物, 而灌
　　漑必用人; 火能爍物, 而薪爨必用人. 裁成輔相, 須是人做, 非贊助而何? 程先生言:
　　"參贊之義, 非謂贊助." 此說非是.

35　정이는 다른 곳에서 천지와 인간의 역할이 구분된다고 말한 적이 있는데, 주자는
　　이 말에 대해 적극 찬동한다.(『朱子語類』64:57, 程子說贊化處, 謂"天人所爲, 各自有分", 說
　　得好! 程子說贊化處, 謂"天人所爲, 各自有分", 說得好!)

로는 이루어낼 수 없는 인간의 독자적인 역할이다. 주자는 인간 문명의 의의를 십분 긍정하고 있는 것이다.

하지만 주의해야 할 것은, 주자가 인간의 기술문명을 전적으로 긍정한 것은 결코 아니라는 점이다. 인간이 천지가 할 수 없는 독자적인 역할을 할 수 있다고 해서, 인간만의 목적을 위해 자연을 마음대로 이용할 수 있다고 주장한 것은 아니다. 주자에게 있어 인간의 문명은 천지의 생명 의지와 화육의 원리를 준수하면서 천지의 공능을 최대화할 때라야 비로소 긍정될 수 있다. 인간의 문명은 자연의 생명 의지를 구체화하고 확장하는 것이고, 자연은 인간의 문명을 통해 그 생명력을 최대한 펼쳐가는 것이라 할 수 있다. 이것이 참찬參贊, 즉 인간이 천지의 화육을 돕는다는 의미라고 할 수 있다.

5. 신중한 배려와 대아의 실현

내스에게 있어 동일시의 과정은 이성적인 것도 아니고 비이성적인 것도 아닌, 그보다는 '자발적'인 것이다. 여기에서 자발적이라는 말의 의미는 한 대상에 대해 주체 스스로 정서와 감정을 발현한다는 것이다. 예를 들어 죽어가는 파리를 보고 우리 스스로 강한 공감(empathy)을 느껴 그 파리의 고통을 우리 자신의 고통과 동일시하는 것, 그것이 내스가 생각하는 동일시이고 대아의 실현 과정이다. 동일시가 자발적인 것이라는 말은 정서와 감정상의 공감과 연민이 자발적으로 드러나야 한다는 것을 뜻한다. 그래서 내스에게 동일시의 과정은 윤리적 규범성을 가진 것이라기보다 감성적이고 미학적인 행위로 인식된다.[36] 그런데 장횡거에게서도 내스와 비슷한 점이 발견된다. 장재는 대아의 실현에 관하여 다음과 같이 말하였다.

> 세인들의 마음은 경험 지각(見聞)의 협소함에 그치고 만다. 하지만 성인은 그 본성을 완전히 실현하였기에 경험 지각에 그 마음이 얽매이지 않아 천하의 어떠한 존재라도 나 자신 아닌 것이 없다고 간주한다. …… 경험적 지식은 외부 대상과 접촉하여 알게 된 앎으로 내재적 德性에 의해 알게 된 앎과는 다르다. 덕성의 앎은 경험지각에서 생겨나지 않는다.[37]

장재에 따르면 일반인들이 자기 마음을 확장(大其心)하여 만물일체를 이루지 못하는 까닭은 일반인의 인식이 경험지각에 국한되어 있기 때문이다. 반면 성인은 경험지각에 얽매이지 않고 자기 내면의 선천적 덕성으로부터 앎을 도출해내기 때문에 모든 존재가 그 자신이라는 점을 인식할 수 있다는 것이다. 간단히 말해 마음을 확장하여 대아大我를 실현하고 만물과 일체를 이룰 수 있는 계기는 그 인식의 근원이 무엇이냐에 달려 있다는 것이다. 장재에 의하면 경험적 지식으로서는 대아와 만물일체의 실현이 불가능하다.

내스와 장재는 둘 다 대아 실현의 방법으로 객관적 경험적 탐구보다는 주관적 직감적 계기를 강조한다. 그러나 공감은 상황에 따라 변덕스럽고 감정은 합리성을 결여할 경우가 있다. 타자의 고통을 공감

---

36 안옥선, 앞의 글, 231-232쪽.

37 張載, 『正蒙』「大心篇」, 世人之心, 止於聞見之狹.聖人盡性, 不以見聞梏其心, 其視天下無一物非我 …… 見聞之知, 乃物交而知, 非德性所知;德性所知, 不萌於見聞.

한다는 것은 그 자체만으로도 아름다운 실천이지만 그것은 객관적 행위규범으로 정립되기 어려운 것이다. 그렇기 때문에 그 실천행위 역시 객관성과 타당성을 확보하기 어렵다. 장재의 德性之知라는 것도 신비롭고 비의적인 색채가 농후하여 현실의 장에서 그 앎을 어떻게 실행할 수 있는지 분명하지 않다. 참찬화육이라는 실제적 사업을 실행하는 데 있어 이렇게 주관적 감성과 비의적秘義的 앎이 타당한 실행력을 발휘할 수 있을까? 이에 대해 주자는 매우 부정적이었다.[38]

참찬화육의 실행을 위해 주자가 선택한 방법은 격물格物이다. 격물은 일상의 구체적 사물을 탐구하여 그 실제적 이치를 파악하는 것이다. 거기에는 어떠한 신비한 뉘앙스도 담겨있지 않다.[39] 주자는 모든 구체적 존재들에 대하여 일일이 탐구하라고 주문한다. 그러한 점진적 탐구과정을 거쳐 실제적 이치들을 이해해갈 때 마침내 모든 이치에 관통하게 되고 그때 주객이 합일되는 대아가 실현될 것이라고 주장한다. 대아의 실현은 장재처럼 내면을 향하여 허황된 상상을 한다고 해서 도달할 수 있는 게 아니다.[40]

그렇다면 참찬화육의 실행을 위해 우리가 해야 할 것은 무엇인가? 격물은 참찬화육에 어떻게 기여하는가?

---

38 『朱子語類』99:28 問橫渠"耳目知, 德性知". 曰: "便是差了. 雖在聞見, 亦同此理. 不知他資質如此, 何故如此差?"

39 이러한 점에서 주자는 窮理라는 어휘를 쓰는 것도 좋아하지 않는다. 그보다는 格物이라는 구체적 어휘를 써야 한다고 그는 주장하기도 한다.(『朱子語類』15:31 人多把這道理作一箇懸空底物. 大學不說窮理, 只說箇格物, 便是要人就事物上理會, 如此方見得實體. 所謂實體, 非就事物上見不得.)

40 『朱子語類』98:62, 道夫曰: "只如橫渠所說, 亦自難下手." 曰: "便是橫渠有時自要恁地說, 似乎只是懸空想像而心自然大. 這般處, 元只是格物多後, 自然豁然有箇貫通處, 這便是'下學而上達'也. 孟子之意, 只是如此."

옛 성인은 자연 만물에 대해 신중하게 배려(愛物)하였기에, 나무 한 그루 베는 것에도 적절한 시기를 기다렸다. 성인이 조금이라도 이르지 않는 데가 없었고 그 혜택을 입지 않는 사물이 없었다. 이는 성인이 격물을 철저하게 했기 때문에 가능했던 것이다.[41]

참찬화육은 만물 하나하나가 살아가는 이치를 철저히 탐구하고 그 이치에 맞게 만물을 저마다의 삶을 최적 상태로 이끌어주는 것(各得其所)이다.[42] 자연에 대하여 추상적으로 상상하거나 초월적으로 체험하는 것으로는 참찬화육을 실천할 수 없다. 우리가 자연 사물의 생존 방식을 구체적으로 관찰하고 그 삶의 방식에 따라 친절히 보살펴줄 때라야 참찬화육은 가능하다고 주자는 주장하고 있다.

주자의 격물설은 생태계 존재들에 대한 존중의 태도가 깔려 있다. 상대를 존중하기 위해서는 상대에 대해 잘 알아야 한다. 아무리 상대에 대해 호의를 베푸는 것이라 해도 상대의 특성을 잘 알지 못한다면, 그것은 상대를 해치는 일이 될 수도 있다. 주자의 격물은 생태계의 존재들을 배려하기 위해 우선 그들의 생태 원리와 생존 방식을 잘 이해하고자 하는 노력이다. 연민과 공감이 중요한 동력이기는 하지만 그것만으로는 늘 적합한 배려를 할 수가 없다. 생태계 존재들의 생존 방식을 귀 기울여 듣고 그것에 맞게 적절히 대우하는 것이 그들을 제대

---

41 『朱子語類』15:18 古人愛物, 而伐木亦有時, 無一些子不到處, 無一物不被其澤. 蓋緣是格物得盡, 所以如此.

42 『朱子語類』18:28 "凡世間所有之物, 莫不窮極其理, 所以處置得物物各得其所, 無一事一物不得其宜. 除是無此物, 方無此理; 旣有此物, 聖人無有不盡其理者. 所謂'惟至誠贊天地之化育, 則可與天地參者也.'"

로 존중하고 배려하는 것이다.

어떤 점에서는 웨스턴(A. Weston)의 '환경 에티켓'(environmental etiquette)과 맞닿아 있는 것으로 보인다. 웨스턴은 '다중심적 세계관'[43](multicentrism)을 제안하면서 모든 존재자가 각자 우주의 중심이 될 수 있다고 주장한다. 그가 이렇게 주장하는 이유는 물론 서구적 인간중심주의에 대한 반성과 비판이다. 웨스턴에 따르면 인간은 모든 존재자들을 존중하고 도와주어야 한다. 모든 생명체들을 세심하게 관찰하고 친절히 배려하면서 그들의 삶이 충분히 실현될 수 있도록 존중해야 한다는 것이다. 이것이 인간이 생태를 대하는 '에티켓 있는 태도'이며 이렇게 할 때 인간이 다른 존재자들과 소통하면서 지구의 생명활동에 함께 참여할 수 있다는 것이다.[44] 이것은 주자가 생명체들을 대우하는 태도와 매우 흡사하다.[45]

대아의 실현은 초월적 체험이나 연민의 감성만으로 성취될 수 있는 게 아니다. 그것은 구체적이고 실제적인 탐구와 실천의 과정을 필요로 한다. 생명체들에 관심을 기울이고 그 생태양식을 이해하며 그 생명의 욕구를 충족시켜줄 때 비로소 우리는 그것들과 일체가 되는

43　심층생태주의가 전체 생명이라는 단일중심적 세계관 혹은 공(共)중심적 세계관에 기초한다면, 웨스턴은 생태계 존재들 모두를 우주의 중심으로 간주하고 그들과 평등한 대화를 해야 한다고 주장한다.(Anthony Weston, "Multicentrism: A Manifesto" Environmental Ethics Vol.26, Spring, 2004. pp.30-36.)

44　Ibid, pp. 37-38.

45　주자는 참찬화육의 실천을 국가제도적 정치교화 행위로 정의하기도 한다. 그래서 주자는 『중용』의 '修道之謂敎'를 해설하면서 敎의 외연을 인간을 넘어 만물에까지 확장 적용하고 있다.(『朱子語類』62:66 問: "集解中以'天命之謂性, 率性之謂道'通人物而言. '修道之謂敎', 是專就人事上言否?" 曰: "道理固是如此. 然修道之謂敎, 就物上亦有箇品節. 先生所以咸若草木鳥獸, 使庶類蕃殖, 如周禮掌獸·掌山澤各有官, 如周公驅虎豹犀象龍蛇, 如'草木零落然後入山林, 昆蟲未蟄不以火田'之類, 各有箇品節, 使萬物各得其所, 亦所謂敎也.")

것이라 할 수 있다. 그때 비로소 우리 안으로 자연을 융합하고 자연 안으로 우리를 용해하는(合內外) 궁극의 일체감(天人合一)을 체험할 수 있다.[46] 주자에게 있어 대아의 실현은 이렇게 완성된다.

6. 생태공동체를 향하여

　　코로나19는 머지 않아 종식될 것이고 팬데믹은 해제될 것이며 언택트의 사회는 다시 콘택트일상이 될 것이다. 인류의 역사는 코로나19를 어떻게 기록할 것인가? 많은 인명 피해를 양산했고 세계를 뒤흔들었지만 결국 인간의 과학에 의해 정복된 병균에 불과했다고 기록할까? 그리고 과학이 또 승리했다고 개가를 부를 것인가? 코로나19 이후 심각한 바이러스가 출몰해도 인간의 과학이 그것을 이겨낼 것이고 또 그러기를 희망한다. 그러나 인간이 근본적 태도를 바꾸지 않는 한 이러한 일들은 끝없이 반복될 것이고 그때마다 새로운 백신과 치료제 개발을 위해 숱한 노고를 감내해야 할 것이다. 그리고 생태를 대하는 태도는 더 나빠지거나 더 적대적으로 변할 것이다. 이러한 전개는 결코 인간의 삶에 유익하지 않을 것이다.

　　코로나19는 인류사회에 대한 큰 변화를 가져왔고 인류는 근본적

46　『朱子語類』15:67 問: "格物須合內外始得?" 曰: "他內外未嘗不合. 自家知得物之理如此, 則因其理之自然而應之, 便見合內外之理. 目前事事物物, 皆有至理. 如一草一木, 一禽一獸, 皆有理. 草木春生秋殺, 好生惡死. '仲夏斬陽木, 仲冬斬陰木', 皆是順陰陽道理. <砥錄作'皆是自然底道理'.> 自家知得萬物均氣同體, '見生不忍見死, 聞聲不忍食肉', 非其時不伐一木, 不殺一獸, '不殺胎, 不殀夭, 不覆巢', 此便是合內外之理."

성찰을 필요로 하고 있다. 코로나19는 진정한 민주주의와 시민 자율성이 무엇인지 다시 생각하게 하였고, 개인의 안전을 위해 공동체의 안전을 함께 고려해야 한다는 성숙한 태도를 일깨워주었다. 인류의 생존이 개인의 자유가 아니라 공동체의 자율적 연대로 더 안전해질 수 있다는 사실은 향후 인류 문명에 큰 영향을 미칠 것이다. 이제 인간관계가 바뀌게 될 것이고 교육 체계가 변화할 것이며 정치구조와 민주사회의 이념도 변화할 것이다. 하지만 이보다 더 근본적인 것은 생태에 대한 근본적 인식의 전환이다. 엄연하게도 코로나19는 인류가 생태를 침범하고 파괴했기 때문에 발생한 것이고, 그 침범과 파괴는 자본주의의 과잉화로 인해 야기된 것이다. 이 사실에 대한 명확한 인식과 철저한 반성, 그리고 자기 부정과 인식 전환이 없다면 코로나19와 같은 일들은 끝없이 계속될 것이다.

이 글에서는 생태에 대한 인식의 근본적 전환을 촉구하기 위해 심층생태주의에 주목하였다. 내스의 심층생태주의는 인간중심주의적 사고를 해체하고 서구의 과학기술의 병폐를 반성하면서 생태중심의 세계관을 제시하였다. 내스에 따르면 인간은 결코 세계의 주인이 아니며 생태자연을 마음대로 이용할 하등의 권한도 없다. 세계의 주인은 지구라는 거대한 생명체이며 모든 존재자들은 지구 안에서 평등한 관계에 놓여있다. 인간은 평등한 존재자들 중 하나일 뿐이다. 이것이 내스 생태학의 형이상학적 토대이다. 나아가 내스는 이러한 존재의 본질을 실현하기 위해 인간이 소아를 벗어나 모든 존재자를 자기 자신으로 간주하고 모든 생명체들과 한 몸같이 공생하는 '대아의 실현'을 제기한다. 대아의 실현을 통해 우리는 생태와 하나되고 생태를 돌보는 실천이 가능하다는 것이다.

이 글에서는 내스가 제시하는 생태지혜로의 전환에 동의하면서도 그 실천 방법의 측면에서는 주자의 철학을 통해 보완을 시도한다. 대아의 실현은 인간의 능동성을 버려야 이루어질 수 있는 것도 아니고 신비적 체험이나 감성적 접근으로 성취될 수 있는 것도 아니다. 주자는 보다 구체적이고 사실적인 대아의 실현을 주장한다. 인간은 능동적으로 모든 생명체들을 돌보면서 각자가 제 삶을 충분히 누릴 수 있도록 배려하는 것, 그것이 천지의 생명활동을 돕는 것이고 세계 전체와 일체가 되는, 참된 대아의 실현이라고 주자는 역설한다. 우리가 주자의 말에 귀 기울인다면 생태지혜를 더 분명하게 실천할 수 있을 것이고 생태의 세계와 일체가 되는 이상에 도달할 수 있을 것이다.

참고문헌

김명식, 『환경, 생명, 심의민주주의』, 범양사, 2002.

김윤종, 「기 소르망 "한국, 방역대책 최고지만… 심한 감시 사회" 주장」, 『중앙일보』 2020. 4. 29.

김창엽, 「'사회적인 것으로서의 코로나': 과학과 정치 사이에서」, 『포스트코로나사회』, 글항아리, 2020.

로텐버그, 데이비드, 『생각하는 것이 왜 고통스러운가요?』, 박준식 옮김, 낮은산, 2014.

콰먼, 데이비드, 『인수공통 모든 전염병의 열쇠』, 강병철 옮김, 꿈꿀자유, 2020.

북친, 머레이, 『사회생태론의 철학』, 문순홍 옮김, 솔출판사, 1997.

안옥선, 「생태적 삶의 태도로서 '동일시'와 '동체자비'」, 『불교와 문화』 1권, 동아시아불교문화학회, 2007.

이승환, 「주자의 공동체적 생태윤리」, 『간재학총서』 5집, 2006.

이찬, 「팬데믹 시대에 있어 겸손의 의미에 대한 논평」, 『2020년 충남대학교 철학과·유학연구소 국내학술대회 자료집: 팬데믹 시대에 대응하는 동서양의 지혜』, 충남대학교 철학과·유학연구소, 2020.

정석찬, 「하나의 건강, 하나의 세계: 기후변화와 인수공통감염병」, 『포스트코로나사회』, 글항아리, 2020.

임신재, 『동물행동학』, 살림, 2020.

러브록, 제임스, 『가이아: 살아있는 생명체로서의 지구』, 홍욱희 옮김, 갈라파고스, 2004.

최재천, 「생태와 인간: 바이러스 3-5년마다 창궐한다」, 『코로나 사피엔스』, 인플루엔셜, 2020.

싱어, 피터, 『사회생물학과 윤리(The Expanding Circle)』, 김성한 옮김, 인간사랑, 1999.

하승우, 「코로나19 팬데믹 이후의 삶과 생태사회주의」, 『문학과학』 103호, 문학과학사, 2020.

한면희, 『미래세대와 생태윤리』, 철학과 현실사, 2007.

孔伋, 「中庸」, 『四書』, 中華書局, 1986.

楊時, 『龜山集』, 中華書局, 2000.

王守仁, 「大學問」, 『王陽明全集』, 上海古籍出版社, 2011.

張載, 『張載集』中華書局, 2000.

　　『正蒙』, 中華書局, 1986.

程顥 程頤, 『二程文集』, 中華書局, 1997.

朱熹, 『朱熹集』, 四川教育出版社, 1998.

朱熹, 『朱子語類』, 中華書局, 1987.

Chase, Steve, ed. *Defending the Earth: A Dialogue Between Murray Bookchin and Dave Foreman*, Boston: South End Press, 1991.

Devall, Bill & Sessions, George, Deep Ecology, Salt Lake City, Peregrine Smith Books, 1985.

Desjardin, Joseph, R. *Environmental Ethics*, An Introduction to Environmental Philosophy, 4th Edition, Thomson Wadsworth, 2006.

Escobar. P, "Confucius is winning the COVID-19 war". Asia Times, 2020a, April 13, https://asiatimes.com/2020/04/confucius-is-winning-the-covid-19-war.

Naess, Arne, *Ecology, Community and Lifestyle*, Cambridge Univ Press, 1989.

Oviedo, A, "Cooperation and solidarity, between Slavoj Žižek and Byung Chul Han", Latin America in Movement, 2020, April 2.

https://www.alainet.org/en/articulo/205649

Weston, Anthony, "Multicentrism: A Manifesto", *Environmental Ethics*. 26, Spring, 2004.

제2부

비대면 시대와
삶의 변화

유튜브를 통한 지구인의 문학 교류
- KBS TV 특집 다큐 〈바람, 별 그리고 윤동주〉의 경우*

김응교
시인, 문학평론가, 숙명여자대학교 기초교양학부 교수

1. 코로나 시대의 문학 교류

　　　　세계의 작가들은 이 나라 저 나라를 오가며 작품 발표와 단
행본 출판 그리고 국제세미나 등을 통해 교류해왔다. 2020년 끔찍한
염병이 퍼지기 전까지, 세계의 작가와 연구자들은 빈번하게 소통해
왔다. 작가와 출판인과 평론가와 독자가 직접 만날 수 있는 소위 '문학
세계화의 시대'를 만끽할 수 있었다. 코로나 시대에 들어 직접 만날 수
있는 길은 닫혀 버렸다. 2020년 1월 이후 코로나 시대에 지구인의 문

＊　이 글은 졸고 「코로나와 유튜브 시대, 지구인의 문학 소통」(계간 『서정시학』, 2020, 겨
　울)을 수정한 글이다. 40매의 짧은 이 글에, 세계문학에 대해 충분히 쓸 수 없었다.
　또한 언급된 특집다큐가 방송되기 이전에 쓴 글이라서, 이후의 내용을 보충하여
　105매로 개고한다.

학 교류는 가능할까. 이 문제에 대한 고민과 실행 과정, 그리고 그 결과를 논문이 아닌 자유로운 형식으로 남기려 한다.

코로나 시대의 세계인과의 문학 교류를 묻기 전에, 세계문학이란 과연 무엇인가.

흔히 '세계문학'이라 하면 영미 문학으로 대표되는 유럽 문학을 세계문학으로 생각하곤 한다. 한국에서 '세계문학 전집'이라 하면 미국과 유럽문학 중심으로 책을 내왔기 때문이다. 1980년대 이후 제3세계를 중요하게 거론하면서, 가끔 세계문학전집에는 남미 문학이나 아프리카 문학이 들어가곤 했다.

흔히 세계문학이라는 용어를 요한 볼프강 폰 괴테(1749~1832)가 처음 썼다고 하지만 사실과 다르다. 1773년에 슐뢰처(August Ludwig Schlötzer, 1735-1809)가 그의 저서 『아이슬란드의 문학과 역사(Isländische Litteratur und Geschichte)』의 출간에 관한 사전보고에서 '세계문학'이라는 표현을 사용했다. 이후 1801년 빌란트(Christoph Martin Wieland, 1733-1813)가 세계문학이라는 표현을 썼다.[1] 몇 가지 세계문학의 개념을 정리하고, 유튜브를 통한 지구인의 문학 교류를 살펴보자.

---

1 김연수, 「독일문단의 근대화와 괴테의 '세계문학'」, 『뷔히너와 현대문학』 47권, 한국 뷔히너학회, 2016.

2. 괴테의 세계문학과 김수영의 '히프레스' 문학론

1) 괴테의 세계문학론

　　요한 볼프강 폰 괴테는 '세계문학'이란 개념을 어떤 시각에서 제시했을까. 먼저 주목해야 할 점은 괴테가 세계문학에 대한 자신의 생각을 말하기 전에 독일 중심, 혹은 유럽 중심 문학을 넘어 아시아에 대해 관심을 기울이기 시작했다는 사실이다. 괴테는 칠순을 맞이하던 1819년 『서동시집(西東詩集, West-östlicher Divan)』을 내고, 1827년에 시 몇 편을 추가한 개정판을 낸다. 이 시집에 실린 서시라 할 수 있는 첫 시 1, 2연을 읽어보자.

> 북과 서와 남이 갈라지고
> 권자들이 무너지고 제국들이 전율한다
> 그대여 달아나게나, 순수한 동방에서
> 가부장의 대기를 맛보게나
> 사랑하고 마시고 노래하는 가운데
> 키저의 샘이 그대를 젊게 해 주리라.
>
> 그곳 순수하고 올바른 곳에서
> 나는 인류 기원의
> 심연 속으로 들어가리라.[2]

(괴테, 「헤지라」 부분)

2　Goethe, Johann Wolfgang von, 『서동시집』, 김용민 옮김, 1819, 민음사. 2007. 15쪽.

1814년 6월에 괴테는 페르시아 시인 하피스(1326~1390) 번역 시집을 읽고 큰 충격을 받는다. "북과 서와 남이 갈라지고 / 권자들이 무너지고 제국들이 전율한다"는 것은 나폴레옹 시대 이후 유럽이 온통 무질서에 휩싸인 상황을 보여준다. 이때 괴테는 400여 년 전의 동방 시인 하피스의 시가 태어난 순수한 동방으로 달아나라면서 "가부장의 대기를 맛보게나 /사랑하고 마시고 노래하는 가운데" 생명의 샘을 지키는 인물인 키저의 샘에서 젊어지라고 권한다. 괴테에게 동방은 "순수하고 올바른 곳"이다. 괴테는 "나는 인류 기원의/심연 속으로 들어가리라"고 토로한다.

[사진1] 요한 페터 에커만의 『괴테와의 대화』 1936년 초판본과 최근 독일어판

너무도 가난한 해상 집안에서 태어난 작가지망생 요한 페터 에커만(1792~1854)은 1823년 31세 때 괴테가 있는 바이마르를 찾아간다. 괴테의 신뢰를 얻은 에커만은 괴테의 저택에서 지내면서 1823년에서

1832년까지 9년 간 괴테를 인터뷰 하여, 세세한 내용을 『괴테와의 대화』에 남긴다.

괴테는 에커만과 대화 나누다가 몇 번 세계문학이라는 용어를 쓴다. 식사할 때 에커만과 대화했는지 자주 "괴테와 함께 식사를 했다"로 시작한다.

1827년 1월 31일에도 에커만과 대화 나누던 중 세계문학에 대해 말한다. 괴테가 1749년에 태어났으니 괴테 나이 78세 때, 그러니까 1832년 사망하기 5년 전에 했던 인터뷰다. 괴테의 문학관을 모두 담고 있는 대목이라 해도 과언이 아니다. 과연 괴테는 '세계문학'을 어떻게 언급했을까. 괴테는 중국소설을 얘기하면서 세계문학을 말한다. 앞서 『서동시집』을 냈을 때는 페르시아 시인에게 감동하더니, 이번에는 중국소설을 읽고 감동해서 에크만에게 말한다. 중요한 부분이기에 길지만 인용해본다.

> 1827년 1월 31일 수요일
> 괴테와 함께 식사를 했다. 괴테가 말했다.
> "요즘 자네와 만나지 못한 이후로 여러 가지 책을 많이 읽었네. 특히 중국 소설 한 권은 아직 다 읽지는 못했지만 매우 주목할 만한 작품으로 보이네."
> "중국 소설이라고요?"하고 내가 말했다. "아마 우리와는 매우 다르겠지요."
> "생각보다는 그렇게 다르지 않더군"하고 괴테가 말했다. "사고방식이나 행동이나 느낌이 우리와 거의 비슷하므로 금방 우리 자신이 그들과 같은 인간이라는 느낌이 들었어. 다만 다른 점은 그들에게서 모든 것이 보다 분명하고 순

수하고 도덕적이라는 거지. 그들에게서는 모든 것이 이성적이고 시민적이어서, 격렬한 열정이라든지 시적 고양 같은 건 찾아볼 수가 없군.... 무수한 설화들이 있는데 바로 이러한 엄격한 중용의 정신이 있음으로써 중국이라는 나라가 수천 년 이래로 유지되어 왔고 앞으로도 지속되겠지."

괴테가 계속 말했다. "이 중국 소설과 놀랄 만큼 대조적인 것으로서 베랑제의 가요를 들 수가 있지..... 중국의 시인이 다루는 소재가 이처럼 일관되게 도덕적인 데 비해 당대의 일류 프랑스 시인이 그와 정반대라는 건 실로 주목할 만하다고 생각하는데 자네 생각은 어떤가?"

괴테가 계속 말했다. "요즈음 들어서 더욱더 잘 알게 되었지만 시라는 것은 인류의 공동재산이며, 어느 나라 어느 시대를 막론하고 수백의 인간들 속에서 생겨난 것이네. 어떤 작가가 다른 사람보다 조금 더 잘 쓰고, 조금 더 오랫동안 다른 사람보다 두각을 나타낸다는 그 정도가 전부일 뿐이야.... 우리 독일인은 자신의 환경이라는 좁은 테두리를 벗어나지 못한다면 너무나 쉽게 현학적인 자만에 빠지고 말겠지. 그래서 나는 다른 나라의 책들을 기꺼이 섭렵하고 있고, 누구에게나 그렇게 하도록 권하고 있는 걸세. 민족문학이라는 것은 오늘날 별다른 의미가 없고, 이제 세계문학의 시대가 오고 있으므로, 모두들 이 시대를 촉진시키도록 노력해야 해."

나는 괴테가 그런 중요한 문제에 대하여 잇달아 이야기하는 것을 기쁜 마음으로 들었다.[3]

(『괴테와의 대화.1』, 321~324. 밑줄은 인용자)

---

3 에커만, 요한 페터, 『괴테와의 대화.1』, 장희창 옮김, 민음사, 2008, 321~324쪽.

1827년 이후 노년의 괴테는 이 대화에서 언급한 '세계문학 (Weltliteratur)'이라는 단어를 이후에도 스무 번 이상 대화록에 나온다. 뿐만 아니라, 그의 다른 문학론에도 세계문학에 대한 관심은 여러번 나타난다. 그가 독자적인 의미화 작업을 하며, 이론적으로까지 체계화하지는 않았지만, 그 나름의 구상을 구체화해갔다.

괴테의 '세계문학' 개념이 어떤 특정한 지역 문학이나 특정한 문학 텍스트를 의미한다고 보기는 어렵다. 괴테가 말한 세계문학 개념은 네 가지로 요약할 수 있겠다.

첫째, "모두들 이 시대(세계문학의 시대)를 촉진시키도록 노력해야 해"라는 말을 볼 때, 괴테가 생각한 세계문학은 '국제적인 문학 교류와 연대'를 의미한다고 볼 수 있겠다. 괴테는 세계문학을 지역 문제가 아닌 '교류'의 시각에서 제안했다. '세계문학'이라 하면 지역을 정하는 것부터 시작하는데, 괴테는 '교류의 문제'로 생각한 것이다.

둘째, 문학 교류를 위해서는 '번역'이 얼마나 중요한지 괴테는 강조한다.

> 외국의 재화도 이제 우리의 재산이 되지 않았는가 말이다! 순전한 우리 것과 더불어, 번역을 통해서건 깊은 애호를 통해서건 우리 것으로 소화된 외국의 것도 아울러 실어야 할 것이다. 그렇다. (... 중략...) 때문에 우리는 다른 나라 국민들의 업적에 대해서도 명백하게 주의를 환기하지 않으면 안 될 것이다.[4]

---

4   Goethe, Johann Wolfgang von, 「한 민중본 시집의 출간 계획」(1801), 『문학론』(1819), 안삼환 옮김, 민음사. 2010. 111~112쪽.

많은 에세이에서 괴테는 번역을 서둘러 세계문학 교류를 촉진시켜야 한다고 강조한다.

셋째 괴테는 유럽 문학을 세계문학의 중심에 두지 않은 것이 확실하다. 그는 중국문학과의 동등한 교류를 제시했고, 그 자신이 『서동시집』을 출판하여 중동 아시아 문학과의 교류에 앞장 섰다.

> 인도의 문학을 생각하지 않으려 한다면, 우리는 지극히 배운망덕한 사람들이 되고 말 것이다. 이 문학이 찬탄을 받을 만한 이유는 그것이 한편으로는 난삽하기 짝이 없는 철학과의 갈등, 다른 한편으로는 기괴하기 짝이 없는 종교와의 갈등을 겪으면서도 지극히 다행스러운 본성의 덕분으로 그 온갖 갈등을 간신히 극복해 내기 때문이며, 내적인 깊이와 외적인 품격을 갖추기 위해 자신에게 꼭 필요한 최소한의 자양분만을 철학과 종교로부터 섭취하고 있기 때문이다.[5]

이 인용문은 인도 문학의 중요성을 강조한 글이다. 괴테에게 충분한 동양인 작가가 쓴 번역서가 주어지지 않았기 때문이지, 괴테의 시각에는 유럽중심주의밖에 없었다는 주장은 잘못된 판단이다.

넷째 괴테는 귀족 계급의 작품뿐만 아니라, 자신이 얻을 수 있는 작품 중에 농민이든 민중의 문학 작품도 소개하려 노력했다. 괴테는 민중문학을 무시하지 않았다. 소설에서도 귀족 계급의 한계는 있겠으나 민중을 무시하거나 하지 않았다. 괴테가 고대 그리스 문화와 문학을 인류 문화의 원점으로 보기는 했으나 그렇다고 다른 문화를 멸

---

5 Goethe, Johann Wolfgang von, 「인도와 중국의 문학」, 1821, 위의 책 ,135쪽.

시하거나 하지는 않아따. 괴테의 『젊은 베르터의 고뇌(Die Leiden des jungen Werthers)』(1774))에 나오는 여주인공 롯테도 엄마가 죽고 동생과 아버지, 거의 아홉 식구를 먹여 살려야 하는 가난한 집안의 딸이다. 주인공 베르터가 하녀들과 대화하고, "질풍노도 건배!"하며 혁명사상인 질풍노동운동(疾風怒濤運動, Sturm und Drang)을 찬양하는 장면이 나온다. 『파우스트』 2부에서도 바닷물을 막아 대규모 간척사업을 하다가 철거요구에 응하지 않는 오막살이 노파 부부를 살해하는 비극에 대한 괴테의 마음은 연민에 가득 차 있다.

괴테는 1808년 교양의 토대가 될 민중본 시집(lyrisches Volksbuch)을 낼 준비를 했다. "문화 국민일 경우에는 그 일부, 민중의 하부 계층, 즉 아동들을 의미한다. 그러니까 우리의 책은 이러한 대중에게 알맞아야 할 것이다."[6]라고 썼다.

계급적인 시각에서 봤을 때 마르크스·엥겔스가 쓴 『공산당 선언』의 '1절. 부르조아지와 프롤레타리아트'에도 '세계문학'에 대한 언급이 있다.

> 부르주아지는 세계 시장을 개척함으로써 모든 나라의 생산과 소비에 범세계적인 특징을 부여했다. 반동배들로서는 대단히 유감스러운 일이겠지만, 부르주아지는 산업이 서 있는 민족적 토대를 발 밑에서부터 무너뜨렸다. (……) 국산품으로 충족되던 옛 욕구 대신에 이제 새로운 욕구가 생겨나니, 이를 충족시키려면 먼 나라와 토양의 생산물이 필요하다. 예전의 지역적이고 민족적인 고립과 자족 대신에

---

6   Goethe, Johann Wolfgang von, 「한 민중본 시집의 출간 계획」, 1808, 위의 책. 109쪽.

민족 상호간의 전면적인 교류와 보편적인 의존이 등장한다. 물질적 생산에서뿐만 아니라 정신적 생산에서도 그러하다. 각 민족의 정신적 창조물은 공동 재산이 된다. <u>민족적 일면성과 편협성은 점점 더 불가능하게 되고, 수많은 민족문학과 지방문학이 하나로 합쳐져 세계문학을 이룬다.</u>[7] (밑줄은 인용자)

"만국의 노동자여, 단결하라!"라고 단언한 선언문에 '세계문학'의 등장을 예견한 문장은 새롭게 다가온다. 부르주아지가 끊임없이 세계시장을 구축하고 확대해나가는 경제적 토대가 세계문학이 출현할 수 있는 전제 조건이라는 언급이다. 마르크스와 엥겔스는 '세계문학'의 태동을 부르주아지의 자본이 자유롭게 이동하는 과정에서 자연스럽게 나올 수밖에 없다는 것이다.

마르크스와 엥겔스 수준 정도로 계급적인 시각이 없었다고 괴테를 비판하는 것은 이후 사회주의 문학이 어떻게 전개되었는지에 대해 모르기 때문이다. 가령 루카치는 계급적 관점에 따라 카프카 소설과 모더니즘 작품들을 완전히 무시하기도 했다. 결국 소련 등 사회주의 문학은 무갈등(無葛藤) 이론에 함몰되어, 그저 수령을 찬양하고 갈등이 없는 도식적 유토피아 소설로 변질되었던 것이다.

괴테가 높은지위에 있었다고 그의 인식 속에 빈자에 대한 계급적 관심이 없었다고 보는 몇몇 논자의 연구[8]는 그의 작품을 제대로 안 읽

---

7 Boule, David, 『세계를 뒤흔든 공산당 선언』, 유경은 옮김, 그린비, 2005. 51쪽에서 재인용.

8 이에 관해서 각주를 달지 않으려 한다. 세계문학론에 대한 논쟁을 일으키기보다는, 코로나바이러스 시대의 유튜브를 통한 지구인과의 문학 교류에만 집중하고 싶은

고 2차 문헌만 인용한 결과에서 오는 잘못된 판단이다.

『오리엔탈리즘』을 쓴 에드워드 사이드가 괴테를 날카롭게 비판했다는 주장도 틀리다. 9.11 사건 이후 『오리엔탈리즘』 후기를 새로 쓰면서, 사이드는 "전체를 놓치지 않으면서 개별성을 보존하고자 했던" 괴테의 '세계문학'의 정신을 옹호한다고 썼다. 사이드는 괴테를 비판한 것이 아니라, 18세기 괴테의 세계문학론에서 후퇴한 세계문학관을 비판한 것이다. 에드워드 사이드는 괴테가 『서동시집』에서 보여준 세계문학 정신을 잇겠다는 의도로, 유대 출신의 지휘자 다니엘 바렌보임과 함께 유대인과 아랍인 청소년 연주자들을 반반씩 선발하여 1998년에 <서동 시집 오케스트라>를 조직하여 동서 분쟁의 시대를 아름다운 음악으로 풀어보려 했던 것이다.

2) 김수영의 '히프레스 문학론'

한국에서 보는 '세계문학'이란 어떤 개념일까.

18세기에 괴테가 언급한 세계문학에도 못 미치는 미주유럽 중심주의 문학이 아닐까. 괴테가 언급한 수준에도 못 미치는 엘리트 중심주의 문학이 아닐까.

한국 문단이 보는 세계문학론의 시각을 날카롭게 비판한 글로는 김수영의 「히프레스 문학론」(1964)이 있다.

먼저 '히프레스'란 말은 어떤 뜻일까. 『김수영 전집·2』의 편자 각

까닭이다. 다만 괴테의 주요 작품과 문학론을 제대로 읽었다면 그렇게 쓸 수 없는데, 몇몇 논문에서 괴테는 일반 민중은 제외된 체 오직 귀족과 엘리트, 지식인들만에 관심을 갖고 있었다는 판단이 나타나 아쉽다. 괴테는 대중문학에도 관심을 갖고 있었다. 『젊은 베르터의 고뇌』 자체가 당시로는 대중문학이었다.

주에는 "1960년대 후반 당시 유행어가 된 토플리스(Topless)라는 말을 비틀어서 히프레스(hipless)라는 말을 만들어 쓴 것으로 추정된다"[9]고 쓰여 있다. 다만 김수영이 만들어 쓴 것 같지는 않은 이유는, '토프레스'(topless)'를 검색하면 가슴을 드러내고 벗은 상태의 사람들이 나오고, '히프레스'(hipless)는 엉덩이만을 드러낸 민망한 사진들이 이미지로 나온다. 가령 엉덩이 부분만 도려낸 청바지를 입어 맨 살이 나온 상태를 히프레스라고 한다.

'히프레스 문학론'이란 한국 문단이 보는 세계문학론이 엉덩이만을 내놓은 '히프레스'라고 할만치 창피한 줄 모르고 민망한 상태라는 풍자적 표현이다. 1964년 10월에 발표한 이 글은 당시 질 낮은 한국문학계와 그 인식을 역사적, 혹은 세대론적 분석한다.

> 나는 우리나라 문학의 연령을 편의상 대체로 35세를 경계로 해서 이분해 본다. 35세라고 하는 것은 1945년에 15세, 즉 중학교 2,3학년쯤의 나이이고 따라서 일본어를 쓸 줄 아는 사람이다. 따라서 35세 이상은 대체로 일본어를 통해서 문학의 자양을 흡수한 사람이고, 그 미만은 영어나 우리말을 통해서 그것을 흡수한 사람이다. 그리고 35세 이상 중에서도 우리말을 일본어보다 더 잘 아는 사람들과, 일본어를 우리말보다 더 잘 아는 비교적 젊은 사람들이 있다.[10]

첫 면에 나오는 이 인용문이 이 평론의 결론을 드러낸다. 김수영

---

9   김수영, 『김수영 전집 · 2』, 이영준 엮음, 민음사, 2018, 369쪽.
10   위의 글, 369쪽(이후 인용문 끝에 쪽 수만 표기)

은 "35세를 경계로" 한국문학을 세대론으로 나눈다. 1964년에 발표한 글이니 35세는 1930년생, 즉 해방 무렵에 15세로 일본어를 읽고 쓸 줄 아는 나이다. 그 이상 연령은 일본어를 통해 문학의 자양을 흡수한 층이다. 곧 세계문학 전집을 일본어로 읽은 세대다. 가령 1930년생인 시인 신동엽은 세계문학을 모두 일본어 전집으로 읽었다. 신동엽 시인은 뜨루게네프, 도스토예프스키, 톨스토이, 고리끼 장편소설 등을 모두 일본어로 읽었다. 35세 이상 연령대는 일본어, 일본문학작품, 일본어로 번역된 해외문학작품, 그리고 월북작가들을 더 그리워하는 독자층들이다. 이들 세대의 작가들은 일본문학 소위 '총독부 문학'에 갇혀 있다. 그래서 김수영은 이 세대 작가들은 아직도 일본 잡지에 함몰되어 있다며 "우리나라 소설의 최대의 적은 『군조』, 『분가카이』, 『쇼세스 신초』다"(370쪽)라고까지 한탄한다.

반대로 35세 미만 세대는 영어나 한국어를 통해 문학의 자양을 흡수한 세대다. 해방 이후 학교에서 칠판에 일본어로 뭐라고 쓰면 친일파로 그대로 비판받는 시대에 자란 이들은 일본어를 배울 수 없었다. 이들은 한국어와 영어 독해로 세계문학을 읽었던 것이다. 35세 미만들은 윗세대에 비해 독서량이 현격히 부족하다.

> 일제 시대의 지사들의 독립운동만 한 비중이 있는 대업인데도 불구하고, 이것을 모를 리 없는 오늘날의 지각있는 문인들이 secularism(세속주의)의 제물이 되어 가는 것을 어떻게 해석해야 좋을지 모르겠다.(373쪽)

작품과 평론과의 친밀한 유기적 관계의 부족, 동문서답 같은 비평,

기백 없이 눈치나 보는 비평, 문단에 만연한 세속주의(secularism) 등도 한국문학의 위기를 구성한다고 김수영은 비판한다. 젊은 작가들이 역사를 망각하고 인기에만 영합하는 상황을 김수영은 경계한다.

게다가 35세 미만의 작가들은 미국문학이 함몰되어 있다. 사실 미국대사관 문화과에서 공급하는 소위 '국무성문학'의 틀에 갇혀 있다.

> 미국 대사관의 문화를 통해서 나오는 헨리 제임스나 헤밍웨이의 소설은, 반공몰이나 미국 대통령의 전기나 민주주의 교본의 프리미엄으로 붙어 나오는 크리스마스 선물이다. 그들로부터 종이 배급을 받는 월간 잡지사들은 이따금씩 『애틀랜틱』의 소설이나 번역해 냈고, 이러한 소설들은 'O.헨리' 상을 받은 작가의 것이 아니면, 우리나라의 소설처럼 따옴표가 붙은 대화부분의 행이 또박또박 바뀌어져 있는 것이었다. 이러한 새로운 탁류 속에서 미국의 '국무성 문학'이 '서구 문학'의 대명사 같이 되었고, 우리 작가들은 외국 문학을 보지 않는 것을 명예처럼 생각하게 되었고, 다시 피부에 맞는 간편한 일본 문학으로 고개를 돌이키게 되었다.(374쪽. 밑줄은 인용자)

35세 미만의 작가들은 장구한 유럽문학의 역사를 몰각하고 미국 '국무성 문학'이 권하는 '반공몰이' 미국 문학만을 읽는 현상을 보이는 것이다. 정확한 진단이다. 당시 미국 국무성은 전 세계에 번역 기금을 뿌려서 『동물농장』에 나오는 나폴레옹 돼지를 소련의 스탈린으로만 표현하여 번역하도록 권했다.

일본 '총독부 문학'에 갇혀 있던 작가들은, 이제 미국의 국방과 외무 분야 행정을 통합 관리하는 FOA(Foreign Operation Administration)의 '국무성 문학'에 식민지인이 되었던 것이다. 그것이 엉덩이를 드러낸 민망한 한국 문학계의 초상(肖像)이라는 것이다.

> 심금의 교류를 할 수 있는 언어, 오늘날의 우리들이 처해있는 인간의 형상을 전달하는 의무를 이행할 수 있는 언어, 인간의 장래의 목적을 위해서 선택이 이루어질 수 있는 자유로운 언어—이러한 언어가 없는 사회는 단순한 전달과 노예의 언어밖에는 갖고 있지 않다. 그리고 인간사회의 진정한 새로운 지식이 담겨있는 언어를 발굴하는 임무를 문학하는 사람들이 이행하지 못하는 나라는 멸망하는 나라다.(375쪽)

김수영은 우리 문학계의 앞날을 염려한다. 우리의 언어로, 우리의 잣대로 세계 문학을 평가하고 섭렵하지 않는다면 "단순한 전달과 노예의 언어밖에는 갖고 있지 않"는 상황에 이르른다. 결국은 "진정한 새로운 지식이 담겨있는 언어를 발굴하는 임무를 문학하는 사람들이 이행하지 못하는 나라는 멸망하는 나라다"라고 단언한다.

> 나는 아직도 글을 쓸 때면 무슨 38선 같은 선이 눈앞을 알찐거린다. 이 선을 넘어서야만 순결을 이행할 것 같은 강박관념.... 얼마 전까지만 해도 38선이 없어지면 그것은 해소되리라고 생각했지만, 지금은 38선이 없어져도 좀처럼 해소되지 않고 또다른 선이 얼마든지 연달아 생길 것이라는 예측이 서 있다. .... 결국 자유가 없고 민주주의가 없다는

귀결이 온다. 민주주의가 없는 나라에서는 작가의 책무가
이행될 수 없다..... 민주주의 사회는 말대답을 할 수 있는 절
대적인 권리가 있는 사회이다.(375쪽)

김수영이 보았을 때 우리 문학계가 아직 일본의 '총독부 문학'과
미국의 '국무성 문학'에 갇혀 있다. 때문에 "글을 쓸 때면 무슨 38선 같
은 선이 눈앞을 알찐"거린다. 알찐거린다는 말은 무슨 뜻일까. 분단
상황에 걸려, 온갖 읽고 쓴 내용을 스스로 자기검열한다는 뜻이다. 결
국 주체적인 판단으로 세계 문학을 평가할 수 없는 상황이다.

언어의 문화를 주관하는 것이 작가의 임무이며, 그밖의
문화는 언어의 문화에 따르는 종속적인 것이며, 우리들의
언어가 인간의 정당한 목적을 향해서 전진하는 것을 중단
했을 때 우리들에게 경고하는 것이 작가의 임무라는 것이
다. 사회인의 목적은 시간을 초월한 사랑을 통해서 적시에
심금의 교류를 하는 데 있다는 것이다. 그리고 그러한 활동
에 지장이 되는 모든 사회는 야만의 사회라는 것이다.(377쪽)

김수영은 '총독부 문학'에 전염된 35세 이상의 일제 식민지세대 작
가들이건, '국무성 문학'에 전염된 미제(?) 35세 미만의 작가들이건, 식
민성을 넘어서야 한다는 말이다. 세계사적 시각과 교양을 제대로 갖
추고, 단순 전달이나 노예의 언어가 아니라 동시대 세계인으로서 "심
금의 교류" 곧 깊이있는 문화 교류를 해야, 야만의 사회를 극복할 수
있다는 안타까운 지적이다.

이 글뿐만 아니라, 김수영은 산문 「현대성에의 도피」, 「난해의 장

막」,「지성이 필요할 때」 등에서도 계속 세계인의 수준에서 자유를 누려야 한다고 강조한다. 그러지 않은 당시 "우리의 문학은 아직도 출발을 시작하지 못하고 있는 게 아닌가 하는 생각이 든다."(377면)며 쓴웃음, 아니 괴로워 하는 글이「히프레스 문학론」이다.

이제 긴 서언을 정리하기로 한다. 이 글은 논문이 아니기에 자유로운 형식으로 이후로 필자가 2020년 1월 이후 소위 코로나바이러스 시대에 체험한 지구인과의 문학 교류를 써보려 한다.

지금까지 정리한 생각이 있었기에 필자는 숙명여대에서 해온 <세계문학과 철학>이라는 수업에 괴테와 김수영을 생각하며 수업 일정을 정해왔다. 1학기에는 고대부터 중세 문학을 다루고, 2학기에는 근세부터 현대문학을 강의할 때도 괴테가 설명한 네 가지 세계문학의 잣대를 중요시 해왔다. 곧 국제 교류가 되도록, 또한 번역의 중요성과 함께 미주유럽 중심주의나 엘리트 문학에 빠지지 않도록 수업 일정표를 만들어 왔다.

한국작가회의에서 10년간 국제위원장을 하면서 '세계문학 아카데미'를 진행해 왔다. 이 수업과 프로그램의 일정을 만들 때, 늘 괴테와 함께 김수영의 세계문학론을 떠올렸다. 일본의 '총독부 문학'이나 미국의 '국무성 문학'에 갇히지 않도록, 세계의 다양한 문학을 소개하고자 했다. 가령 전체 10회 강의에서 2회는 한국문학을 강의하고, 4회는 아시아 아프리카 문학, 4회는 유럽 아메리카 문학을 배정해왔다. 그것이 괴테와 김수영의 세계문학 정신을 잇는 것이며, 주체적인 태도라고 필자는 생각한다.

이런 잣대에서 볼 때 '윤동주'라는 아젠다는 괴테가 극복하고자 했던 미주유럽중심주의를 넘어서는 한국 작가이다. '윤동주' 작품을 외국인이 어떻게 보는가 생각해 보는 것은 역(逆)으로 세계인들에게 한국의 세계문학적 지평을 소개하는 일이다. 이제 다음 장에서는 유튜브를 통해 세계인과 윤동주를 나누었던 일을 기록하려 한다.

3) 유튜브와 문학소통

2020년 2월부터 전 세계에 코로나바이러스가 퍼지면서, 사람과 사람 사이에 단절이 생겼다. 전염병 때문에 수업은커녕 어떠한 모임도 한동안 할 수 없었던 시기도 있었다. 3월 학기부터 영상수업을 시작해야 했는데, 영상을 만들어 본 적이 없는 나는 당혹스러웠다. 학교 시청각실에 예약하여 영상을 제작해서 보여줘야 했다. 학교 시청각실에는 이미 다른 교수들이 선약되어 약속 잡는 것도 어려웠다.

4월초부터 피피티로 영상을 만들면서, 꼬박 이틀을 새우다시피 제작했다가 모두 날린 적이 있다. 유튜브에 <김응교TV>를 만들어 영상을 올리기 시작했다. 물론 이전에 유튜브를 개설했지만, 내가 만든 영상은 없고, 다른 곳에서 제작한 영상을 모아둔 나만의 창고였다. 영상제작을 독학으로 공부하다가 4월 28일을 태어나서 처음 만든 영상을 유튜브에 올렸다.

'유튜브'하면 잠자는 동안에도 돈이 들어오는 수동적 수입(Passive Income)부터 생각하는 이들이 많다. 먹방만 한다든지, 잘 생긴 얼굴만 보여주거나, 아기를 보여줘도 돈이 그냥 입금된다고 한다. 아쉽게도 노는 문학이나 독서를 소재로 한 유튜브는 그런 큰 수입을 얻기 어렵다. 작가에게 유튜브는 어떤 의미가 있을까.

첫째, 나는 유튜브를 '영상으로 하는 문학'으로 생각한다. 발터 벤야민은 신문 독자란에서 민주적 대화가 시작되었다고 했다. 논문이나 긴 글보다 짧은 글, 포스터, 라디오 매체를 중요하게 생각했던 발터 벤야민이 살아 있다면 분명 트위터와 페이스북을 지나 유튜브를 하지 않았을까. 유튜브는 문학의 지평을 좁히는 것이 아니라, 문학을 더 알리고 글쓰기를 심화시킬 수 있다.

둘째, 유튜브는 내가 잘 때도 대신 일을 해준다. 몸으로 뛰어야 생산하는 것을 적극적 생산(Active Productin)이라 한다면, 잠 자는 중인데 나 대신 저절로 생산하는 것을 수동적 생산(Passive Production)이라고 할 수 있겠다. 내가 자는 시간에도 유튜브는 나 대신 문학을 전하고, 나 대신 강의한다. 유튜브는 지역을 초월한다. 미국에서 일본에서 유럽에서 영상을 본다는 분들 연락이 온다.

⑴ 지구인의 윤동주 시 낭송

유튜브를 시작하고 6개월이 지난 10월달에 구독자 천 명을 넘어섰다. 이 무렵에 생각지도 않았던 제안을 받았다.

KBS에서 윤동주 특집 방송을 만든다고 작가에게 연락이 왔다. 주제는 <지구인이 만나는 윤동주>인데, 코로나바이러스로 외국에 취재 갈 수 없다는 것이다. 외국에 갈 수 없는 대신, 외국인들의 시 낭송을 받아 유튜브에 올리면 좋겠다고 나는 제안했다. 그 영상으로 세계인이 어떻게 윤동주 시를 읽고 이해하는지 방송을 만들어 보면 어떻겠냐고 제안했다. 외국에 직접 나가지 않아도 인터넷으로 문학 교류를 할 수 있는 길을 보여주자는 의도였다. 외주회사니 알아보겠다 했다.

다음날 전화가 왔고, 유튜브로 외국인들의 영상을 모으고, 내 채널에 지구인의 윤동주 시 낭송을 모아 올리면 좋겠다고 제안이 왔다. 내

채널은 구독자도 적으니 다른 채널을 찾으면 어떻겠냐고 사양했지만, 윤동주 연구자 유튜브에 올리는 것이 좋겠다 하여 동의했다.

이후에 광고문을 한글과 영어로 만들었다. 각국 한국문화원과 한국어 교수와 교사들에게 광고문을 보냈다.

이후 2020년 9월 11일부터 여러 나라에서 외국인들의 윤동주 시 낭송이 메일로 들어오기 시작했다. <지구인의 윤동주 시 읽기(The earthians Reading Yun Dong-ju's Poems)>는 이렇게 시작됐다. 인도네시아, 니카라과, 헝가리, 일본, 미국, 중국, 터어키, 우크라이나, 러시아, 뉴질랜드 등 여러 나라에서 영상이 들어왔다.

첫 영상은 인도네시아에서 한국에 유학와서 공부했던 페비 님이었다. 거의 한국인이 말하는 듯 했다. 문자로 대화해보니 서울대에 유학 와서 김종욱 교수를 지도교수로 염상섭 논문으로 학위를 받고 지금 인도네시아 대학에서 가르치시는 분이었다.

헝가리 부다페스트에서 세 분의 시 낭송이 들어왔다. 한국 전통무용을 추는 모니카 도르트(Monika Drtoth)님은 윤동주 시 「나무」를 낭송과 한국 전통 무용으로 영상에 담아 보내주셨다. 런던에 사는 헝가리인 마리안나 스위춰 님은 「쉽게 씌어진 시」를 헝가리어로 낭송하고, 다음은 영어로 낭송하고, 마지막 한국어로 낭송하여 보냈다. 헝가리에서 보내주신 세 분 중 두 분은 2018년 내가 헝가리 부다페스트 한국문화원에서 윤동주 문학을 강연했을 때 그 자리에서 참가하신 분이다. 이후 페이스북 친구가 되었고, 내가 보낸 영어로 된 윤동주 자료를 받아 계속 공부하신 분들이다. 현장을 찾아가는 문학 교류가 얼마나 중요한지 확인했다.

니카라과이에서는 그곳 아이들을 교육하는 선교사님이 영상을 찍어 여러 명의 시낭송을 보내주셨다. 한국어로 낭송하는 이들의 미소에 윤동주의 마음이 따뜻하게 담겨있다. 특히 니카라과에 사는 카타린 양이 봄을 전해왔다. 윤동주 「봄」을 낭송하여 보내주신 지구인은 이 소녀밖에 없다. 이 시는 윤동주가 지상에 남긴 마지막 원고다. 귀중한 낭송이어서 영상을 편집하면서 오른쪽에 사진판 원본을 넣어드렸다. 소녀의 웃는 표정이 며칠간의 피로를 잊게 했다. 저 시를 쓸 때 윤 시인이 봄처럼 밝은 시대를 희망했겠지. 밝은 배경음악을 넣었다.

러시아 에카테리나 님이 「쉽게 씌어진 시」를 낭송해 보내주셨다. 배경 음악이 가끔 커서 낭송이 잘 안 들려 아쉬웠지만, 우리말 발음이 놀라웠다. 이어 모스크바에 사는 체르니쇼프 유리 님의 낭송은 마치 연극배우나 영화배우가 낭송하는 것 같았다. 「자화상」을 낭송한 쓰쏘예바 다리야 님에게 영화 <동주>를 배경으로 정성스럽게 편집한 영상을 받았다. 들으면서 마음이 잔잔하게 울린다.

외국인이 「서시」를 많이 낭송하는 이유는 한국어 교재에 「서시」가 많이 실려 있기 때문이다. 「십자가」를 낭송하는 유럽인이나 외국인이 있었는데, '십자가'라는 제목만 들어도 종교적 친밀성이 울리는 것이 아닐까. 이 작은 나라의 야만적인 역사를 모르더라도 십자가의 비극과 부활로 공감하며 낭송하는 것이 아닐까.

가장 울림이 컸던 영상은 일본인과 한국인 18인이 돌아가면서 낭송한 영상이었다. '윤동주와 시를 읽는 모임'에 소속된 이 분들은 「초한 대」, 「서시」를 낭송했다. 영상을 받고, 보자마자 형언할 수 없는 것들이 밀려 오고, 코가 시큰거렸다. 감동으로 한나절이 지나서야 영상에 자막과 음악을 붙여 유튜브에 올렸다.

[사진2] 유튜브 화면 캡쳐본

일본에서 뵈었던 윤동주를 사랑하는 분들, 평화를 사랑하거나, 왜곡 교과서에 반대하거나, 아베 정권을 반대하는 분들, 모두 죽어가는 것들을 사랑하는 분들이었다. 몇 번을 반복해 들은 말이 있다.

"윤동주는 우리 일본인에게 현재 함께하는 시인입니다."

오사카에서 윤동주 시 읽기 모임에서 어떤 일본인은 이렇게 말했다.

"아베 정권과 싸울 때 윤동주는 우리와 함께 싸웁니다."

윤동주 같은 이를 좋아한다는 것은 일본에서는 안 내도 되는 또다른 세금을 내야 하는 처지가 아닐까. 한국의 윤동주 특집이라면 자주 나오셨던 릿쿄대 출신 야나기 하라 님도 계시다. 전화 통화만 하고 아직 만나 뵙지 못한 야나기 님만 보면 자꾸 눈물 흘리시는 모습이 떠오른다.

다음 인상 깊었던 영상은 한 미국인의 시 낭송이다. 윤동주의 「한난계」를 읽은 두안네 보르히(Duane vorhees)라는 둔후한 남성분의 낭송은 어딘가 자긍심이 느껴졌다.

「한난계」는 한국 연구자들도 거의 다루지 않는 작품이다. 도대체

어떤 분이기에 이런 시를 낭송해 보냈을까. 처음 받은 방송 작가분 메일에는 국적은 "미국으로 특별한 정보가 없습니다"라고 써있었다. 구글과 아마존을 검색해보고 또 멈칫했다.

철학박사 두안네 보르히 선생은 젊은 시절 한국에서 살며 서울대와 고려대에서 교사를 했으며, 토플 컨설턴드, 출판사 편집자였다. 아마존에 검색하면 그의 저서가 많이 나온다. 알고 보니 영문판 윤동주 시집 『Heaven, the Wind, Stars and Poems: The Collected Poetry of Yun Dongju』의 번역자 중 한 분이다. 윤동주가 「한난계」를 썼던 1937년 역사 상황을 암시하고 싶어 인트로에 천둥 소리를 넣고, 한글 시와 옛날 온도계 사진을 넣었다.

이외에 '향기로운 꽃'이라는 뜻의 동향화(董香花) 님의 낭송도 좋았다. 중국 길림성 용정시에 있는 대성중학 옛터가 있는 중학교를 졸업했다고 한다. 중국 중앙민족대학 한국언어문학를 졸업하셨고, 북경에서 20년째 거주하고 계신다.

「사랑의 전당」을 낭송한 우크라이나 율리아 미하일리하의 낭송도 훌륭했다. '오데사'에 산다는 분이라서 깜짝 놀랐다. 에이젠쉬타인의 영화 '전함포템킨'(1926)의 촬영지 아닌가. '오데사의 계단'이라는 전설 같은 몽타주 영상의 마을에 사시는 율리아 님께서 윤동주 시를 낭송해주셨다. 저 해변, 저 바다가 바로 그곳일까.

시 낭송가를 많이 만난다. 낭송이야말로 중요한 문학적 소통이다. 한때 나는 낭송하시는 분들을 함부로 생각했던 적이 있다. 그 많은 시들을 암기하고 좋은 목소리로 낭송하기 위해 얼마나 애쓰셨을까. 알량한 지식을 갖고 있다고 나는 얼마나 오만한지 모른다.

유튜브에서 좋은 시 낭송을 들으면 시를 이해하는 데 큰 도움이 된다. 반대로 시 이해를 방해하는 시 낭송도 있다. 시로 지은 노래도 비슷한 거 같다. 첫째, 시에 대한 겸허한 마음이 먼저 있으면 좋겠다. 시를 살리려는 의도보다 자기를 드러내려는 의도가 과도한 낭송이나 노래는 조금 불편하다.

둘째, 아나운서를 흉내내는 목소리보다 자신의 몸에서 나오는 소리 그대로, 되도록 자연스러운 목소리면 좋겠다. 너무 이쁘게 혹은 웅장하게만 낭송하는 것은 거부감이 생긴다.

셋째, 배경음악이 시 낭송에 도움이 되어야 한다. 너무 상투적인 배경음악은 시 낭송의 품위를 손상시킨다. 가사가 있는 노래를 배경음악으로 하면 시 구절에 집중되지 않는다.

(2) 유튜브를 이용한 다큐에 대한 평가

2020년 12월 31일 준비된 다큐가 방송되었다.

이 다큐의 목표는 세계인이 윤동주를 어떻게 읽는가 하는 점에 있다. 윤동주 시를 낭송하는 외국인의 말로 윤동주를 보는 관점을 소개하려는 방송이었다.

방송이 끝나고 방송을 본 시청자나 지인에게서 전화 연락을 받거나 페이스북에 메시지나 댓글이 올라왔다.

[사진3] 윤동주 특집 다큐 화면 캡쳐본

이 방송을 본 이들의 견해와 내 생각을 넣어 평가해 본다.

첫째, "적어도 왜 세계인이 윤동주를 생각하는지, 좀더 깊이 있는 내용이 나오기를 기다렸지만 그 분석이 없어 아쉬웠다"는 의견이 있었다. "그저 외국인들이 개별적으로 '윤동주 앓이'만을 표현한 방송이 아닌가", 어떤 이는 "윤동주를 우상화 하는 한국인의 정신승리적 국뽕 다큐가 아니냐"는 심한 의견까지 전했다.

작가 두 분이 이 프로그램을 기획하자고 찾아왔을 때 필자는 유튜브를 통해 영상을 모아 싣자고 제안했다. 이후에 짧지 않은 인터뷰에서, 왜 세계인들이 윤동주 문학을 쉽게 받아들이는지, 그 이유는 윤동주 문학 안에 이미 세계문학 요소가 들어 있기 때문이 아닌가 설명했다. 그 인터뷰 내용이 방송 안 되어 아쉬웠다. 그 내용이 들어 갔으면 좋았을텐데, 내가 조리있게 설명하지 못했기 때문일 것이다.

윤동주 작품 안에 맹자가 있기에 중국인들이 가깝게 느낄 수 있지 않을까. 윤동주 시 「트루게네프의 언덕」에 나오는 러시아 작가 트루게네프나 도스토예프스키, 톨스토이의 영향이 있기에 러시아 사람들에게 호기심이 생길 수 있지 않을까. "프랑시스 잠, 라이너 마리아 릴케 이런 이국 시인의 이름을 사랑합니다"(「별 헤는 밤」)라는 구절이 있기에 프랑스 사람이나 유럽인들이 친밀감을 더 느끼지 않았을까. 일본 사람에게 식민지 역사와 깊은 관계가 있는 윤동주를 역사적으로 읽을 수밖에 없다는 언급 등 전혀 나오지 않았다. 인터뷰 할 때 내가 좀더 쉽게 정확히 말하지 않았던 이유도 있지만, 방송 자체를 외국인이 윤동주 시를 읽는 데에 집중하지 않았나 하는 아쉬움이 들었다. 이런 시각의 분석도 있었다면 좋았을텐데 거기까지 이르지 못했다. 이런 내용들은 연구자가 해결해야 할 과제일 것이다.

둘째는 이야기를 풀어가는 과정의 문제다. 방송을 본 이 중에 "중간에 한국 시인이 나올 수는 있는데, 그 가족은 왜 나왔는지 이해되지 않았다"고 지적하는 시청자도 있었다. 연구자로서 내가 가장 아쉬웠던 부분은 텔레비전에 노출되는 자료들이었다. 신중해야 하는데, 신뢰하거나 추천할 수 없는 책들 표지가 여러번 화면에 노출되어 당혹스러웠다.

12월 28일에 나는 내레이션 초고를 받았다. 기획 단계에서 대화하고, 마지막 원고에서 틀린 부분을 지적했고, 이후 나레이션 작업을 하여 방영되었을 것이다. 그나마 대본 단계에서 몇 가지 틀린 점을 지적했으나, 대본만 봐서는 영상으로 어떻게 나갈지 알 수 없었기에 영상에 나갈 책들이 어떤 책들인지 알 수 없었다.

작가, 외부회사, KBS 측의 기획의도가 일치되지 않은 가운데 제작되지 않았나 하는 아쉬움도 있었다. 마지막으로 이 분들의 영상이 모두 실려 있는 유튜브 채널을 소개하지 않았다. 어렵게 모은 영상을 시청자들이 더 볼 수 있기회를 닫아 놓아 아쉬웠다. 어렵게 참여해온 외국인들의 마음에 감사드린다. 이 방송을 만들기 위해 애쓴 안선효, 김영수 작가, 피디님, 촬영감독님 등 모든 방송인들에게 감사하며 이렇게 정리해본다.

[사진4] 윤동주 특집 다큐 예고편 화면 캡처본

3. '위드 코로나' 시대의 노마드

코로나바이러스 기간 동안 나는 어떤 문학적 행동을 했는지 생각해본다. 괴테나 김수영은 자신을 세계문학의 지평 위에 올려놓고 글을 썼다. 이 어려운 시기에도 그 정도로 자신을 내놓고 글을 써야 하지 않을까.

첫째, 닫힌 시대에 작가나 연구자들은 고독을 즐기며 성찰하고 실천해야 한다. 질 들뢰즈가 언급했던 '노마드 작가', '노마드 연구자'의 일상이 필요하지 않은가. 글 쓰고 연구하는 이들에게는 이 코로바 바이러스 시대에 혼자 지내는 고독한 시간을 많이 가지면서 오히려 글을 더 많이 읽고 쓸 수 있지 않은가. 감옥에 갇혀 있듯 더 열심히 써야 한다고 생각했다.

둘째, 뉴노멀 시대의 디지털 시스템을 외면하지 말고 오히려 적극 사용해야 한다.

스마트폰이나 태블릿PC를 마치 문학의 적처럼 생각하는 이들이 많다. 오히려 적극 사용할 때 문학의 지평은 넓어진다고 나는 생각한다. 윤동주 시를 낭송하는 국제적인 교류를 유튜브를 통해 할 수 있었다. 아르코에서 제작한 <카뮈 『페스트』 다시 읽기>라는 한 시간 방송을 제작했고, 아르코 후원으로 시인 신동엽 학회에서 제작한 <신동엽 탄생 90주년> 대담을 만들었다. 많은 영상을 계속 만들었다.

'포스트 코로나' 시대란 없다고 나는 생각한다. 오히려 이 바이러스와 함께 살아가야 하는 '위드 코로나'(With Corona) 시대가 연장되리라 생각한다.

70년대 이전이 육필 원고지 시대, 80년 초반이 타자기 시대, 80년대 후반이 워드 프로세스 시대, 1990년대가 컴퓨터 집필시대라 한다면, 2020년 코로나바이러스 시대는 지금까지 모든 집필방법과 더불어 영상으로 제작하는 문학 행위가 중요하다는 것을 체험했다.

유튜브를 시작한지 여섯 달, 많지는 않지만 천여 명의 구독자와 함께 국경을 넘어 교류하는 세계문학의 교류 공간을 정성껏 가꾸려 한다. 괴테나 발터 벤야민이 살아 있다면, 유튜브를 하지 않았을까 뜬금없이 상상해본다.

김수영, 『김수영 전집·2』, 이영준 엮음, 민음사, 2018.

김연수, 「독일문단의 근대화와 괴테의 '세계문학'」, 『뷔히너와 현대문학』47권, 한국뷔히
너학회, 2016.

김응교, 「코로나와 유튜브 시대, 지구인의 문학 소통」, 『서정시학』, 2020, 겨울.

Boule, David, 『세계를 뒤흔든 공산당 선언』, 유경은 옮김, 그린비, 2005.

Goethe, Johann Wolfgang von, 『서동시집』(1819), 김용민 옮김, 민음사. 2007.

Goethe, Johann Wolfgang von, 『문학론』(1819), 안삼환 옮김, 민음사. 2010.

에커만, 요한 페터, 『괴테와의 대화 1』, 장희창 옮김, 민음사, 2008

'게임적 리얼리즘'으로 살펴본 미래의 읽고 쓰기의 감각[*]

오영진
한양대학교 에리카 창의융합교육원 겸임교수

1. 미래의 책 읽기

코로나19사태는 우리들로 하여금 네트워크 혹은 가상세계에 대한 접속을 강제하고 있다. 늘어나는 비대면 접속은 실물과의 만남이 주는 진정성의 체계를 흔들고 대상사물에 대한 파편적인 인식과 그에 대한 자유로운 재조립의 감각을 확대한다.

전체적인 맥락읽기보다는 특정 문장에 대한 즉문즉답을 요구하는 SNS속 소통방식이라든지 갖가지 인터넷 밈들이 뒤엉켜 근본을 알 수 없는 은어사용과 패러디의 결과물로 넘쳐나는 게시판 문화는 우

---

[*] 오영진, 「'게임적 리얼리즘'으로 본 미래의 읽고 쓰기 감각- 사쿠라자카 히로시, All You Need Is Kill에 대한 재해석을 중심으로 -」, 『교양교육과 시민』3호, 숙명여자대학교 교양교육연구소, 2021.1.31.에 수록된 원고임을 밝힙니다.

리 시대의 대상사물을 읽고 쓰는 능력이 변화하고 있음을 보여주는 증거다. 비선형성의 자유로움이 가속화되어 기존의 읽고 쓰기 감각을 굴절시키고 새롭게 해방한다. 물론 이러한 읽고 쓰는 감각이 근본적으로 새로운 것은 아니다.

사실 우리의 통념과는 달리 전통적인 매체인 책도 비선형적인 매체이다. 비록 처음과 끝이 부여된 완결된 텍스트성을 지녔지만 '읽기'의 방법이 그렇지 않은 탓이다.

우리가 한 권의 책을 읽을 때조차 정해진 순서대로 좌에서 우로 흐르는 일방적인 읽기 흐름을 유지하는 듯 보이지만 미처 인지하지 못한 내용은 다시 들춰보기도 하고, 앞의 내용을 건너뛰고 미리 보기도 한다. 게다가 몇 번이고 다시 읽는 과정에서 우리는 다양한 부분발췌와 반복독해를 경험한다. 이를 통해 선형적인 텍스트의 흐름은 비선형적으로 뒤틀리고 변형되는 것이다.

디지털적 상호작용이라든지 웹 하이퍼링크의 무한한 분기가 구현되기 이전에도 우리의 읽기방법이 이미 '과거의 책'을 '미래의 책'으로 변화시키고 있었던 것이다. 때문에 우리가 관심을 가져야 할 것은 책이라는 매체가 어떤 모습으로 변모하고 살아남을 것인가가 아니라 책이라는 물성을 '어떻게' 새롭게 읽을 것이며, 바로 그렇게 새롭게 바뀐 '읽고 쓰기의 방식'을 삶에 '어떻게' 적용할 것인가이다.

이 점에서 아즈마 히로키가 제안한 '게임적 리얼리즘'이란 개념을 검토하는 일은 매우 중요하다. 이 개념은 저자가 오타쿠 문화를 통해 새롭게 정립되는 인식론을 설명하려는 시도에서 주조된 것으로, 언뜻 '게임'과 '리얼리즘'이라는 화해할 수 없는 개념이 공존하고 있는 것처럼 보인다. 여기서 '게임'은 여흥이나 놀이의 차원이 아니다. 컴퓨팅을 기반으로 한 가상세계에서 우리는 '과거의 책'읽기에서는 전혀 경험할 수 없었던 무한한 분기가 야기하는 선택의 자유/강요, 그로 인한 불안의 문제를 마주한다. '게임'은 우리가 비선형적인 세계로 돌입했음을 말해주는 개념인 것이다. 즉 '게임'은 오늘날 우리가 거주하는 아주 현실적인 조건이기 때문에 '게임'과 '리얼리즘'이 자연스럽게 결합된다. '해체'라든가 '해석의 자유'같은 주제는 아카데미즘의 전유물에서 벗어나 진짜로 현실적인 기반이 되어가고 있다는 것이 아즈마 히로키의 전망이다. 오타쿠의 문화는 이러한 우리의 삶의 문제를 매우 빠르게 선취하여 온 집단이다. 이들의 문화의 형성과정을 살펴보고, 이를 오늘날 우리의 읽고 쓰는 방식과 병렬적으로 견줘보는 일이 필요하다.

2. 주체의 불안과 데이터베이스라는 신념체계

아즈마 히로키 자신도 진술하듯 그의 관심은 "오타쿠들의 특수한 문화를 특수한 문화로 소개하는 것이 아니라 그 특수성에 깃든 보편적인 문제를 추출"하는 데 있다. 이 보편적인 문제를 포괄하는 개념이 소위 '포스트 모던'이라 할 수 있겠다. 그런 의미에서는 그의 저서들은 오타쿠를 위한 '포스트 모던'적 해명이 아니라 '포스트 모던'적 시대를 이해하기 위해 요청되고 적극 해명된 오타쿠 문화일 것이다. 우리는 그의 이러한 접근을 통해 최대한 보편적인 이론을 추출함으로써 우리의 문화를 다시 돌아보는 기회로 사용하지 않으면 안 된다. 이를 위해 필자는 몇 가지 우리의 실존조건을 제시하며 이를 바

---

1 아즈마 히로키, 『동물화하는 포스트모던』, 이은미 옮김, 문학동네, 2007. 62쪽.

탕으로 오타쿠 문화를 설명하고자 한다.

첫 번째로 제시하는 개념은 '불안'이다. 불안은 단순한 의미의 걱정이나 통상의 공포와는 달리 주체가 겪는 어떤 근본적인 결핍에서부터 시작한다. 불안의 대상은 드러나지 않고 그저 불안의 상태만이 지속된다. 이는 시대와 장소를 막론하고, 적용할 수 있는 인간의 실존적 조건이지만, '불안'이 광범위하게 유행하게 된 오늘날에는 그 진단이 달라져야 할 것이다. 이렇게 대중에게 퍼져있는 '불안'은 신념의 체계가 부재한 것과 맥을 같이 한다. 아즈마는 이것을 리오타르의 입을 빌려 '거대한 이야기의 부재'라고 한다. 그러나 이 거대하다는 것이 단지 크다는 의미가 아니라는 것을 명확히 해두자. 이 때 거대하다는 의미는 '그 폭의 크기뿐 아니라 공유의 압박감이 큰 것'이라는 의미이다. 우리의 예로 치자면 과거 '민족', '통일', '자유', '민주'와 같은 개념들이 보여준 신념의 체계에 해당한다. 이러한 가치들이 가진 거대한 이야기는 역사철학적 맥락을 통해 절대화되며, 그것에 접속하는 우리들은 접속할 의무만 있지 이것을 변경할 권리는 없다.

불안이 오타쿠를 만든다. 오타쿠라는 말은 망가애니메이션에 대한 동호인을 지칭하는 데에서 벗어나 개인이 가진 특정한 취미나 취향의 세계에 몰두하는 사람을 일반적으로 지칭하는 방향으로 쓰여지고 있다. 우리식으로 말하자면 벽(癖)이다. 병적 집착과 호기심 많은 탐구의 아슬아슬한 경계 속에 이들이 놓여있다. 불안을 대체할 만한 오타쿠적 세계는 시스템적인 치밀함과 엄밀함을 가진다. 그들은 내부에서 입법하여, 그들만의 세계 속에 살게 된다. 이들이 망가애니메이션이라는 비교적 덜 파괴적인 취미의 세계에 몰두한 것은 오히려 다행이라고 봐야 할 것이다. 90년대의 '옴 진리교 사건'이야말로, 불안이 오타쿠적 세계로 전환되지 못했을 때, 우리가 도착할 수 있는 최악의 결과이기 때문이다. 오사와 마사치는 70년대의 연합적군과 90년대의 옴 진리교 사이의 차이는 전자가 사회적으로 인지된 이야기를 믿은 반면, 후자는 인지되기 어려운 이야기를 믿은 것에 밖에 없다고 말한다.[2] 이 점에서 옴 진리교는 되돌아온 '유사 거대한 이야기'였던 셈이다.

반면 오타쿠의 세계에서는 거대한 이야기는 사라지고, 광범위한 데이터베이스의 시스템만이 자리한다. 이 시스템은 누구라도 접속할 수 있는 형태로 구성되어진다. 이를 정치가 사라진 자리에 데이터만이 남아버린 것이라고 생각해도 좋을 것이다. 그러나 이를 비관적으로 생각할 일은 아니다. 무엇보다 데이터베이스를 통한 자유로운 2차 창작행위에서 보여지는 것처럼 이들의 행위는 비록 극단적이지만 '자유'라는 가치를 구현하는 듯 보이고 있기 때문이다. 여기서 2차 창작은 전통적 의미의 패러디와는 그 양상이 전혀 다르다고 볼 수 있다. 패러디가 2차적 창작행위임에도 불구하고 원본의 맥락 없이는 그 미적 전략이 유효하지 않는 데에 반해, 데이터베이스적 세계에서의 2차 창작이란 사실상 '2차'란 호칭도 불편하다고 생각될 만큼, 원본과는 아무런 관련이 없는 그 자체의 오리지널이기 때문이다. 사실 이는 오타쿠들의 문화 뿐 아니라 대중문화 곳곳에서 감지되는 움직임일 것이다.

이해를 돕기 위해 예시를 들자. 만약 영화 『반지의 제왕』에 대한 전통적인 패러디라면 영화의 인상적인 장면이나 주제, 문구를 토대로 2차 창작이 가진 위트를 배가하는 방식일 것이다. 독자들은 패러디를 통해 원본과 2차 창작본이 동시에 겹쳐 보이는 경험을 한다. 서로 다

2　오사와 마사치(大澤眞幸), 『허구시대의 끝 虛構の時代 の果で』, 筑摩書房, 52쪽. ; 아즈마 히로키, 위의 책. 73쪽에서 재인용.

르다고 판단한 비교군이 합집합을 갖는 것이야말로 유머의 원리다. 대중문화에 있어 패러디가 야기하는 '유머'는 그 내용보다는 이러한 형식적 조건에서 기인한다고 볼 수 있다. 반면 『미디블 토탈워 2』같은 컴퓨터 게임의 경우, 본 게임의 원작 시나리오 말고도 '모드'라고 불리우는 유저창작의 컨텐츠를 삽입하여 사용자 정의 게임으로 즐길 수가 있다. 만약 반지의 제왕 모드를 이용할 경우 유저들에게 '반지의 제왕'의 세계관에 대한 수용 따위는 없다. 그들은 '공성전'을 실험해 볼 수많은 공간 중 하나로 이를 취급해 버린다. 의도적으로 무시한다고 느껴질 만큼 원본에 대한 무자비한 부분절취가 일어난다.

원본의 내러티브에 강하게 종속되어 있던 시공간을 철저히 그 맥락에서 철저히 분리시켜 플레이어 본인의 입장에서만 소비한다는 점이 흥미롭다. 이러한 향유방식이 '반지의 제왕'의 극중 캐릭터인 '프로도'와 '빌보'를 따와 동성애적 관계를 그린, 도무지 납득하기 어려운 내러티브도 허용케 한다. 데이터베이스를 기반으로 한 2차창작의 양상은 원본으로부터의 부당한 부분절취와 난삽한 조합을 그 특징으로 한다. 이는 디지털 환경이 구현되기 이전에 '매드 비디오[3]'라는 형태로 일찍이 예고된 바 있다. 이러한 2차 창작은 주로 인터렉티브한 환경 혹은 게임 등의 매체에서 주로 발생하는 것으로, 바로 그러한 매체가 본질적으로 내재하고 있는 적극적인 상호관계성에서 기인한다. 원본은 위계적 지위를 가지고 있는 것이 아니라 그저 시간적으로 컨텐츠를 먼저 제시한 것에 불과하다. 이내 분해되어 2차 창작을 위한 데이

---

3 서로 다른 애니메이션이나 영상의 부분들을 모아 재편집하여 완전히 새로운 컨텐츠로 만든 사용자 비디오 장르. 주로 오타쿠 성향의 팬들이 그들의 팬덤을 형성하는 과정에서 만들어 냈다. 90년대부터 시작되었다.

터베이스 체계 안으로 편입되는 것이다. 이것이 아즈마 히로키이 주장하는 '게임적 리얼리즘'이 성립하는 조건이다. 거대한 이야기는 사라지고 데이터베이스 체계와 작은 이야기만 남는다. 작은 이야기조차도 개별적인 캐릭터를 중심으로 또 분해된다. 이러한 포스트모던적 이론이 실제로 구현되고 있는 장이 의외지만 '라이트노벨'-'미소녀 게임'이라는 장이라는 것이다.

　데이터베이스란 불안을 대체할 만한 시스템이긴 하지만 완결된 것이 아니라 사용자에 의해 끝없이 재구성되는 시스템이다. 물론 이러한 시스템에도 규칙은 엄연히 존재한다. 그러나 대의를 포함하는 상위의 규칙은 없다. 데이터베이스를 구성하는 규칙은 부분에 대한 규칙이다. 미소녀 캐릭터를 구분하는 기준은 그들 각자의 개성(총제적 판단)에 의거하지 않고 코, 입술, 헤어, 눈, 복장, 다리, 구두, 키 등의 부분적인 요소들이 무한히 결합한 경우의 수 이기 때문이다. 데이터베이스는 완제품완구가 아니라 레고블럭같은 샌드박스게임 스타일을 지향하고 있는 것이다. 때문에 거대한 이야기가 사라진 현대의 '불안'은 오타쿠로 하여금 데이터베이스적 체계로 나아가게 했지만 옴진리교처럼 복잡하고 획일화된 체계로의 복속이 아니라 무한히 변형가능한 열린 체계로의 접속을 꾀했다고 판단해 볼 수 있는 것이다. 물론 이는 오타쿠들의 결정에 달린 일이다. 그들만의 소도로서 '데이터베이스적 체계'일 것인가 아니면 세계와 교류하며 창조의 장으로서 기능하는 '데이터베이스 체계'일 것인가는 그들의 선택에 달렸기 때문이다.

　아즈마 히로키의 저서 『동물화하는 포스트모던』은 오타쿠들이 불안의 대체물로서 유사종교가 아니라 망가애니메이션을 선택한 과정을 그리고 있으며, 이로써 오타쿠의 사회학적 의미를 밝혔다고 할 수 있다. 반면 5년이 지나 발표된 『게임적 리얼리즘』은 그들의 데이터베이스적 상상력이 그들만의 문학, '라이트노벨'에서 전통적인 소설과는 다르게 캐릭터 중심으로 구현되고 있는가를 보여주었다. 그가 『게임적 리얼리즘』에서 논하는 라이트 노벨론은 하위문화의 문제로서만이 아니라 이야기론의 입장에서도 매우 의미심장한 발언을 하고 있다고 볼 수 있다. 망가애니메이션적 세계가 데이터베이스화되고, 특정한 규칙을 공유하는 일련의 그룹들을 통해, 이야기는 한 작가의 독창성이 아니라 데이터베이스의 무한한 조합가능성에서 발생하기 때문이다. 이를 뒷받침하는 것이 오쓰카 에이지의 『캐릭터 소설 쓰는 법』일 것이다. 아즈마 히로키의 라이트노벨론은 오쓰카 에이지에게 많은 빚을 지고 있다. 『게임적 리얼리즘』은 사실상 '망가·애니메이션적 리얼리즘과 게임적 리얼리즘으로 구성되어 있으며, 전자는 오쓰카 에이지의 몫이고, 후자는 아즈마 히로키의 몫이라고 할 수 있을 것이다. 이 책에서 오쓰카 에이지는 캐릭터 소설이 가능한 망가애니메이션적 토대와 이를 활용하는 법을 가르치고 있다. 이러한 이야기의 발생과 소비에서 소설적인 가치-문체의 중요성은 사라져 버리고 만다.

아즈마 히로키에게 라이트노벨은 내러티브적 특징에 의한 구분된 장르가 아니라 망가애니메이션의 데이터베이스를 기반으로 이들 데이터들이 능동적으로 절취-결합되어 나타나는 오늘날의 문학-이야기이다. 그것이 다소 고상하지 않고 선정적인 형태로 구현되었다고 해서 그 중요성이 반감되는 것은 아니라는 주장이다.

3. 소멸하는 신체의 욕망

앞서 언급한 '불안'이 거대한 이야기의 소멸이라는 보편적 포스트 모던의 명제에 마주한 문제라면, 오타쿠 문화에 있어 '신체'는 그보다는 일본의 특수한 상황을 반영한다고 평가할 수 있다. 이에 대한 내용은 태평양 전쟁의 패배 이후 미군 점령기 시절 맥아더의 다음과 같은 발언으로 간단히 요약할 수 있다. "일본은 미성숙한 어린아이와도 같다."

1970년 이후 본격적으로 오타쿠 문화가 형성되기 이전에도 일본 망가는 존재해 왔다. 그것은 디즈니의 모방물로, 미키마우스의 일본적 대용품에 불과했다. 일본 망가는 그들의 근대문학과도 마찬가지로, 역전이 불가능한 선형적인 근대의 시간 속에서 심한 열등감을 앓게 된다. 그런데 이런 상황에 처했던 일본 망가는 전쟁이라는 리얼한 현실과 맞닿은 표현방식을 선보이게 되면서, 전후 일본 만화의 독특한 주제를 형성하게 된다.

오쓰카 에이지는 데츠카 오사무가 패전 직전 그린 습작 『승리의 날까지』의 분석[4]에서 만화 주인공이 적국의 폭격에는 아무렇지도 않게 살아남으면서도 (찰리 채플린식의 과장된 만화적 제스쳐를 구사한다.) 이어 적 비행기의 총탄에는 맞아 피를 흘리는 장면에 주목한다. 이는 만화라는 기호적 세계와 전쟁이라는 리얼한 신체적 세계가 교묘히 결합되어 있는 것이다. 데츠카 오사무의 개인적인 작가론에서 보자면, 이는 전쟁의 리얼함을 미키마우스적 상상력에 이식시키는 문제에서 기인한 결과이다. 아즈마 히로키는 이를 자연주의라는 문학의 꿈을

---

4   오쓰카 에이지, 사사키바라 고, 『망가 · 아니메』, 최윤희 옮김, 써드아이, 2004, 29쪽.

엿보아버린 망가라고 일컫는다. 데츠카 오사무는 비록 피 흘리는 미키마우스지만 리얼한 신체를 묘사하는 데 성공한 것이다.

그런데 문제는 이것이 피 흘리거나 미성숙한 신체라는 데에 있다. 이것이 패전 이후 일본의 특수성이다. 오쓰카 에이지는 이러한 리얼한 신체의 문제와 만화의 기호적 신체 사이 분열을 전후 만화의 핵심적인 주제로 삼고, 비평의 기준으로 삼는다. 이러한 분열이 존재한다고 할 때야만, 망가는 단순 오락물이 아니라 사회의 정신구조를 읽어내는 장이 될 수 있기 때문이다.

그러나 전후 일본망가의 이러한 주제가 반은 현실을 반영하고, 반은 기호적 세계를 지향한다는 의미는 아니다. 정확히 말하자면 기호적 세계 속에서 리얼한 신체가 툭 튀어나옴으로써 망가적 세계에 균열을 내는 것이다. 초기 오타쿠 문화를 견인해 나갔다는 평가를 받는 아즈마 히데오의 경우, 『밤의 물고기』의 주인공은 곤충모양의 괴물과는 성관계를 맺는 반면, 주인공보다 20배는 크게 그려지고 리얼하게 묘사된 여성에게는 아무런 감응을 느끼지 못하게 된다. 오히려 혐오감을 나타낸다.

'신체'의 관점에서 오타쿠 문화를 진단해 볼 때, 이는 전후망가의 미성숙한 신체를 성숙한 신체로 바꾸어내려는 노력으로 발전했다기보다는 미성숙함에 대한 자인, 성숙함에 대한 공포로 발전했다고 보는 편이 옳은 것 같다. 로리콘적인 비정상적 섹슈얼리티는 성욕이 아니라 현실에 대한 공포(성숙한 신체)에서 비롯되었다고 볼 수 있는 것이다. 따라서 오타쿠적 신체란 보철물이 필요한 불완전한 신체다. 아즈마 히로키도 분석한 바 있는 라이트노벨 『All You Need Is Kill』(사쿠라자카 히로시, 『All You Need Is Kill』, 서현아 옮김, 학산문화사, 2007. 이하 『올유』

로 줄여서 표기)에서 주인공 키리야 케이지는 자신의 신체적 힘의 수십 배를 발휘할 수 있는 증가장갑을 입고 전쟁을 수행한다. 전쟁에서 사용할 수 있는 진짜 힘은 기계에서 나오므로 인간에게 필요한 것은 근력이 아니라 지구력뿐이다. 여성과 남성의 물리적 차이는 이러한 방식의 전쟁에서는 전혀 문제가 되지 않는다. 더욱이 현재에서 특정 과거로 끝없이 루프되는 시간 속에서 육체적 변화는 일어나지 않기에 주인공이 자기 자신을 발전시키는 방법은 오직 정신적인 발전뿐인 것이다.

　미성숙한 신체의 형상을 한 로봇이라는 '아톰'의 명제에서 시작해 신체적 보철물로서의 로봇-메카닉, 급기야는 신체성이 소멸하거나 쓸모없어지는 '뇌'적인 주체의 출현이 망가애니메이션의 역사를 잇는다. 이는 물론 SF적 주제의 변화일 뿐 아니라 오타쿠적 신체의 변화이기도 한 것이다. 신체성이 사라졌다는 것은 내러티브 안에서 주인공의 신체가 쓸모없어졌다는 의미가 아니라 신체성에서 기인한 주제들 즉 감각 혹은 감응의 과정, 바디 이미지를 통한 자아에 대한 확신 등의 테마가 사라져버렸다는 것일 것이다. 때문에 리얼한 섭생의 문제는 소비기호의 문제로, '나'란 무엇인가에 대한 질문은 조합형 '캐릭터'로 대체되어 텅 비어버리게 된다. 여기서 급작스럽게 떠오르는 것은 무라카미 하루키의 문학일 것이다. 그의 문학을 읽은 후의 부유한 기분이야말로 위의 논점에서 기인한 것이기 때문이다. 그의 작품세계가 완벽하게 짜여진 개연적 시공간임에도 불구하고도 무게감이 없는 것은 신체성이 소멸해버린 세계이기 때문이다. 이에 대해서는 대체로 비판적 평가가 많은 것이 사실이다. 그러나 우리가 하루키를 비판하면서 종종 잊는 것은 그렇게 신체성이 소멸한 세계를 만든 것은 일개 작가로서의 하루키가 아니라는 점이다. 이는 이미 우리를 둘러싼 현실이 되고 있으며, 하위문화의 일부나 하루키 작품 등에 증상으로 드러났을 뿐이다. 오히려 이 점에서 후쿠시마 료타같은 일본의 젊은 비평가는 하루키 작품에서 괴물처럼 자가증식하는 시뮬라크르를 저지하려는 움직임이 포착된다고 평가한다. 그 이유는 주인공들이 기호품을 취급할 때, 그 기호품들이 대개 대중들의 집단적 기억이 스며있는 과거의 것이며, 이는 각각의 독자로 하여금 소설의 내러티브와는 별개로 자기 자신의 경험을 불러일으키는 것이기에 그렇다는 것이다.[5] 그렇다면 하루키의 경우, 오타쿠 아니 포스트 모던의 시대에 있어 신체성은 과거의 방법으로는 복원할 수 없다는 전제 하에, 보편성 아래 단독성을 일깨우는 전략을 취한다고 볼 수 있다. 하루키에 대해 평가 내리는 것은 이 글의 목표는 아니다. 중요한 것은 오타쿠적 신체의 소멸은 단지 오타쿠의 문제뿐 아니라 우리 시대와 밀접한 주제라는 것이다.

오쓰카 에이지의 경우, 비록 증상적으로 드러났지만 망가·애니메이션적 리얼리즘에서는 기호적 세계와 리얼한 신체의 표현이라는 반투명한 문체가 구현된 반면, 캐릭터소설(스니커 소걸=라이트노벨)이나 게임풍 소설 혹은 게임에서는 아직 '현실'속의 신체의 문제를 다루지 못했다고 진단하고 있다. 이는 망가애니메이션이 오타쿠들만의 세계이고, 아무런 현실적 가치를 가지지 못한다는 통념을 깨기 위해서라도 필요한 작업인 것이다. 단 망가애니메이션의 경우, 오쓰카 에이지는 그것과 현실 간의 회로를 얼마간 개척한 바 있다고 할 수 있다. 특

---

5 후쿠시마 료타, 『신화가 생각한다 네트워크 사회의 문화론』, 김정복 옮김, 기억, 2004.

히 신체의 문제에 있어 게임의 경우, 죽음에 대한 관념이 사라지므로 더 더욱 현실과의 관계를 마련하기가 어렵다고 하겠다. 오쓰카 에이지의 『캐릭터 소설 쓰는 법』[6]은 캐릭터 소설을 쓰는 법을 설명하면서 동시에 캐릭터 소설을 이렇게 써야만 한다고 주장하는 바가 큰 저서이다. 이는 그 만큼 오타쿠의 신체가 소멸의 위기에 처했다는 반증이기도 하다. 오타쿠와 신체의 문제에 대해서는 신체가 소멸하고 있는 현실태와 이를 저지하고 신체성을 획득하려는 가능태, 두 가지 사항을 동시에 고려해야 할 것이다.

4. 내재된 승리

이 글에서 아즈마 히로키나 오쓰카 에이지의 저서들을 검토·정리하는 이유는, 이들이 취급하는 오타쿠문화가 실은 현재 우리가 맞닥뜨린 가상세계의 경험을 이해하는 열쇠가 되기 때문이다. 다시 정리해보자. 문제가 되는 것은 '불안'을 대체하는 유사신념체계-데이터베이스이며, '신체'의 소멸을 야기시키는 기호증식체계-데이터베이스이다.

오쓰카 에이지는 어디까지나 조합의 주체를 강조하고 있는 반면, 아즈마는 조합이 가능한 세계관(데이터베이스)을 중시한다. 캐릭터소설에 대해 오쓰카는 반투명과 메타이야기성 둘 다 언급하지만, 아즈마는 오쓰카가 스스로 열어젖힌 메타이야기의 가능성(무한한 조합형 이야기)을 더 발전시키지 못했다고 판단하는 것 같다. 하지만 오쓰카 에

---

6   오쓰카 에이지, 『캐릭터 소설 쓰는 법』, 김성민 옮김, 한국출판마케팅연구소, 2005.

이지의 물음은 여전히 유효하다. 그가 말하는 현실이란 단순히 체험을 의미하는 것이 아니라 조합의 당사자가 창작의 이유를 현실에서 묻고 있는 지점이 드러나야 한다는 것이기 때문이다. 이 점에서 『올유』에 대한 아즈마적인 물음(무한한 분기에 있어 끝없는 선택의 문제에서 우리는 어떻게 해야하나)은 오쓰카적인 물음(시뮬라크르의 연쇄에서 우리는 어떻게 리얼한 신체를 찾을 수 있는가?)로 전환될 필요가 있다.

그러니 『올유』에 대해서 심도있는 재해석이 필요할 것이다. 아즈마의 경우, 『올유』를 매회분기마다 끝없이 선택해야 하는 자의 불안이 담긴 초상, 영원재귀의 악몽에 놓인 현대인의 리얼리즘으로 읽어냈다. 하지만 필자는 그 반대로, 『올유』를 새로운 신체성의 획득이라는 문제로 바라볼 필요가 있다고 생각한다.

『올유』는 근미래에 벌어진, 외계인 '기타이'와 지구인 '통합 방역군' 간의 전쟁을 그 사건의 배경으로 하고 있다. 이 책을 읽는 독자는 몇 페이지 못 가 당혹스러운 경험을 하게 된다. 주인공 '키리야'가 죽어버리기 때문이다. 그런데 전투원인 키리야는 아무렇지도 않게 자신이 살해된 전투의 30시간 전으로 돌아간다. 처음에는 이것을 꿈이라고 생각한 키리야는 점점 자신이 특정한 시간 속에서 반복되고 있다는 사실을 알게 된다. 그리고 이 반복을 끊어내는 방법은 전투에서 완벽히 이기는 방법밖에 없다고 판단한다.

주인공 키리야 케이지는 160회째 반복에서야 루프의 악순환을 끊어낸다 그러나 이는 주인공의 의지의 반영의 결과가 아니라 매우 필연적인 것이었다. 그 이유는 이 루프는 실제로 일어난 시간여행이 아니라 기타이가 자신들의 실패를 극복하기 위해서 미래에서 기타이 안테나를 통해 기타이들에게 전송한 기억-이미지이기 때문이다. 이

기억-이미지가 키리야 케이지에게도 우연히 전송된 것이다. 그러니 이 루프적인 시간이 지속되는 한, 이것은 나의 경험에 의한 경험이 아니라 기타이에 의한 경험의 이미지이다. 때문에 중요한 것은 루프적 시간을 벗어나는 것이 아니라 기타이로부터 온 경험의 이미지를 나의 리얼한 경험으로 바꿔내는 일이다. 그러나 주인공은 매회 자신의 경험이 기타이로부터 온 경험인지, 자신의 진짜 경험인지 모르기 때문에 순간 순간 자신의 경험으로 받아들여 열심히 싸울 필요가 있다.

기타이의 미래로부터 과거의 이미지가 회귀된다는 것은 기타이가 인간을 이기지 못했음을 의미한다. (그들 자신의 전투를 승리로 이끌기 위해 과거를 전송하는 것이다.) 마찬가지로 기타이를 전멸시키지 못했음으로 인간 역시 승리하지 못했다는 것이기도 하다. 결국 이 싸움은 회귀가 필요없어져, 인간의 시간이 사라지거나(기타이의 승리) 루프가 끊어지는 방법(인간의 승리)밖에는 다른 귀착지가 없다. 그런데 키리야 케이지의 시간이 끝없는 루프의 형태지만 존재한다는 것은 기타이가 승리하지 못했다는 반증이므로 인류가 결국은 승리한다는 것의 논리적 증명이 된다.

"어린아이가 이길 때까지 반복해서 게임을 해 어쨌든 결국 승리"하는 것처럼, 루프의 악몽은 실은 인간의 승리를 내포한다. 그러니 『올유』의 핵심은 루프의 악몽과 이에 고분분투하는 인간의 고뇌가 아니다. 오히려 반대로 '이길 수 밖에 없다라는 것을 깨닫고, 매회 사건에 충실하게 참가하는 인간이 결국 승리의 순간을 담고 있다고 보아야 할 것이다. 이때 승리의 순간은 루프가 종료되는 순간이 되며, 외부로 부터 온 '경험의 이미지'가 온전히 나의 '리얼한 경험'으로 전환되는 일이 된다. 즉 새로운 신체성이 획득되는 것이다. 이를 게임의 체험과 연관해보면, 게임의 반복회귀적인 시간은 결국 끝을 맺을 수밖에 없다는 것, 중요한 것은 게임에 참가하는 일이 아니라 게임의 엔딩을 봐야한다는 것으로 이해될 수 있다. 제 아무리 현실도피를 위한 게임일 지라도 엔딩은 존재하는 법이다. 이 체험 끝에 우리는 리얼한 경험에 도달하게 되는 것이다. 때문에 『올유』에서 주인공이 160번째 도전에서 어느 때와는 달리 진한 커피향기를 맡고 감동하는 것은 그가 기타이로부터 온 경험의 이미지가 아니라 자신의 신체를 통한 경험을 맞이했기 때문이다.

이렇게 해석했을 때 『올유』는 소멸된 신체와 데이터베이스의 무한성이라는 환상 속에서 우리가 나아갈 길을 명확히 제시해주고 있다. 매 순간 순간마다 '선택'이라는 불안을 맞이하는 우리는 이것이 야기하는 미끄러짐 속으로 빨려 들어갈 것이 아니라 바로 그 '선택'을 온전히 자신의 선택으로 전유하는 선에서 주체화가 되어야만 하는 것이다. 그리하여 거짓된 무한의 힘을 폭로하고, 진정으로 생산적인 무한의 힘을 획득해야 하는 것이다. 이것을 세계와의 윤리적 접촉이라고 불러도 무방할 것이다. 게임체험이야말로 우리를 과거 어느 때보다 끈질긴 주체로 만들어 줄 것이다. 게임적 구조에는 실패가 없고, 오직 재도전만이 있기 때문이다. 이때 이 점에서'내재된 승리'는 '자유의지'와 같은 근원적인 동력의 준거점으로 기능한다.

5. 게임적 리얼리즘에 나타난 읽고 쓰기의 감각

우리는 지금까지 게임적 리얼리즘의 개념을 검토함으로써

오타쿠의 문화를 통해 '불안'과 '신체의 소멸' 문제가 어떻게 데이터베이스적 세계를 구축하고, 그 스스로 증식해나가는 방식으로 발전하게 만들었는지 살펴보았다. '게임적 리얼리즘'은 단순히 여가문화로서 '게임'이 새롭게 야기하는 경험에 대한 통칭이 아니다. 그것은 정보화된 데이터베이스를 기반으로, 매 순간 선택을 요구하는 강요된 자유와 죽지 않는 비현실적인 신체가 만들어내는 우리 시대의 리얼리즘을 조금 다르게 표현한 것뿐이다.

박형서의 소설 「나는 <부티의 천년>을 이렇게 쓸 것이다」에는 그동안에 발생한 모든 종류의 경험이 데이터화되어 판결이 필요없게 된 미래의 세계에 대한 묘사가 나온다. 판례가 실제경험을 압도했기 때문이다. 데이터베이스는 경험을 기반으로 하지만 시간이 지나 사건이 축적되어감에 따라 원본인 경험을 압도하는 지경에 이르게 된다. 이제 경험은 경험의 데이터베이스에 의해 주조되며, 주체는 경험 이전의 경험에 종속된다. 나의 모든 경험이 데이터베이스 속 경우의 수에 있다는 점에서 이는 신적 영역에 가 있다. 또한 보르헤스의 소설 「알렙」을 떠올려 보자. 알렙은 어느 주택의 지하실의 계단에서만 볼 수 있는 구체로서, 그 구체안에는 세상의 모든 사연이 들어있다. 알렙은 그 모습을 한 번 자에게 형언할 수 없는 황홀함을 안겨준다. 지구의 역사를 통째로 압축하여 놓은 알렙은 현대적 의미의 데이터베이스에 해당한다. 데이터베이스는 인간의 경험을 넘어서고, 그 규모를 파악할 수 없다는 점에서 숭고한 존재다.

'게임적 리얼리즘'은 단지 망가애니메이션, 컴퓨터/비디오 게임에 국한되지 않고 우리가 마주할 '새로운 읽기 방식'을 상상해 볼 수 있는 여지를 남긴다. 오타쿠들의 새로운 읽기는 대상에 대한 부분절취와 조합, 죽지 않는 신체를 통한 무한한 재읽기 즉 쓰기로 드러나고 있다.

바로 이러한 새로운 읽고 쓰기의 방식이 미래의 책을 만들 것이다. 미래의 책은 무한한 분기를 포함하는 방식으로, 텍스트에 대한 독자의 자유로운 선택을 가능케 할 것이다. 이는 자유면서 동시에 강요가 된다. 그러나 이에 따른 불안을 독자는 무한한 '다시읽기'과 비선형적인 '부분발췌'를 통해 고집 세계 돌파·해결할 것이다. 이 과정에서 우리는 '내재된 승리'의 체험을 몸에 새겨 넣을 수 있지 않을까. 필자는 미래의 책에 대해 오직 이 정도만 전망할 수 있을 뿐이다.

마지막으로 단지 작품론에 불과했지만 『올유』는 다음과 같은 메시지를 주고 있다고 판단된다. 이것이야말로 '게임적 리얼리즘'이 낳은, 그러나 예상치 못한 새로운 주체의 모습일 것이다.

이것이 게임이라는 사실을 깨달아라! 게임의 룰을 파악하라! 끝없이 재도전할 뿐 결코 실패하지 않는다는 사실을 깨달아라! 내재된 승리를 향해 매회 충실히 사건에 임해라! 타자로부터 온 경험의 이미지가 아니라 온전히 나의 경험으로 받아들이도록 노력해라! 우리는 승리할 것이다.

참고문헌

박형서, 『핸드메이드 픽션』, 문학동네, 2011.

사쿠라자카 히로시, 『All You Need Is Kill』, 서현아 옮김, 학산문화사, 2007.

아즈마 히로키, 『동물화하는 포스트모던』, 이은미 옮김, 문학동네, 2007.

아즈마 히로키, 『게임적 리얼리즘의 탄생』, 장이지 옮김, 현실문화, 2012.

오쓰카 에이지, 사사키바라 고, 『망가·아니메』, 최윤희 옮김, 써드아이, 2004.

오쓰카 에이지, 『캐릭터 소설 쓰는 법』, 김성민 옮김, 한국출판마케팅연구소, 2005.

호르헤 루이스 보르헤스, 『알렙』, 황병하 옮김, 민음사, 1996.

후쿠시마 료타, 『신화가 생각한다 -네트워크 사회의 문화론』, 김정복 옮김, 기역, 2014.

제3부

언택트 시대와
교육 현장

코로나19와 공간의 변화,
공간에 대한 글쓰기*

김중철
안양대학교 아리교양대학 교수

1. 코로나19와 일상의 변화

코로나19의 창궐은 우리의 일상을 돌아보게 만든다. 아무렇지도 않게 외출하고 걷고 만나고 먹고 마시고 노래 부르며 함께 떠들면서 웃던, 당연하고 자연스러웠던 그 모든 행동과 모습들을 한 번쯤은 되돌아보게 한다. 어쩌면 이는 그러한 행동과 모습들을 다시는 취할 수 없으리라는, 적어도 쉽게 그것들을 되찾기는 어려우리라는 막연하면서도 왠지 지울 수 없는 불안과 두려움 때문일지 모른다. 코

---

* 이 글은 졸고 「공간 읽기와 성찰적 글쓰기」(『사고와표현』 제10집 1호, 한국사고와표현학회, 2017. 4)의 상당 부분을 바탕으로 하면서 일부 수정, 추가한 것이다. 이 글에 수록된 예문(학생글)들의 대부분은 코로나19 사태 이전의 것이며, 코로나19 사태 이후의 글 몇 편을 새로 예문에 추가하였음을 밝혀둔다.

로나19 사태가 언제까지 이어질지, 그 사이에 언제 어떻게 감염될지 모른다는 두려움과 우려는 결국 과거 평범하고 소박하게, 그러나 마땅하게 누리던 이전의 일상으로는 되돌아갈 수 없을 것 같다는 불길한 예감으로까지 이어진다.

코로나19로 인해 우리는 '그동안 겪어보지 못했던' 생활들을 보내고 있다. 그만큼 예전의 일상을 애틋이 그리워하면서 그 소중함과 가치를 새삼 생각하고 있다. 사람들이 느끼는 우울감과 무기력은 그 일상의 회복이 쉽지 않으리라는 강한 짐작에 기인하는 것인지 모른다. 감염의 확산을 차단하기 위한 '사회적 거리두기'는 한 마디로 타인과의 접촉을 막기 위한 것이며 이는 곧 사람의 움직임을 최소화하는 것으로 말할 수 있다. 비대면 원격으로 소통하면서 '집콕'하기를 권하는 것이다. 자택과 같은 일정 공간에만 있으면서 최대한 외출과 모임을 금지하기 위한 조치이다. 재택근무와 온라인 수업이 그 예다.

사람들의 행동과 이동에 대한 제약은 당연히 공간의 문제로 이어진다. 자유롭고 편하게 드나들던 공간에 대한 방문과 출입이 예전 같지 않은 것이다. 학교, 직장, 식당, 주점, 공원, 종교 시설 등 예전 일상 속의 공간들을 아무런 장애 없이, 불편 없이, 절차 없이 마음 편하게 찾아갈 수 없게 된 것이다. '자가 격리'는 요컨대 일정 공간과 다른 공간 간의 철저한 분리를 말하는 것이며, 지역 간·도시 간·국가 간 교통 봉쇄와 여행 금지 조치도 결국 공간 이동의 문제이다.

이처럼 코로나19 사태 이후 일상의 변화는 공간의 성격 변화로 확인된다. 과거 자주 찾던 공간들에 대한 이해나 접근에 생겨난 변화는 일상의 변화를 가장 직접적이고 구체적으로 실감케 한다. 코로나19는 지금까지의 우리의 일상의 모습들을 돌아보게 한다. 동시에 예전의 일상 속 공간들을 다시 생각하게 하고 있다.

2. 공간 읽기의 의미

영화 <건축학개론>의 초반에는 수업 중 교수의 다음과 같은 대사가 나온다. "자기가 살고 있는 곳에 대해 애정을 가지고 이해를 시작하는 것, 이것이 바로 건축학개론의 시작입니다." 건축학 공부는 자신이 살고 있는 공간에 대한 관심에서부터 시작해야 한다는 말이다. '자신이 살고 있는 곳'이란 집이라는 주거 공간만을 가리키는 것은 물론 아니다. 집을 비롯하여 살아가는 데 기반이 되는 생활공간 전반을 총칭하는 의미다. 따라서 살고 있는 곳에 대한 애정이란 곧 그 공간을 근거로 지내는 자신의 삶 혹은 생활 전반에 대한 애정에 다름 아니다. 건축학을 포함한 모든 공부의 근본이자 목적은 바로 인간 자신에 있다는 의미이기도 할 것이다. 물론 여기서 말하고자 하는 것은 건축학이라는 특정 학문이 아니라 그것의 주제인 공간에 대해서이다.

공간이란 그 물리적 외형적 조건보다 그것과 관련되는 인간적 조건에서 더 중요하다. 인간은 공간을 떠나 존재할 수 없기 때문이다. 밥을 먹고, 잠을 자고, 사람을 만나고, 일을 하고, 휴식을 취하는 것 모두 공간 속에서 행해진다. 수많은 공간들을 경유하면서 인간은 살아가고 있으며, 스스로 공간을 변화시키거나 새로운 공간을 만들어내기도 한다. 외적 요인에 의해 자신의 공간이 변형되거나 찬탈당하거나 파괴되는 것에 극렬히 저항하는 것은 그 공간과 관련되는 자신의 경험과 추억과 생각들을 잃지 않으려는 본능적인 행위와 다르지 않다.

지하철이나 공원 등지에서 서로 적당한 간격을 두어 앉으려는 것도 일정한 자신만의 영역(공간)을 가지려는 자연스런 모습이다. 이렇듯 공간이란 물리적 기능이나 지리적 구역 이상으로 인간적 존재감과 근본적으로 관련된다. 공간은 인간이 세상을 체험하는 전제이자 실존을 위한 근원이다.

> 장소란 단지 사물이 위치한 '어디'가 아니다. 장소는 위치 이상의 것이다. 그것은 통합되어 있고 의미 있는 현상으로 보이는, 위치를 점하는 모든 것이다.[1]

인용문에서처럼 장소를 '통합되어 있고 의미 있는 모든 것'이라고 말할 때, 이 말은 장소에 대한 사유는 그러한 '모든 것'들에 대한 사고를 요구한다는 뜻이 된다. 장소와 관련되는 다양한 측면들을 '함께' 생각할 수 있다는 것이다. 바꿔 말한다면 공간에 대한 글쓰기는 공간(장소)에[2] 대한 다양한 측면들을 함께 생각해볼 수 있는, 이를테면 통합적 사유를 이끌어낼 수 있다는 의미다.

이 글은 자신이 즐겨 찾는 공간에 대한 이해와 그 표현으로서의 글쓰기 행위가 갖는 의미에 관한 것이다. 공간이 인간의 삶을 어떻게 구성하며, 그러한 공간을 어떻게 이해하며 의미를 부여할 수 있는지,

---

1 렐프, 에드워드, 『장소와 장소상실』, 김덕현·김현주 옮김, 논형, 2005, 29쪽.

2 논의에 따라서 '공간'과 '장소'의 개념을 구분하기도 한다. 공간은 장소보다 추상적이고 '텅 빈' 개념으로, 장소는 그러한 공간에 의미를 부여한, 즉 특정한 맥락 속에서 의미를 갖는 구체적인 공간으로 보는 것이다. 이에 대해서는 투안, 이-푸, 『공간과 장소』, 구동희·심승희 옮김, 대윤, 1999.를 참고. 그러나 이 글에서는 '공간'을 일정한 구역, 위치 등을 포괄하는 보편적이고 일반적인 개념으로 사용하면서 '장소'와 구분 짓지 않았다.

그리고 그러한 '공간 읽기' 과정을 통해 스스로를 어떻게 성찰할 수 있는지를 살펴보려는 글이다. 실제 학생들이 작성한 '나의 공간(장소)'이라는 글의 예들을 통해 그 점을 생각해보려 한다.

공간에 대한 분석은 사실 여러 분야에서 행해지고 있다. 당연히 공간을 일차적인 주제로 삼는 건축학이나 지리학, 도시공학 등의 분야에서는 물론 문학이나 영화, 연극 등의 문화예술 분야에서도 특정 텍스트의 분석이나 의미 해석을 위한 주요하고 흥미로운 방법론으로 자주 등장한다. 물론 이때의 '공간 읽기'는 단순히 텍스트의 내용상 배경 차원에 대한 이해에서 그치는 것이 아니라 주제적 표상으로서의 의미 해석 차원으로 행해진다. 공간 자체가 작품 내 인물의 정체성이나 사건의 성격을 담보하면서 결국 작품 전반을 지배할 수 있음을 보여주는 작업들이다.

이러한 점에 착안하여 여기서는 '공간 읽기'를 일반의 글쓰기 행위로 끌어와 그 의미를 찾아보려고 한다. 인간은 애당초 공간(장소)을 떠나 존재할 수 없고 공간은 인간을 지배할 수 있다는 점에서 글쓰기에 있어서도 공간은 주요한 소재이자 주제로 기능할 것이다.

3. 공간과 인간의 삶

공간이란 지리적·기하학적으로 확인, 측량할 수 있는 물리적 구역만을 의미하지 않는다. 공간은 그 내부를 구성하는 조건들, 이를테면 소품이나 사물들, 그리고 그것들 사이의 배치나 배열, 조합까지 포괄하는 개념이다. 따라서 공간의 기능과 형상뿐만 아니라 그것이 어떻게 조직화, 구조화되어 있는지, 특정한 체험을 어떻게 발생시키는지, 또한 다른 공간들과는 어떻게 관련 맺고 있는지 등에 대한 다양하고 흥미로운 질문들을 던지게 한다. 즉, "공간에 대한 이해는 그 공간이 어떻게 작용하고 어떻게 이용되고 있으며, 그 공간이 무엇과 연관되어 관계성을 이루고 있는지가 중요한 질문"[3]일 수밖에 없다.

공간은 사용자 혹은 소유자로서의 한 개인뿐만 아니라 그 공간이 속해 있는 사회, 제도의 문제이기도 하다. 예컨대 도시라는 공간의 기획과 건설, 혹은 그 구조의 변형에는 도로나 건축물의 설계, 배치뿐만 아니라 인간(시민)의 필요와 욕구, 생활 여건 등 복합적인 요소들의 고려와 반영이 필요하다. 따라서 공간 읽기란 다양한 사회적 맥락 속에서 그 역학관계까지 살펴보는 총체적이고 통합적인 사고를 필요로 한다. 굳이 인간에 대한 성찰을 중심으로 하는 인문지리학을 언급하지 않더라도 자신이 거주하며 삶을 영위하는 증거로서의 공간에 대한 관심과 관찰은 인간 자신에 대한 발견으로서 중요한 의미를 갖는다. 공간은 "사람과 사물의 배열로 구성된 물리적 형상물이면서 관계의 틀을 담은 채 사람들의 의식을 형성하고 규율하는 의미체"[4]이기 때문이다.

공간은 사회와 시대의 변화에 따라 그 형태나 성격이 변한다. 예전의 공간이 사라지기도 하고, 새로운 공간이 출현하기도 하며, 동일 공간의 성격과 의미가 바뀌는 경우도 많다. 이는 공간이 사회와 시대의 변화를 증명하는 것이며 인간 삶에 있어 공간의 의미를 말하는 것

---

3 박우영, 「한국 사회 내 교회 공간 읽기와 공간 구조 균열 만들기」, 『기독교사회윤리』 27집, 한국기독교사회윤리학회, 2013, 246쪽.

4 조명래, 『공간으로 사회 읽기』, 한울아카데미, 2014, 21쪽.

이기도 하다. 공간은 건물, 도로, 교량 등의 물리적 조형물이나 건축기술과 관련된 건축학, 토목학 등의 문제에 국한되지 않는다. 첨단 과학기술의 발달은 생활환경 전반에 걸쳐 큰 변화들을 일으키면서 인간 삶의 공간을 바꿔놓고 있다.

> 생활환경의 변화를 매개로 해서 과학과 기술의 발달은 인간관, 세계관에서도 중요한 변화를 초래하며, 궁극적으로는 인간 자체를 변화시킨다. 대도시의 소비생활에 익숙한 인터넷 시대의 네티즌은 마차를 타고 사교모임을 드나들던 전 시대의 신사나 귀부인과 같은 종류의 인간이라고 할 수 없다. 인간과 세계를 바라보는 방식과 내용 자체가 판이하게 다르기 때문인데, 이러한 차이의 바탕에는 과학기술의 발달에 따른 공간의 변화가 자리 잡고 있다.[5]

이렇듯 과학기술은 교통과 통신수단의 혁신을 통해 시공간 개념에 큰 변화를 가져왔다. 이동 시간은 크게 단축되고 생활공간은 크게 확대되어, 전 세계의 정보와 소식을 거의 동시간대로 공유하는 하나의 공동체로 만들어놓았다. 공간의 제약이 상당히 소거되면서 세계의 크기가 축소된 것으로 말할 수 있을 정도다.

과학기술의 발달에 따른 새로운 공간의 창출이나 변형은 현대인들의 구체적인 삶 자체에 영향을 행사한다는 점에서 더 주목하게 된다. 디지털 기술과 사이버 세계의 등장은 현대 일상생활의 환경에 절대적인 영향을 주면서 생활공간의 성격을 바꾸고 있기 때문이다. 그

---

5 박상준, 「과학기술의 발전에 따른 공간 변화의 문학적 인식에 관한 연구」, 과학문화연구센터 편, 『과학기술과 공간의 융합』, 한국학술정보(주), 2010, 165쪽.

것은 타인이나 세계를 바라보는 관념에도 중요한 변화를 초래한다. 공간의 변화란 단순한 물리적 '장소'의 변화가 아니라 근본적인 인식과 사고의 변화를 야기한다는 것이다.

> 21세기 들어 정보기술(information technology)이 몰고 온 사회적 경제적 변화는 디지털 이미지와 사운드, 텍스트의 새로운 처리기술과 전 지구촌으로 네트워크 된 새로운 정보 통신 공간, 가상현실, 하이퍼텍스트 등의 디지털 혁명을 통해 실제 우리의 일상적 도시공간을 문화와 기술이 상호 분리될 수 없는 현실로 만들어 놓고 있다.[6]

현대 과학문명이 가져온 디지털 미디어와 사이버 공간 세계는 인간의 삶을 현실의 물리적 공간 너머로 자주 유인한다. 현대인의 일상은 오프라인과 온라인을 수시로 넘나들며 두 공간을 동시에 체험한다. 실제의 현실 세계와 가상의 세계를 끊임없이 오고가며 삶을 영위하고 있는 것이다. 그런 점에서 현대인에게 생활공간은 이전과 비할 수 없을 정도로 다채롭고 유연하며 광활하다.

공간이란 매우 복합적인 성격을 갖는다. 주체로서의 인간의 직업, 취향, 성격, 가치관, 습관, 욕망 등이 총체적으로 결합되어 형성된 곳이기 때문이다. 인간의 의식과 욕망이 공간을 창출하거나 변형시킬 수 있지만 공간의 성격과 구조가 인간의 의식과 욕망을 통제하거나 조정할 수도 있다. 그런 점에서 "공간 속에서 사람은 형성의 주체지만

---

6 양해림, 「과학기술과 새로운 공간의 창출」, 과학문화연구센터, 『과학기술과 공간의 융합』, 한국학술정보(주), 2010, 106쪽.

동시에 공간을 구성하는 객체이기도"[7] 하다.

4. '나의 공간'과 글쓰기

상술했듯 공간 읽기란 곧 일상에 대한 이해이며 자신 삶에 대한 성찰이다. 글쓰기가 자신의 표출이라는 점에서 공간 읽기를 통한 글쓰기 행위 역시 글 쓰는 이에게는 자신 삶에 대한 인식이자 그것을 드러내는 표현 행위다. 이러한 인식과 표현의 결과물인 '공간 읽기 글쓰기'에서 찾을 수 있는 몇 가지 의미들을 정리해보도록 하겠다.[8]

1) 일상의 확인

'나의 공간'이라는 제목 외에 특정한 형식이나 틀을 주지 않고 자유롭게 작성하도록 하였을 때, 글의 초반에 드러나는 내용들은 대체로 그 공간을 즐겨 찾는 이유나 사연이다. 물론 글의 중간이나 말미에 그것이 나오는 경우도 있지만, 모든 글에서 예외 없이 드러나는 내용은 공간을 찾는 이유나 필요성에 대한 대목들이다. 물론 그것이 구체적이고 상세하게 서술되는 경우도 있고, 우회적이고 간접적으로 암시되는 경우도 있다. 그 진술의 상세함의 정도는 다를지라도 글쓰기에

---

7   조명래, 앞의 책, 20쪽.
8   이하 이 글에서 인용하고 있는 예문의 대부분은 필자가 한양사이버대학교에서 2016년도 2학기에 운영한 교과목 <논리적 사고와 글쓰기> 수강생들의 글이며, 일부는 2020년 2학기 안양대학교 <사고와 표현> 수강생들의 글이다. 한양사이버대학교 수강생들의 연령은 20대에서 70대까지 다양하며 직장생활을 겸하고 있는 경우도 많았음을 밝혀둔다.

있어서 특정한 규약이나 조건을 주지 않았음에도 마치 일정한 형식처럼 거의 모든 글에서 그 부분이 공통적으로 발견된다는 점은 자못 흥미롭다. '나의 공간' 글쓰기에서 글 쓰는 이들은 자연스럽고 본능적으로 자신의 '현실'을 생각해보고 있음을 추정해볼 수 있기 때문이다. 다음은 그 예들이다.

> 스트레스 요인이 많은 회사생활과 나의 학업을 병행하면서 적지 않은 스트레스가 더해졌고 그에 대한 연쇄반응으로 내 기분이 우울해질 때마다 자주 찾게 되는 나의 비밀 장소는 아파트 지하에 주차된 나의 조그만 차량이다. (강**학생)

> 대학생들이 웃고 떠드는 자유로움, 함께 운동 나온 가족, 애완견과 산책 나온 사람, 빨리 걷는 사람들, 느리게 걷는 사람들. 그리고 나의 추억들이 섞여있다. 생각이 복잡할 때에 이 공간을 가면 차갑고 신선한 공기가 폐부 속으로 들어와 머리까지 맑게 한다. 부정적으로 치우칠 수 있던 생각을 긍정/부정 두 가지로 나누어 생각하게 된다. (고**학생)

> 1시간이라는 시간동안 혼자 노래를 부르고 춤을 추면 힘들기도 하지만, 내가 생각한 것들을 표현할 수 있다는 것에 만족을 느낀다. 혼자만의 시간에 갇혀서 내 자신을 돌아보는 시간이 되는 것 같다. 남을 의식하지 않을 때의 내 모습은 내가 생각해도 가관이지만, 그것만큼 나라고 느껴지는 행동은 없다. 슬픔, 기쁨, 분노 등의 감정을 표현하면서 하지 못했던 감정소모도 가능하기에 노래방이 좋다. (김**학생)

직장에서는 업무적 압박감을 견뎌야 하고, 집에서는 가장의 의무를 다해야 하는 내게 서재는 여러 무게감을 내려놓고 조용히 집중할 수 있게 도와주는 공간이다. 그런 의미에서 사람에게 자신만의 공간이 있다는 것은 잠시 쉴 수 있고, 내면의 힘을 회복할 시간이 주어진다는 뜻인 것 같다. 그러다 보니 집에서 서재를 자주 찾고, 서재에 머무는 시간이 긴 편이다.(유**학생)

그곳은 내가 나의 건강을 관리하고 있다는 자부심에 가까운 위안이 되어주고, 조용히 나만의 생각을 정리하며 하루 계획을 그려보는 시간과 공간을 제공해 준다. 가끔 답답하거나 머릿속이 복잡하거나 맘 상하는 일이 있을 때는 숨 차도록 뛰고 땀 흘리는 운동을 통해 몸과 맘을 새롭게 해 주는 장소가 되어준다.(권**학생)

글에서 알 수 있듯이 공간의 의미들은 특정한 목적을 행하는 것으로만 국한되지 않는다. 커피숍이 커피를 마시고, 영화관이 영화를 보고, 자동차가 운전하여 이동을 하고, 노래방이 노래를 부르는 기능적 차원으로 그치지 않는다. 글쓴이들이 '나의 공간'으로 삼는 이유는 그 자체의 일차적인 기능을 넘어서는 다른 것에 있음을 보여준다. 그것은 '나의 공간'을 찾는 것이 "답답하거나 머릿속이 복잡하거나 맘 상하는 일이 있을 때", "생각이 복잡할 때", "스트레스 요인이 많은" 업무를 잊고 싶을 때, 남을 의식하지 않고 감정을 표현하고 싶을 때, 업무적 압박감이나 의무에서 벗어나고 싶을 때임을 밝히고 있다는 데서 충분히 짐작해볼 수 있다. '나의 공간'을 찾게 되는 원인들을 드러내고 있기 때문이다. '나의 공간' 글쓰기 과정에서 그러한 부정적 요인들이 생활 속에 상존하고 있음을 자연스럽게 밝히면서 그 존재를 인정하고 고백하고 있는 것이다.

커피숍, 피트니스 센터, 서재, 자가용, 산책로, 공원 등 공간의 성격이나 자체적 기능과는 별도로 그것들이 글쓴이들에게 공통적으로 제공하는 것은 여가와 휴식으로 묶을 수 있는 성격의 것들이다. 그 공간들은 그들에게 일상의 억압이나 구속에서 벗어나게 하고 불편이나 불안 따위의 부정적 요소들을 덜어낸다. 타인의 개입이나 간섭 없이 자신만의 휴식이나 사색의 시간을 가질 수 있는 공간이다. 이처럼 '나의 공간'은 육체적인 피로를 덜어내는 것 이상으로 심리적인 구속에서 벗어날 수 있는, 신체적인 휴식과 정신적인 자유를 얻을 수 있는 공간이다. 그것이 그들이 그 공간을 찾는 당연한 이유일 테지만, 이는 역으로 그 공간 이외의 일상의 대부분 장소들에서는 그러한 치유나 안식을 추구하기가 그만큼 쉽지 않음을 확인시켜주는 것이기도 하다.

이처럼 공간에 대한 글쓰기를 통해 글쓴이들은 각박한 생존과 경쟁의 공간이 아니라 긴장이 제거되고 안식을 느낄 수 있는 공간을 찾고 있음을 알 수 있다. 반복되는 업무의 공간, 또는 획일적이고 몰개성적인 공간에 대한 거부가 그들로 하여금 '나의 공간'을 찾게 하는 동기가 되고 있다. 이는 역설적이게도 그들 자신이 일상 속에서 무겁게 겪고 있는 주변 환경의 힘을 솔직하게 확인하는 작업이기도 하다. '나의 공간'에서 '나의 공간이 아닌 공간들' 속의 자신을 되짚어보는 행위인 셈이다. 자신을 강제하고 지배하며 힘들게 하는 '다른 공간들'로부터 벗어나려는 것은 '그곳'들을 다시 의식해야 하는 행위이기도 하다.

그런데 코로나19 사태 이후 공간에 대한 글쓰기의 소재는 아무래도 집(방)에 집중하는 경향을 보인다. 아래는 사태 이후의 글의 예다.

> 사실 코로나가 시작하기 전에는 내 방의 소중함을 몰랐다. 나는 활동적인 사람이어서 밖에 있는 시간이 많아서 집에 있는 시간이 거의 없었기 때문이다. 특히 고등학생 때는 학교 학원을 마치고 집에 도착하면 거의 12시 가까이 되었기 때문에 자는 시간 빼고는 거의 방에 들어가지 않았던 것 같다.(박＊＊학생)

> 요즘 코로나19 사태로 인해 나는 집에 있는 시간이 매우 많아졌다. 집에 있으며 생각하는 시간, 나에 대해 알아보는 시간이 의도하지 않아도 자연스럽게 생겼다. (중략) 예전에는 고된 일을 마치고 집에 오면 누울 수 있는 침대가 있어서 침실로 향했지만, 거의 24시간을 집에 있는 지금의 침실은 그 이상으로 나에게 의미가 있는 공간이 되었다.(이＊＊학생)

코로나19 사태 이후 대부분의 사람들이 그렇듯이 위 글쓴이들도 소위 '집콕' 생활을 할 수밖에 없었으며, 그런 생활 속에서 이전에 가져보지 못했던 '집(방)'에 대한 생각을 밝히고 있다. 이전에는 주로 '집 밖' 생활이 중심이었으며 집(방)은 거의 숙식과 휴식을 위해 '잠깐 머물러' 있는, 이를테면 '주변적인' 공간으로 여겨왔을 뿐이었지만, 코로나19 이후 집(방)에 있는 시간이 늘어나면서 그 곳의 소중함과 의미를 새삼 깨닫게 되었다고 고백하고 있다. 재택근무와 자가 학습이 이어지면서 집과 사무실과 강의실의 경계가 지워지고, 근로 공간과 학습 공간과 휴식 공간의 구분이 무의미해지는 상황에서 집(방)이 갖는 소용과 가치가 크게 부상하였음을 잘 보여주고 있다. 코로나19 사태 이후 변화된 생활을 가장 상징적인 확인시켜주는 공간으로서의 집(방)을 말하고 있다.

요컨대 '나의 공간' 글쓰기는 글 쓰는 이들에게 특정 공간을 찾는 이유나 배경 등을 자연스럽게 사유하게 한다. 그 공간과 관련된 내밀한 사연이나 사정, 공간 특유의 의미나 효과 등을 떠올려 본다. 그런데 이러한 사고 행위는 대부분 그곳이 아닌 곳에서의 사연과 사정들에서 비롯되는 경우들이 많음을 볼 수 있다. 그것이 명시적이든 암시적이든 드러나는 바, 이는 결국 일상과 현실의 확인이자 기록의 성격을 갖는다. 평온과 안정의 공간은 불편과 불안의 현실을 환기시키고, 그런 점에서 '나의 공간' 글쓰기는 그렇게 환기되는 곳에 대한 역설적 표현이자 고백인 셈이다.

2) 관심과 관찰

공간 읽기 글쓰기에서 글 쓰는 이들은 공간을 읽으면서 자신의 일상을 돌아보고 자신을 둘러싼 주변의 사람과 환경을 본다. 자신을 중심에 놓고 초점을 두는 대신 시선을 바깥으로 돌려 관심을 확장시키는 경향을 보인다. 평소에 무심히 지나치거나 소홀히 대하던 사소하고 하찮은 것들에 대해서도 새삼스런 관심을 갖게 되면서 자기 주변의 환경을 '낯설게' 바라본다.

공간이 단순한 물리적 구역이나 가시적 영역에 국한하지 않는다는 점에서 공간에 대한 관심과 사유는 그 공간을 둘러싼 삶과 생활에 대한 관심이자 자신의 주변 것들에 대한 관찰의 행위다. 자신과 타자(타인, 사물)의 관계에 대한 새삼스런 인식이자 세상(변화)에 대한 의식이다. 이런 점에서 공간에 대한 생각은 삶과 공동체에 대한 것으로 확장될 여지가 크다. 글쓴이 자신이 사회와 세상 속에 놓이는 위치나 역할, 타인들과의 관계 설정 등에 대한 숙고를 유도하기 때문이다. 요컨대 공간 읽기를 통해 글쓴이 개인 중심이 아니라 '주변'과 '관계' '변화' 등에 주목하게 된다.

다음은 공간을 통해 공동체 인식을 보여주는 글의 한 예다.

> 주민들이 발가벗고 같이 목욕을 한다는 것은 공동체를 지속시키는 데 아주 중요한 기능을 한다. 서로에게 같은 동네에 산다는 것을 확인해 주고 서로 알몸이 되는 편안함, 그것은 목욕탕이라는 프로그램만이 공동체에 선사할 수 있는 선물이다.[9]

목욕탕이라는 공간이 갖는 공중성, 대중성과 더불어 그것이 동네 구성원들을 결속하면서 공동체를 지속시켜가는 중요한 역할을 수행하고 있음을 말하고 있다. 공간이 그 일차적 기능 자체보다는 공동체적 가치로 확장되면서 그 의미를 찾을 수 있음을 잘 보여주는 예다. 공동체적 가치는 인간 상호간 관계에 대한 인식을 바탕으로 한다는 점에서, 공간 읽기란 결국 인간을 이해하려는 인문학 작업임을 알 수 있다.

이렇듯 공간이 갖는 공적 의미를 '공간 읽기 글쓰기' 작업을 통해 획득할 수 있다. 다음의 예들은 공간 읽기 글쓰기가 특정 장소에 대한 세심한 관찰이나 관심을 유도하고 있음을 보여주는 대목들이다.

---

9 정기용, 『감응의 건축』, 현실문화, 2008, 79쪽.

1층 문 앞에서 왼쪽으로 이십 걸음. 음식물 쓰레기 처리 후 또 다시 왼쪽으로 이십 걸음. 단지 옆문을 돌아 산남 중학교, 산남 초등학교, 산남 어린이집을 차례로 지나면 양 옆으로 균형 있게 숲 하나가 편안하게 누워있다.(박＊＊학생)

"위이잉~"원두를 분쇄하는 그라인더의 소리가 매장 안을 채운다. 이어 강한 압력으로 뿜어져나오는 에스프레소와 그것의 보이지 않는 그림자 같은 아로마(aroma)가 온 매장을 감쌀 때 주문을 마친 고객은 마치 비몽사몽 아직 잠에서 덜 깨 이불을 찾는 아이처럼 항상 앉는 창가 옆 소파에 몸을 파묻는다(고＊＊학생).

가끔은 너무 자주는 아니지만 커피숍에서 사람들이 한눈에 보이는 그런 뻥 뚫린 장소에 앉기도 합니다. 다른 사람들을 보고 있으면, 그 사람들이 하는 행동과 말투, 표정 그리고 그 상황 속에서 무엇을 생각하는지 그 사람의 입장이 되어 이해하고 싶은 호기심이 생기기 때문입니다. 또 저는 개개인의 외향적인 모습에도 흥미를 가지고 있어서 그런지 헤어스타일이나 패션을 보면서 제 자신을 수정하는 그런 계기가 되기도 합니다.(문＊＊학생)

자신이 즐겨 찾는 공간에 대해 생각하면서 단지 자신만의 위안이나 평온을 생각하지 않고, 그 공간 자체에 대해 새삼스럽고 세심하게 관심 두고 있음을 알 수 있다. 공간 읽기 글쓰기가 세심한 관찰을 자연스레 유도하고 있다는 것이다. 공간을 구성하는 다양한 사물들이 놓이는 각각의 위치, 그것들 사이의 간격과 배치, 그것들이 만들어내는 갖가지 크고 작은 소리나 냄새들, 그리고 남들의 사소하고 미세한 표정까지도 포착해낸다. 공간을 이루는 다양하고 복합적인 것들 전반에 걸쳐 새삼스럽고 세세하게 관심을 주고 있다는 것이다.

3) 인식과 욕망

공간 읽기를 통한 글쓰기는 공간에 대한 비판적 인식을 보여준다는 점에서도 흥미롭다. 공간에 대한 관심과 관찰은 외적, 형상적 측면으로만 그치지 않는다. 그 공간의 본질적 기능이나 사회적 영향에 있어서 발생할 수 있는 문제점들에 대한 고찰로까지 이어지곤 한다.

> 획일적인 상업영화가 영화관을 독점하고 있는 현실이 매우 아쉽다. 좀 더 다양한 장르와 좀처럼 접하기 어려운 국가의 영화에 대해서도 많이 접하고 싶은데 현실은 뒷받침이 되어 주지 못하고 있다. (중략) 상영관을 줄이거나 횟수를 줄여 1일 1~2회 정도씩 상영하다보니 새롭게 접해보고 싶은 영화들을 제때 보지 못하는 아쉬움을 겪을 때가 있다.(김＊＊학생)

영화관이라는 공간에 대한 비판적 관점을 보여주고 있는 예다. 물론 전문가의 날카로운 식견이나 해결방안을 갖고 있지는 않지만 일반 대중으로서 영화관이라는 공간이 갖는 문제점과 비판적 인식을 나름의 논리를 통해 비교적 진지하게 피력하고 있다. 이처럼 공간 읽기 글쓰기는 글쓴이의 인식적 측면에서도 의미가 있다.

공간 읽기는 현실적이고 실재적인 구체물을 대상으로 한다. 일반 시민으로서 일상생활에서 필요하고 즐기는 공간에 대해 소박하지만 진솔한 생각들을 자유롭게 드러낼 수 있다. 무엇보다 그 공간에 대해 언급하면서 자연스럽게 자신의 생활이나 생각 등에 대해서도 솔직하게 밝힐 수 있다. 다음은 예에 해당하는 대목들이다.

집에 돌아와서 일도 하고 산책도 할 수 있는 환경을 찾다가 눈에 들어온 적당한 동네에 있는 적당한 산이었다. 혼자서 매일 왕복 90분을 빠른 걸음으로 숨차게 걸었다. 숨차게 걷는 건 내가 살아있음이다. 매일 확인하고 싶어진다. 내 숨소리를.(심＊＊학생)

저희 사무실에 들어서는 순간은 잘나신 분들이나 못나신 분들이 동일한 사람이 됩니다. 저 또한 마찬가지로 이분들과 같이 있어보니 돈을 떠나서 같은 공간에서 같은 주제로 눈을 마주치고 진심으로 대화를 하다보면 제가 인생을 잘못 살고 있는 것은 아니구나 생각이 들 때가 많습니다.(강＊＊학생)

모두가 퇴근하고 밤에 회사에 남아 야근을 할 때, 피곤한 몸을 이끌고 회사단지를 거닐어 보면, (중략) 사람들이 떠난 빈 공간에서 오히려 내 자신이 온전히 느껴지는 순간이 있다. 꿈이 많았던 시절, 꿈을 좇아 이 곳에 왔던 나는, 꿈을 이루었는가, 꿈을 잃어만 가는가.(김＊＊학생).

공원을 방문하면서 어머니와 단 둘이 시간을 보내게 된 나는 자연스럽게 대화도 하고, 싸우기도 하면서 좀 더 서로에 대해 알아가게 되었다. 나름대로 어머니를 잘 알고 있다고 생각했던 내겐 매우 놀라운 일이었다. 그 뒤엔 비록 말 한마디는 나누지 못했더라도 스쳐지나가며 익숙해진 사람들이 눈에 들어왔다. (중략) 이렇게 다른 사람들과 인연을 쌓으면서 그들과 관련된 여러 가지 좋은 기억을 가지게 되었다. 이런 경험을 하면서 다시 타인에 대해 좀 더 이해해보고자 생각해보고, 소통의 소중함을 알게 되는 계기가 되었다.(민**학생)

공간의 구조나 기능에 대한 내용보다는 자신의 삶에 대한 진지한 생각들을 보여주고 있다. '자신이 살아 있음'을 느끼고, '잘못 살고 있는 것은 아니라는' 것에 안심하고, '소통의 소중함'을 깨닫기도 한다. 자신의 과오를 반성하기도 하고 인생을 다시 계획하기도 한다. '나의 공간'에 있으면서 내면에서 만들어지던 자신만의 깊은 생각들을 밝히고 있는 것이다. 공간 읽기가 단순히 공간 자체에 대한 관찰에서 그치지 않고 글쓴이의 삶 전반에 대한 성찰과 자각으로 확장되고 있음을 알 수 있다.

이는 코로나19 사태 이후 일정 공간 내의 생활을 주로 하면서 더욱 잘 나타난다. 타인과의 만남이나 직접적인 교류 대신 개인의 공간에서 혼자 있는 시간을 많이 갖게 되면서 자신만의 생각에 잠겨볼 기회가 늘어났기 때문이다. 아래는 그 예들이다.

거의 1년이 다 되어가는 상황 속에 가장 많이 했던 생각은 '미래'에 관한 생각이었고, 그 이외에 친구 관계에 대한 생각, 가족에 대한 생각 등 여러 가지 생각을 할 수 있었습니다. 코로나는 어서 하루 빨리 대처할 수 있게 되면 좋겠지

만 그로 인해 혼자 생각할 수 있는 시간을 가질 수 있다는 좋은 점도 있었습니다.(양**학생)

　　반복적으로 자주 찾던 장소가 자의 반 타의 반으로 바뀌었고 그에 따라 나의 삶의 패턴도 변화되었다. 생활에서 여유를 더 찾게 되었고 이로 인해 복잡한 생각들로 가득했던 머릿속의 불필요한 생각들이 정리가 되는 듯하였다. 또한 같은 장소를 자주 드나들어도 어떻게 찾아가느냐, 그곳에서 어떻게 시간을 보내느냐에 따라 많은 것이 달라 보였다. (중략) 내가 그곳에서 느끼는 감정 때문에 나 혼자만의 명소가 되었다. 스스로 의미를 부여하고 나니 더 아름다워 보이고 더 특별해 보인다.(박**학생)

　코로나19 사태 이전에는 집 안에 있는 시간보다 아무래도 집 밖에서 다른 사람들과 함께 있는 시간이 많았기 때문에 골똘히 무언가에 대한 생각에 잠겨볼 기회를 마련하기가 쉽지 않았다. 그러나 집 안에서 혼자 있는 시간이 늘어나면서 특정 주제에 대해, 예컨대 자신의 미래에 대한 계획이나 주변 사람들에 대한 생각들을 많이 하게 되었기 때문이다. 타인과의 만남이 줄어드는 대신 자신과의 '만남'이 늘어난 것으로 볼 수 있다. 이를테면 육체적 움직임이 줄어든 대신 정서적 움직임이 많아진 셈이다.

　이러한 자신과의 만남은 글의 마지막 대목에서 으레 보이는 글쓴이들의 희망과 의지로 이어진다. 공간을 찾는 이유나 사연, 공간에 대한 관찰, 인식과 성찰의 행위에 이어 공간과 관련하여 희망과 의지를 피력한다는 것이다. 아래는 '나의 공간' 글쓰기의 마지막 대목들이다.

난 내일부터 다시 산을 오른다. 적당한 시간이 흘렀고 나의 적당한 공간이 그립다. 나의 적당히 거친 숨을 확인하고 싶다.(류**학생)

왠지 쓸쓸하고 미안한 마음에 계속 뒤를 돌아보게 된다. 지금의 나를 만들어 준 그 방, 그 곳에서 혼자 지내던 내 모습이 생각이 나서. 우리아이가 클 때까지 내가 이 곳에서 계속 가게를 운영하고 있을지 모르겠지만 그렇게 된다면 우리아이에게 꼭 보여주고 싶다. 여기 이 작은 방에서 아빠가 꿈을 키웠고 이 곳이 있었기 때문에 우리 가족이 있고 네가 있는 것이라고 자랑스럽게 꼭 말해주고 싶다.(신**학생)

아이와 소원해지면서 만들어진 치유 공간이 이제는 소소한 일상에 가족들에게 즐거움을 주는 멋진 공간이 되었으니 일상에서 편안해진 베란다공간을 아이와의 아픔 속에 탄생한 공간이니만큼 의미부여를 긍정적으로 해석하여 가족 뿐 아니라 같은 취미인 때로는 전혀 모르는 이들의 공유에서도 즐거움을 나눌 수 있다면 위기가 기회로 승화된 결과가 아닐까 싶다.

나의 베란다 공간은 내 인생에 선물이니까.(김**학생)

공간에 대한 애정이 다시 새로운 의지나 의욕, 혹은 또다른 욕망으로 이어지고 있음을 알 수 있다. '나의 공간'이 미래에 대한 계획과 포부를 일으키고 있는 것이다. 공간이 '소비의 대상'이 아니라 의지를 부추기고 의욕을 일으키는 '생산적 주체'인 셈이다.

이처럼 공간 읽기를 통한 글쓰기에서 글쓴이들은 자신의 삶에 대한 회고와 사유의 내용들을 보여준다. 공간 읽기 글쓰기가 단순히 공간 자체의 기능이나 효용에 대한 '설명문'에 그치지 않고 공간을 둘러싼 자신의 삶 전반에 대한 사유로까지 자연스레 이어지고 있음을, 나아가 자신의 삶과 주변 사람들과의 관계, 사회-세상과의 문제에 이르기까지 다양하게 확장되고 있음을 알 수 있다.

5. 공간에 대한 글쓰기

공간 읽기 글쓰기의 대부분에서 글쓴이들은 자신의 공간에 대한 애정을 담아내고 글을 쓰는 과정에서 그것을 더욱 확신해간다. 그것은 곧 자기 삶에 대한 관심에 다름 아니다. 공간 읽기가 자신에 대한 성찰과 표현으로 이어지는 이유다. 그것은 자신의 직업, 취향, 성격 등에 대한 확인이자 공동체와 맺고 있는 관계에 대한 고백이기도 하다.

공간 읽기를 통해 글쓴이는 자신과 일상을 돌아보고, 그것은 다시 타인과 사회에 대한 인식으로까지 확장된다. 공간은 인간과 세상에 대한 이해를 도모하는 테마가 된다는 것이다. 따라서 공간 읽기 글쓰기는 일상의 소중함, 삶의 애착을 갖는 계기를 마련한다. 아래는 그 대표적인 예라 하겠다.

나만의 공간은 내가 쉴 수 있고 외부적인 요소에 영향을 받지 않고 내가 나를 알아갈 수 있는 시간들을 만드는 곳이라고 생각이 되어집니다. 나만의 공간 그것은 나를 생각하게 만드는 공간이 동시에 나의 과거이며 미래의 시간이 담겨질 공간입니다.(김 ** 학생)

공간은 과거와 미래의 시간을 담아내는 곳이라고 말하고 있다. 공간 글쓰기는 결국 글쓴이의 시간을, 즉 삶의 흐름을 보여준다. 어떤 공간을 점유 혹은 경유하였는지는 그가 어떠한 삶의 시간들을 거쳐왔고 또 거치고 있는지를 말하기 때문이다.

현대사회에서 공간은 다양화, 다변화하고 있다. 공간 인식은 특히 현대의 과학기술의 힘에 의해 더욱 급변하고 있다. 첨단공학과 새로운 건축기술은 새로운 생활공간들을 만들어내고 정보통신기술과 디지털 문명은 사이버공간이라는 또 하나의 세계를 우리에게 제공하고 있다. 그리고 신종 코로나바이러스의 출현은 지금까지 자유롭고 자연스럽게 드나들던 장소들을 '다시' 생각하게 하고 있다. 아무런 절차나 제재 없이 찾던 장소들과 거리를 두게 되면서 최소한의 주거 공간에 대한 생각과 인식을 달리 하고 있다.

공간 읽기는 단순한 기하학적 구역에 대한 것이 아니라 그 공간을 형성하는 다양하고 복합적인 요소들에 대한 이해이며 그 곳에서 살아가는 인간에 대한 이해이다. 그것은 배경으로서의 삶의 터전에 대한 단순한 관심을 넘어 삶 자체에 대한 애정을 바탕으로 한다. 따라서 공간에 대한 글쓰기는 지리적, 물리적 요건은 물론 공간 내부를 구성하는 다양한 요소들과 공간을 둘러싼 사회적 환경에 대한 이해, 그리고 인간으로서의 삶 자체에 대한 사유에까지 이르는 진중한 작업이다.

참고문헌

김성수·유혜령·이승윤·박상민·김원규, 『과학기술의 상상력과 소통의 글쓰기』, 도서
　　출판 박이정, 2013.

박우영, 「한국 사회 내 교회 공간 읽기와 공간 구조 균열 만들기」, 『기독교사회윤리』 27
　　집, 한국기독교사회윤리학회, 2013.

박상준, 「과학기술의 발전에 따른 공간 변화의 문학적 인식에 관한 연구」, 과학문화연
　　구센터 편, 『과학기술과 공간의 융합』, 한국학술정보(주), 2010.

양해림, 「과학기술과 새로운 공간의 창출」, 과학문화연구센터 편, 『과학기술과 공간의
　　융합』, 한국학술정보(주), 2010.

이승한·김철수·정병두·신규철, 『공간과 생활』, 계명대학교 출판부, 2014.

조명래, 『공간으로 사회 읽기』, 한울아카데미, 2014.

조재현, 『공간에게 말을 걸다』, 멘토프레스, 2009.

정기용, 『감응의 건축』, 현실문화, 2008.

최윤필, 『겹겹의 공간들』, 을유문화사, 2014.

렐프, 에드워드, 『장소와 장소상실』, 김덕현·김현주 옮김, 논형, 2005.

투안, 이-푸, 『공간과 장소』, 구동희·심승희 옮김, 대윤, 1999.

비대면 환경에서 비판적 사고와 토론교육[*]

신희선
숙명여자대학교 기초교양학부 교수

1. 갑작스런 비대면 교육, 첫 학기 수업 어떻게 시작했나?

COVID-19로 인해 갑작스럽게 비대면 수업이 시작되었다. 랜선 입학식이 등장하고 봄 학기 개강이 늦추어지더니 결국 온라인 교육을 위한 제대로 된 준비도 없이 2020년 1학기가 시작되었다. 사회적 거리두기가 일상화되면서 대학의 교과, 비교과 모든 교육 활동이 전면 온라인으로 진행되어야 했다. 대학 캠퍼스는 혼란스러웠다. 실생활에서는 이미 키오스크와 모바일 앱을 통한 배송 서비스 등 언택트(untact) 기술이 곳곳에서 활용되고 있었지만, 사이버 대학이 아닌 이상 전면 온라인 수업은 상상도 못했던 일이었다. ZOOM, Webex,

---

* 신희선, 「비대면 환경에서의 비판적 사고와 토론교육-공대 신입생 대상 온라인 수업 사례를 중심으로」, 『공학교육연구』24(1)의 논문을 바탕으로 재구성함.

MEET 와 같은 비대면 회상회의 도구를 활용해 일반 대학의 수업이 온라인으로만 운영된 것은 2020년이 처음이었다.

그동안 오프라인 수업과 병행하여 LMS을 활용하여 수업을 공지하고 학습자료를 올려놓는 방식으로 온라인 공간에서도 학습활동이 이루어지도록 하는 블렌디드 러닝(Blended Learning)방식이 있었지만, 전체 학기를 온라인으로만 운용하는 것은 예상하지 못했던 일이었다. 각 대학은 LMS 인프라를 부랴부랴 확충하고, 교수학습센터를 통해 온라인 수업을 위한 워크숍을 기획하며 교수들을 재교육하는 상황이 되었다. 동영상 콘텐츠를 제작하는 방법, 온라인 수업을 위한 다양한 매체와 도구 사용방법을 소개하고, 온라인 출석 및 시험을 관리하는 방법 등에 이르기까지 비대면 수업에서 사각지대가 생기지 않도록 다양한 주제의 온라인 강좌를 통해 분주했던 학기였다.

교수자로서도 당황스러웠다. 학생들의 실습을 중심으로 하는 <비판적 사고와 토론> 교과를 담당하고 있기에 어떻게 온라인 수업을 운영할 것인지 막막하기도 했다. 개강 후 4주까지는 LMS에 동영상 강의와 수업 자료를 제시하고 학생들이 제출한 과제를 피드백 하는 방식으로 운영하였다. 이후 나머지 주차는 ZOOM을 활용하여 학생들과 실시간 온라인 공간에서 만났다. 학생들의 사고력과 표현력을 함양하기 위해 만들어진 교과라는 점에서, 교수자의 온라인 강의를 통해 '이론'을 전달하는 수업과 달리 학생들의 '실습' 경험이 중요한 부분을 차지하기에, LMS를 베이스 캠프로 ZOOM을 활용해 학생들과 만났다. 온라인 환경에서 어떻게 실습 수업을 운영하는 것이 좋은지를 실험했던 비대면 교육의 첫 학기였다.

이 글은 다음과 같은 문제의식을 갖고 시작되었다. 첫째 COVID-19

로 인해 전면 온라인 환경에서 이루어진 수업에 대해 학생들은 어떻게 인식하고 반응하였는가를 톺아볼 필요가 있다. 둘째 온라인 상황에서 비판적 사고와 토론교육의 목적을 구현할 수 있는 보다 효과적인 교수학습 방법은 무엇인지 모색할 필요가 있다. 이러한 성찰과정을 통해 앞으로 비대면 상에서 진행될 수 있는 의사소통교육과 실습은 어떻게 진행하는 것이 좋은지 궁구해 볼 필요가 있다.

따라서 코로나19로 인한 비대면 상황에서 대학 교양필수 교과인 <비판적 사고와 토론> 수업에 대한 사례 분석을 통해 논의를 살펴보고자 한다. 온라인 환경에서의 발표와 토론 실습 수업의 장단점을 살펴보고 향후 교육적 측면에서 고려해야 할 시사점과 효과적인 전략을 모색해 보고자 한다. 분석 대상은 2020년 1학기 S여자대학교 공과대학 신입생들에게 이루어진 <비판적 사고와 토론> 수업으로서, LMS(learning management system)와 ZOOM을 활용해 이루어진 수업을 고찰하고, 학생들이 학기말에 제출한 성찰일지와 교무처에서 실시한 수업평가의 주관식 답변을 분석하는 방법을 통해 살펴보고자 한다. 이를 통해 비대면 상황에서 학습자들이 기대하고 요구하는 토론수업을 그려보고자 한다.

2. 비대면 온라인 교육 선행연구를 검토하다

COVID-19 상황으로 비대면 원격교육과 관련한 연구들이 나오고 있다. 교육공학 분야에서 이와 관련해 가장 많은 연구결과를 보여주고 있다. 포스트 코로나 시대 비대면 수업을 위한 교육공학의 역할과 과제를 다룬 조은순(2020)의 연구로부터, 정한호·노석준·정종원·조영환(2020)의 공동연구는 COVID-19로 원격수업이 전면적으로 확산되면서 나타나는 문제들을 진단하고 질 높은 온라인 수업을 위한 교육공학의 역할을 점검하고 있다. 디지털 격차와 학습격차의 발생요인과 과정, 장애학생을 포함한 모든 학생들이 접근 가능한 보편적 학습설계에 대한 방안에 대해 논하고 있다. 장경원(2020), 홍성연·유연재(2020) 등의 연구는 비대면 원격교육 상황에서 프로젝트 학습방법을 활용한 수업과 학습자들의 학습 성과에 미치는 영향 요인들을 분석하고 있다.

이영희, 박윤정, 윤정희(2020)의 연구는 온라인 수업의 유형을 구분하고 학생 대상 만족도를 조사한 결과 값을 보여주었다. 연구결과 '교수자 직접 강의형'과 '실시간 화상 강의형'을 수강한 학생들이 '학습자료 중심 강의형'을 수강한 학생들보다 더 만족하고 있는 것으로 나타났다. 온라인 강의의 장점으로 자유로운 시간과 장소에서 학습이 가능하다, 반복적인 강의 시청이 가능하다, 개별적인 학습 속도 조절이 가능하다, 부담감 없는 상호 소통 등으로 나타났다. 반면에 온라인 수업에 대한 불만족 요인으로는 '강의 동영상의 질'에 대한 불만, '교과 내용 이해의 어려움', '과제 수행기간의 부족', '시스템 불안정' 등의 측면을 지적하고 있음을 알 수 있다.

대학 교양교육 차원에서도 온라인교육과 관련한 논의가 시작되고 있다. 한국사고와표현학회, 한국교양교육학회 등 학회를 중심으로 2020년 학술대회 특별세션[1]에 온라인에서 진행된 글쓰기와 말하기

---

1 한국사고와표현학회 제31회 전국학술대회 특별세션 주제는 "온라인 교육 시대에 사고와 표현 수업방법"이었다.(2020.11.07), 한국교양교육학회 2020 추계 전국학술

수업 사례와 경험을 발표하는 자리가 기획되었다. 그러나 대학의 온라인 의사소통교육과 관련해 논문으로 발표된 연구결과는 아직 일천한 상황이다. 교양영어 수업을 사례로 온라인 환경에서 학습자의 선호를 분석한 이보경(2002)의 연구에 주목하면, 학생들은 비실시간 온라인 수업을 상대적으로 더 선호하고 있음을 알 수 있다. 수업시간에 맞추어 실시간으로 진행되는 온라인 수업은 상대적으로 기피하고 있음을 보여주었다. 온라인 수업의 장점으로 학생들은 반복재생학습이 가능하여 학습효과가 증대되고, 다양한 교재와 수업자료가 온라인에서 효율적으로 제시되고 있다는 점을 꼽았다. 반면 동영상의 소리의 크기와 빠른 강의 진행속도, 과제제출 부담과 자기주도학습의 어려움, 무엇보다 교수학습과정에서 상호간의 소통 부재를 비실시간 온라인 수업의 단점으로 지적하고 있다.

대학의 토론수업과 관련해 대면 수업과 비대면 수업을 비교한 김지윤(2020)의 연구는 시사점을 주고 있다. 대학생들이 디지털 세대라는 점에서 멀티미디어를 활용하는 토론교육의 필요성을 강조하며, 학생들 스스로 학습의 주체가 되도록 하는 PBL 방법의 교육적 의미를 강조하였다. PBL이 학생들의 자기주도적 학습, 발견학습, 탐색학습을 촉진한다는 점에서 토론수업 과정에서 소통을 증진시킬 수 있는 최적의 교수학습방안임을 언급하였다. 이경하, 차지영(2020)의 연구는 LMS와 ZOOM을 통해 이루어진 실시간 글쓰기 수업사례를 분석하였다. 비대면 상황이지만 온라인 수업에서도 출결체크,상호토론,조별발표와 피드백이 충분히 가능하다는 점을 지적하며, 온라인 도구와 새

대회에서도 "교양교육과 미래사회(II) - 뉴노멀 시대의 교양교육"(2020.11.28) 이라는 대주제 하에 COVID-19로 인해 온라인상에서 이루어진 수업사례들이 발표되었다.

로운 기능을 적극 활용하려는 교수자의 노력의 중요성을 강조하였다.

한편 창업교육을 사례로 온라인 수업을 분석한 변영조·이상한·김재영(2020)의 연구도 실습이 중요한 교과에 시사점을 제공하고 있다. 대면-비대면간 학습의 효과 차이를 최소화하기 위해 필요한 것이 무엇인지 다루고 있다. 온라인 수업은 시공간적 효과성만이 학습자 만족도에 영향을 미쳤다고 한다. 그런 점에서 온라인 수업을 기획하고 화상교육 시스템 기능을 개발하여 학습자 중심의 온라인 학습 환경을 구축하는 교수자의 역할이 중요하다고 하였다. 또한 남창우·조다은(2020)의 연구는 LMS의 기능 지표 개발과 관련해 교수활동 지원, 학습활동 지원, 학습통계, 시스템 지원, 콘텐츠 관리 등으로 구분하여 온라인 교육의 효과성을 높이기 위해 각각 어떠한 세부적인 기능이 필요한지를 연구하였다.

위와 같은 비대면 온라인 교육과 관련한 선행연구들을 통해 에버렉(EverLec)이나 콘텐츠 메이커(ContentsMaker)를 통해 강의내용을 녹화해 동영상 강의자료를 제공하는 비실시간 온라인 수업과, ZOOM, Webex, MEET 등을 활용하여 실시간으로 수업을 진행하는 두 방식의 교육적 효과를 비교해 볼 수 있었다. 토론실습이 중심이 된 교과에서 학습자의 역량 강화를 위해 온라인 학습설계를 어떻게 최적화할 것인지, 교수학습 공간으로서 LMS의 효용성을 어떻게 제고할 것인지, 보다 효과적인 온라인 수업의 전략이 무엇인지 등 다양한 각도에서 생각해 볼 여지를 주었다.

3. 공대 신입생 대상으로 한 온라인 수업 사례

1) 비판적사고와 토론 수업의 목적은?

<비판적 사고와 토론>[2] 수업은 S여대의 교양필수 교과다. 비판적 사고능력을 통해 문제를 발견하고 발표와 토론을 실습함으로써 학생들의 논리적인 의사소통역량을 키우기 위해 마련되었다. 이에 이 수업의 목적은 비판적 사고가 왜 중요한지 배우고 공적 말하기의 기본 원리를 익히면서 자기소개, 프레젠테이션, 연설, 토론 실습을 통해 설득력 있게 자신의 생각을 전달하고 효과적으로 타인과 소통할 수 역량을 키우는데 있다. 관련 이론을 배우고 이를 적용해 실습을 준비하고, 실행하며, 평가, 피드백을 하는 학습과정을 통해 학생들의 사고와 표현능력을 배양하는데 수업의 목적을 두었다. 특히 비판적 사고에 기반한 토론 훈련을 통해 우리 사회의 다양한 갈등을 합리적으로 해결하는 문제해결능력을 키우는데 토론교육의 궁극적인 목적을 두었다.[3]

COVID-19 상황으로 비대면 환경에서 토론 수업이 진행되었어도 비판적 사고력과 의사소통능력, 문제해결능력을 키우고자 하는 교육목적은 동일하였다. 추가적으로 더해진 수업 목적으로는 차제에 4차

---

2 숙명여자대학교의 <비판적 사고와 토론>수업은 2002년부터 교양<국어>를 대신하여 교양필수 교과로 운영되고 있다. 2학점 2시간 수업이며 기초교양대학 의사소통교육 담당 20명의 비정년 교육교수들이 맡아 운영하고 있다. 몇 차례의 교재개편을 거쳐 현재는 2018년 역락출판사에서 출간한『비판적 사고와 토론』책을 중심으로 학생들의 발표와 토론 등 공적 말하기 능력을 키워주는데 초점을 두고 있다.

3 "교과목 개요와 교육목표", <비판적 사고와 토론> 강의계획서, 2020.
    http://snowboard.sookmyung.ac.kr/local/ubion/setting/syllabus.php?id=54740

산업혁명 시대의 다양한 변화와 온라인 교육혁명을 경험하면서 비대면 상황에서 새로운 교수학습 방법을 체화하는 것에도 교육의 의미를 두었다. 비대면 환경에서각종 면접이 진행되는 현상황을 고려할 때 온라인 수업을 통해서도 자신의 생각을 명확하게 전달하고 소통하는 능력을 키우는 것을 목적으로 설정하였다. 따라서 이 수업은 비판적 사고와 토론 관련 지식을 제공하기 보다 학생들이 자신의 의사소통능력을 키우는 것에 교육의 목적이 있음을 강조하였다. 이에 학생들 상호간의 활발한 논의를 통해 서로의 생각을 공유하고 조별 피드백을 활성화하는 방향으로 온라인 수업의 목적을 명확히 하였다.

2) 온라인 환경에서 수업 방법은?

학생들의 발표와 토론능력을 향상시키기 위한 방법으로 플립러닝(flipped learning), '거꾸로' 수업방식을 접목하였다. LMS를 활용해 수업 시간 이전에 학생들이 학습할 콘텐츠를 올려놓고, 미리 살펴보고 온 상황에서 오프라인 강의실에서 자유롭게 서로의 생각을 나누도록 하는 방식이 그것이다. 온라인에서 진행된 <비판적 사고와 토론> 수업 방식은 이를 활용하였다. LMS에 올린 공지사항과 자료를 보고 와서 ZOOM에서는 소회의실 기능을 활용하여 조모임에서 해당 내용을 토론하고 전체에게 발표하는 방식으로 이루어졌다. 교수자가 제공한 동영상이나 자료들을 미리 학습하고 실시간 온라인 수업에도 참여해야 한다는 점에서 학생들의 부담이 가중되겠지만, 전반적인 교수학습 과정을 활성화하기 위해 온라인 환경에서 LMS와 ZOOM이 혼합된 블렌디드 러닝(Blended learning) 방식으로 수업을 운영하였다.

LMS는 학습자가 온라인 수업에 정시에 참여했는지 학습 진도와 온라인 이력을 체크하고, 조별 그룹활동 내용을 정리하여 올릴 수 있어서 온라인 수업을 효과적으로 운영하는 토대가 되었다. 본 연구자가 속한 대학의 경우 실시간 화상수업을 위한 도구로 ZOOM을 무제한 사용할 수 있도록 함으로써, 학생들의 얼굴을 매주 확인하며 교수와 학생, 학생들 상호간에 의사소통이 활발하게 이루어질 수 있었다. 이처럼 LMS와 ZOOM을 연동하여 온라인 수업을 예약하고 학생들은 매주 온라인 수업에 참가하였다. 컴퓨터 화면을 공유하며 수업 내용을 이끌어가고, 조별 토론이 가능하도록 ZOOM의 소회의실을 적극 활용하였다. ZOOM 채팅 창에서 일대 다수로, 일대 일로 비밀대화도 가능하였고, 학생들도 파일공유 형태로 발표와 참여가 가능하다는 점에서 비대면 환경이지만 소통에 도움이 되었다.

오프라인 강의실에서 발표와 토론을 실습하는 경우와 같은 수업의 질을 기대하기는 어려워도, ZOOM을 활용해 학생들의 발표와 토론이 원활하게 이루어졌다. 학생들이 개별적으로 제출한 수업과제와 조별활동 기록도 LMS의 각 조 룸에 매주 축적되었다. 온라인 환경에서 LMS와 ZOOM을 활용해 <비판적 사고와 토론> 수업을 운영함으로써 학생들의 학습활동에 대한 교수, 동료피드백이 오프라인 수업보다 더 빈번하게 이루어졌고, 이메일과 문자, 메신저, 카톡 등 SNS를 통해 언제든 질의응답과 소통이 가능하였다.

3) 수업내용 및 교수학습 활동은 어떻게 이루어졌나?

2020학년도 1학기 <비판적 사고와 토론> 수업은 온라인 환경임을 고려해 교육내용을 일부 수정하여 운영하였다. 공적말하기를 배우고 익히는 수업이었기에 발표와 토론 실습은 그대로 진행하였다. 중간고

사 기간인 8주차를 기점으로 전반부는 발표를, 후반부는 토론을 배우는 방식으로 수업 내용을 구성하였다. LMS 상에 수업에 대한 공지를 구체적으로 제공하고 학생들이 스스로 학습해 갈 수 있도록 매주 관련 수업자료를 보다 풍부하게 제시하였다. 또한 ZOOM에서 조별 논의를 활성화하기 위해 미리 학생들이 살펴보고 오도록 과제를 내주고, 개인별로 피드백해 주었다. 주차별 수업 내용은 다음 <표 1> 강의계획서와 같다.

[표 1] 비판적 사고와 토론(2020-1) 강의계획서

주차	수업 내용	학습 활동	피드백
1	오리엔테이션: 수업 소개 및 교재 설명 수업목표 및 계획 세우기	자기소개 준비하기 / 포토 에세이(최근에 찍은 사진 첨부)	기초교양대학 공통 동영상 강의 / LMS에서 과제 피드백
2	아카데미토론모형 소개: 숙명토론대회의 역사, 특징	YouTube에서 숙명토론대회 동영상 시청후 감상문제출	기초교양대학 공통 동영상 강의 / LMS에서 과제 피드백
3	공적말하기: 정보전달형 프레젠테이션의 이해	YouTube에서 스티브 잡스 아이폰 시연회 동영상시청 후 PT특징을 정리 제출	프레젠테이션 ppt강의 / LMS에서 과제 피드백
4	공적 말하기: 설득형 연설의 이해	YouTube에서 스티브 잡스 스탠포드대학 졸업식 동영상 시청 후 스피치특징 정리 제출	연설 ppt강의 / LMS에서 과제 피드백
5	자기소개 발표 원리 및 자기소개서 작성	ZOOM, 조별로 논의 후 발표, 보충설명	실습 조 구성

6	자기소개실습: 개인별 발표시간 2분 할당	ZOOM, 자기소개 발표 동영상 파일 LMS 제출	자기소개 발표 촬영 후 파일 링크, LMS에서 댓글로 셀프피드백, 조별 피드백
7	발표실습 준비: 기획, 준비, 실행, 평가 등 단계별 유의점 이해	ZOOM, 조별로 논의후 발표, 보충설명	조별로 발표 주제 선정 및 내용 구성
8	토론과 토의의 특징 이해	ZOOM, 조별로 논의후 발표, 보충설명	조별 토론논제 및 토론 실습팀 확정
9	발표 실습: 조별 프레젠테이션(5분) 개인별 연설(3분), 실습 및 평가	ZOOM, ppt자료와 연설 원고, 성찰일지, LMS에 제출	조별 논의 후 발표 동영상 제출, LMS에서 댓글로 동료 피드백
10	토론실습 준비: 논제 정하기, 논점 분석, 토론개요서	ZOOM, 조별로 논의후 발표, 보충설명	토론 ppt강의
11	토론실습 준비: 입론, 확인질문, 반론, 찬반 토론전략, 토론평가 이해	ZOOM, 조별로 논의 후 발표, 보충설명	토론 ppt강의
12	토론실습: 1조A팀<->2조B팀 (1조논제) 3조A팀<->4조B팀 (3조논제)	ZOOM, 토론<실습팀> 토론개요서 제출, <논평조>토론평가서 제출	ZOOM에서 온라인 토론 실습(30분) 및 동료피드백, 교수코칭
13	토론실습: 5조A팀<->6조B팀 (5조논제) 2조A팀<->1조B팀 (2조논제)	ZOOM, 토론<실습팀> 토론개요서 제출, <논평조>토론평가서 제출	ZOOM에서 온라인토론 실습(30분) 및 동료피드백, 교수코칭

14	토론실습 : 4조A팀〈-〉3조B팀 (4조논제) 6조A팀〈-〉5조B팀 (6조논제)	ZOOM, 토론〈실습팀〉 토론개요서 제출, 〈논평조〉토론평가서 제출	ZOOM에서 온라인토론 실습(30분) 및 동료피드백, 교수코칭
15	기말고사 (논술식, 2,000자)	답안 LMS에 제출	OPEN BOOK TEST

    ZOOM을 활용한 실시간 수업에서는 모두 비디오를 켜놓고 자신의 얼굴을 보여주며 참여하도록 하였다. 또한 소회의실에서 조별로 논의한 내용은 '오늘의 조장'이 조원들을 대신하여 정리해 말할 수 있도록 사회를 맡고 조모임 이후 논의결과를 전체에게 발표하도록 하였다. 발표와 토론 실습은 각 조별로 학생들이 원하는 주제[4]를 스스로 선정하여 교수 피드백을 받은 후 최종 확정하여 운영하였다. 2020년 1학기 〈비판적 사고와 토론〉 수강생들은 모두 공대 20학번 학생들이었다. 공대 학생들답게 '인공지능'과 '자율주행자동차' 등과 관련된 주제도 나왔고, 코로나19와 온라인 수업 상황과 연관지어 생각해 볼 수 있는 시의성 있는 주제들을 선정하여 발표와 토론 실습이 이루어졌다. 이미 고등학교 때부터 인터넷 동영상 강의에 익숙한 세대였기에 온라인 교육환경에 쉽게 적용하여 토론 수업이 무탈하게 진행되었다.

    조별 프레젠테이션, 연설과 토론이 동일한 주제 하에서 팀별로 동

---

4 토론실습에서 각 조가 제시한 논제는 다음과 같다. "인공지능 저작권, 인정해야 한다(1조)", "코로나19 확진자 정보공개, 확대해야 한다(2조)", "선거권, 만16세(고1)로 하향해야 한다(3조)", "자율주행자동차 설계시, 탑승자보다 보행자를 우선 보호해야 한다(4조)", "대학 온라인수업, 확대해야 한다(5조)", "소년법, 폐지해야 한다(6조)"를 다루었다.

영상을 촬영하여 LMS에 올리고 피드백을 받거나 ZOOM에서 실시간 토론을 실습하는 과정을 지켜보면서 논평조가 토론평가서에 근거하여 피드백을 제공하는 방식으로 진행되었다. 수업은 [그림 1]과 같이 자기소개, 발표, 토론 실습에 따라 각 모듈을 구성하고, LMS에서 동영상 강의로 이론과 기본 원리를 배우고, ZOOM에서 조원들과 함께 실습을 준비, 실행, 평가하는 과정에서 셀프 피드백과 동료피드백이 이루어지도록 하였다.

이론		준비		실습		평가
LMS / 발표와 토론의 원리 이해	⇨	ZOOM/ 조별논의/ 발표-토론 실습 주제선정, 자료조사	⇨	LMS- ZOOM/ 발표동영상 촬영 /실시간 화상 토론	⇨	ZOOM/ 조별 모니터링, 동료 피드백
동영상 강의		조원 역할 분담		팀별 실습		발표, 토론 평가서

[그림 1] 〈비판적 사고와 토론〉 수업 모듈

학생들에게 수업을 위한 참고사항으로 강조한 내용은 다음과 같다. 〈비판적 사고와 토론〉 교재와 병행하여 신문, 동영상 미디어, 인터넷 자료 등을 활용한 NIE, MIE, IIE 방법을 적용하니, ZOOM 수업에 들어오기 전에 LMS 강의실에 올려놓은 해당 자료들을 미리 살펴보고 올 것을 당부하였다. 또한 자기소개, 발표, 토론 등 3번의 실습이 진행되면서 학습효과를 더하기 위해 다양한 콘텐츠를 찾아보도록 하였다. 무엇보다 비판적 사고력과 의사소통능력을 개발하는 수업이라는 점에서 주체적이고 적극적인 수업 참여가 가장 중요하다는 점을 강조하였다. 또한 팀워크를 통한 협동학습으로 수업이 운영되기에 조원들과의 논의내용을 정리하여 LMS에 기록해 두고 학습과제에 대해 상호 피드백을 하도록 하였다.

학생들의 학습활동에 대한 평가는 다음과 같이 이루어졌다. 이 과목은 발표와 토론 실습이 필수라는 점에서 학생들의 실습을 가장 큰 비중으로 평가하였다. 자기소개(10%), 프레젠테이션과 연설 발표(15%), 토론(25%)으로 실습에 대한 평가가 50%를 차지하였다. 학생 개인당 세 번의 실습을 하였고 매주 학습내용과 피드백을 반영해 가도록 가중치를 두어 평가하였다. 이는 처음부터 말 잘하는 학생에게 유리하기보다 실습을 준비하고 노력하는 학습과정을 평가에 반영하기 위함이었다.

자기소개 발표는 LMS에 학생들이 스스로 촬영한 동영상을 올리도록 했고, 프레젠테이션과 연설은 토론과 동일한 주제에 대해 조별로 팀을 나누어 개인적으로는 1회 발표하였다.[5] 개인별로 촬영한 발표 동영상을 LMS에 올리고 조원들의 피드백을 받도록 하였다. 토론 실습은 ZOOM에서 각 조가 선정한 논제에 대해 상대 조와 찬성과 반대 입장을 나누어 승패가 있는 게임방식으로 실시간 토론을 진행하

---

5 한 조는 5~6명으로 구성되었다. 발표실습에서는 프레젠테이션 팀과 연설팀으로 나누어 동일한 주제하에 발표의 유형에 적합한 방식으로 공적 말하기를 익히도록 실습이 이루어졌고, 토론은 아카데미 토론모형에 따라 찬반대립형으로 진행하여 모든 학생이 한 차례씩 토론실습을 하였다. 3명이 한 팀이 되어 진행되는 숙명토론대회 방식과 2인 토론인 CEDA 모형에 맞추어 실습이 이루어졌다. 토론실습시 같은 조에서 A팀은 자신이 속한 조가 제시한 논제에 대해 찬성하는 입장에서, B팀은 상대방 조의 논제에 대해 반대하는 입장에서 토론을 진행하였다. A팀과 B팀은 토론을 준비할 때 같은 조원으로서 서로 자료를 찾아주고 상대방 토론 팀의 입장 되어 토론 리허설을 준비하도록 하여 토론실습을 하는 부담을 덜어주고자 하였다.

였다. 토론에 참여하지 않는 학생들 중에서 논평조는 토론평가서를 작성하고 토론을 지켜본 결과를 발표하였고, 나머지 조는 우수 토론자 1인을 선정하고 한줄평을 LMS에 남기도록 하였다.

시험은 기말고사(15%) 1회로 오픈 북(open book test) 방식으로 시험문제를 받고 자신이 필요하다고 판단한 자료를 활용하면서 자신의 주장을 교내 신문에 투고한다고 가정하고 칼럼 형태로 쓰도록 하였다.[6] 학생들이 제출한 과제에 대한 평가는 자기소개서(5%), 실습평가서(5%), 토론개요서(5%)를 각각 상대평가로 반영하였다. 가장 중요하게 여긴 수업 참여도 평가는 ZOOM 상황에서 조별 논의와 발표 태도, 질의응답 등을 살펴보았고, LMS상에서는 학생들이 각 조 룸에 올린 셀프 피드백, 동료피드백, 성찰일지, 동료추천 등을 종합적으로 살펴보았다. 출석(5%)은 온라인 기록을 바탕으로 결석, 지각 여부를 반영하였고 ZOOM에서 수동으로 조별로 소회의실 구성할 때 체크하였다.

이러한 평가 기준에 따라 <비판적 사고와 토론> 수업은 학생들의 학습 활동 내역과 동료평가 결과를 반영해 오프라인에서 했던 기존 수업과 동일하게 상대평가로 채점하였으나, 2020년 1학기의 경우 예외적으로 모든 교과가 절대평가로 운영됨에 따라 비대면 환경에서 이루어진 수업에서 학생들이 몇 배로 고생한 것을 고려하여, 일정 기준을 통과한 것을 바탕으로 절대평가하는 것으로 최종 성적을 냈다.

---

6 기말고사는 학생들이 자신의 생각을 2,000자로 논술하여 LMS에 답안을 제출하는 것으로 진행하였다. 시험문제는 "2020-1학기 경우처럼, 스노우보드(LMS)와 ZOOM을 활용한 온라인 방식의 의사소통교육의 의의와 한계를 지적하며, <비판적 사고와 토론> 교육목적을 고려해 미래 의사소통교육의 방향을 논하시오"였다. 이를 통해 학습자들이 온라인으로 운영된 실습 수업에 대한 생각을 직접적으로 확인해 볼 수 있었다.

4) 학생들이 바라본 수업에 대한 평가[7]

(1) 좋았던 점은 무엇이었나?

첫째 수업 진행과 관련해 매주 LMS에 구체적으로 공지하고 다양한 수업자료들을 제공한 점이 좋았다고 하였다. 또한 제출한 과제와 수업활동에 대해 꼼꼼하게 피드백을 해줘서 도움이 되었다고 답하였다. ZOOM 화면을 통해 학생들의 말을 집중해서 듣는 교수자의 경청 자세와 어떠한 질문도 잘 받아주는 모습이 친근하게 느껴졌다고 하였다. "한 명 한 명 신경을 많이 써주었다", "교수님이 다정하고 수업이 재미있었다" 등과 같이 학생들과의 상호작용이 활발했던 교수자의 태도를 가장 주목하여 평가하였다.

- 교수님께서 매 수업 전에 항상 일정을 상세히 말씀해 주셨고, 수업에 계속 참여할 수 있도록 격려해주신 점이 좋았습니다. 또 궁금한 점에 대해 말을 할 때에 항상 친절하게 잘 가르쳐주셔서 좋았습니다.(학생A)
- 발표할 때 학생 개개인 모두에게 피드백을 해주셔서 도움이 됐고, 교수님의 열정이 동기부여가 되어 덩달아 열심히 하게 되었다.(학생B)
- 수업에 대한 교수님의 열정이 느껴졌고, 대부분 1학년인 학생들을 위해 교수님께서 올려주신 다양한 정보

---

7   2020년 1학기 <비판적 사고와 토론> 06분반 수업은 월요일 13시~14시 40분(100분 연강)에 진행되었다. 수강학생의 구성은 컴퓨터과학 전공(16명), 소프트웨어융합 전공(12명), 기계시스템학부(3명), 응용물리 전공(2명), IT공학 전공(1명), 생명시스템 학부(1명)로 총 35명으로 공과대학이 97.1%를 차지하였다. 학년은 2학년이 1명이었고 나머지 34명이 모두 20학번 신입생이었다.

와 자료가 도움이 되었고 감동적이었다.(학생C)

둘째, 다양한 온라인 도구를 활용하여 수업이 역동적이었다고 하였다. LMS, ZOOM, 유튜브, SNS, 이메일 등을 적극 활용하여 수업 활동이 원활하게 이루어지도록 한 점을 높이 평가하였다. ZOOM을 통한 실시간 수업은 정해진 시간에 모니터 앞에 앉아야 하는 번거로움이 있었지만, 화상수업을 통해 동료들을 만나 의견을 나누는 과정이 즐거웠다고 하였다. 동영상 온라인 강의인 경우 학생들이 자신이 편한 시간에 반복적으로 들을 수 있어 수업내용을 이해하는 데는 나을 수 있겠지만, 대학생활을 시작하는 20학번 신입생들의 대부분은 교수와 직접적인 소통을 원하고 있음을 확인할 수 있었다. "교수와 동료 학우들과 ZOOM 수업을 통해 소통하고 서로 도와주며 배워나가는 과정"이 좋았다고 답하였다. 더구나 비판적 사고능력을 키워주기 위해서는 서로 다른 생각들이 만날 수 있는 장을 마련해 줄 필요가 있다는 점에서 ZOOM을 활용한 실시간 화상수업은 교육적 의의가 있었다.

- 각자 발표 모습을 영상을 찍어 올리고 온라인상에서 서로 피드백을 하며, 실시간으로 ZOOM에서 만나 함께 토론하는 등 놀라운 결과를 만들었다.(학생D)
- 토론을 화상강의로 진행한다는 색다른 경험이 좋았고, 시의성 있는 주제들을 가지고 비판적으로 사고하는 능력을 키우는 기회가 되어 좋았습니다.(학생E)

셋째, 수업과정을 통해 발표와 토론과 같은 공적 말하기 경험을 쌓을 수 있어서 좋았다고 하였다. 고등학교 수업이 입시교육에 매몰

되어 학생들이 수행평가를 위해 발표나 토론을 하는 경우는 있지만, <비판적 사고와 토론> 수업의 경우처럼 기본 원리를 배우고 스스로 적용하면서 체계적으로 실습하는 경험을 했던 학생들은 드물었다. 실습 준비와 피드백을 통해 발표와 토론 과정에서 요구되는 것을 배울 수 있어 좋았고, 특히 상대방과 실전처럼 토론실습을 했던 경험을 통해 얻는 게 많았다고 하였다.

> • 토론이나 발표를 하기 전에 유의할 점에 대해 잘 알고 실습을 하게 되어 더 많이 배울 수 있었다. 실습을 준비하면서 힘은 들었지만 좋은 경험이었다.(학생F)
> • 발표 영상을 찍거나 작성한 글에 대해 교수님과 동료들이 부족한 점을 피드백 해 준 점이 1학기 때 온라인 수업을 진행하면서 가장 효율적이고 좋은 점이라고 생각했다.(학생G)

넷째, 발표와 토론 실습의 주제가 연동되어 준비하는 과정이 수월했다고 하였다. 동일한 주제를 갖고 프레젠테이션, 연설을 실습하고 다시 토론의 형식에서 어떻게 발표 주제가 논제로서 찬반논점을 구성하는지를 배우고, 설득력 있게 상대와 청중에게 자신의 주장을 전달하는 것을 제대로 배우는 시간이었다고 하였다. 발표 실습을 통해 주제에 대한 자료를 조사하고 내용을 이해한 이후에 동일 주제로 토론실습을 진행하였기에 찬반 쟁점을 토론하며 주제에 대한 좀 더 심화된 학습을 할 수 있었다고 하였다. 단순히 발표와 토론 형식을 익히는 것이 아니라 사회적으로 유의미한 주제를 공부하는 시간이 되기도 했음을 알 수 있었다.

- 발표를 위해 조사한 자료를 바탕으로 토론 주제를 구체화했기 때문에 어떤 점을 논점으로 잡아야 할지 더 명확하게 알 수 있었다. 내가 발표한 주제에 대해 토론을 준비할 때 찬성측은 이 근거를, 반대측은 이 근거를 들 수 있겠다는 생각을 하며 자료를 정리하다 보니 상대측의 주장과 토론 논거를 미리 생각해볼 수 있어 좋았다.(학생H)

⑵ 개선할 점은 무엇인가?

첫째 토론을 온라인으로 실습하고 논의를 진행하는 것에 한계가 많았다고 답하였다. 코로나19로 인해 강의실에서 수업이 진행되지 못한 현실을 상당히 안타까워 하였다. 오프라인 수업이었다면 발표와 토론실습을 할 때도 많은 부분 더 효과적이었을텐데 온라인으로 진행되다 보니 모든 면에서 아쉬움이 컸다고 하였다. 학생들은 <비판적 사고와 토론> 수업의 경우 오프라인 강의실 환경이 훨씬 더 만족스러운 수업이 될 듯하다며, 생생한 수업을 경험할 수 있었다면 좋았을 것 같다고 응답하였다.

- 대면수업이었다면 조금 더 양질의 토론이 되었을 것이라는 아쉬움이 남는다. 자유토론의 경우 온라인으로 진행하는 것이 힘들기에 해결 방안을 찾아야 할 것이다.(학생I)

둘째 실시간 화상수업을 위한 온라인 환경이 열악하거나 와이파이가 불안정한 경우 적극적인 수업 참여가 어려웠다고 하였다. 매주

ZOOM에서 조별로 논의하는 방식이었기에 동료들과 자유롭게 의견을 주고받아야 하는데, 랜선으로 진행하다보니 도중에 접속이 끊기기도 해서 불편한 점이 많았다고 하였다. 인터넷 연결이 불안정하여 토론 중에 상대 팀의 목소리가 제대로 들리지 않았다고 하였다. 온라인 화상수업이 안정적으로 가능할 수 있도록 비대면 교육을 위한 인프라 구축이 시급함을 확인할 수 있었다. 또한 온라인으로 토론실습을 할 때는 질문과 답변이 오가는 '확인질문' 시간을 늘리는 것이 효과적일 것이라고 제안하였다.

> • 토론을 ZOOM으로 하면서 인터넷 연결이 불안정해서 많이 불편했다. 학교측에서 학생들이 더 안정적인 방법으로 화상수업이 가능한 대안을 마련해주면 좋겠다.(학생J)

셋째, 많은 학생들이 온라인 수업에서 매주 제출해야 되는 과제 부담이 컸다고 하였다. 매주 학습활동을 확인하기 위해 부여된 수업과제가 과중하였고, 수업을 준비하기 위해 미리 살펴봐야 하는 자료들의 양도 많았다고 하였다. LMS에서 미리 자료들을 보고 와야 ZOOM에서 조원들과 생각을 나눌 수 있는 수업을 운영한터라 이는 실시간 수업 시간 외에도 별도로 공부하는 시간을 내야만 가능한 상황이었던 것이다. 더구나 LMS 기능에서 온라인 기록을 통해 학생들이 수업자료를 살펴보았는지 여부를 알 수 있고, 이를 수업참여도에 반영하겠다고 언급했던 점이 학생들에게는 큰 부담이 되었음을 알 수 있었다.

- 온라인으로 진행하기에 수업 과제가 많고 조금 버거 웠다. 성적평가를 P/F로 전환해야 할 만큼 다른 학업에 지장을 준다고 생각한다.(학생K)

넷째 토론실습에 대해 승패로 판정하는 토론평가 방식에 문제가 있다고 지적하였다. 자유롭게 생각을 나누는 토론 방식이 아니라 아카데미 토론형식을 활용하여 찬반 토론실습을 진행하고, 토론과정을 지켜 본 동료들에게 승패와 함께 피드백을 제공하는 논평조 역할을 하도록 한 것에 대해 몇 몇 학생들은 불편하게 생각하였다. 교육토론의 형식 자체도 익숙하지 않은데, 평가서에 따라 승패를 결정하고 판정 이유를 공개적으로 말하도록 하는 것이 토론 평가를 하거나 실습 후 평가를 받는 경우 모두 학생들에게 부담이 되었던 것이다. 조별로 미묘한 경쟁 구도가 생기기도 했다는 점도 언급하였다.

- 토론에 대해 공부하는 것과는 무관하게 토론실습을 승패로 평가하는 것은 감정 소모가 생길 수 있는 부분 이라고 생각한다(학생L)

4. 보다 효과적인 온라인 토론 수업을 위한 몇 가지 생각

1) 온라인 수업의 의의와 한계

⑴ 의의

첫째 온라인 수업을 통해 코로나19 비상 상황에서도 사회적 거리두기나 공간적 제약 없이 비대면 교육이 가능하였다. 학생이 자신이 가장 편한 공간에서 '따로 또 같이' 수업에 참여할 수 있었다는 점이 온라인 수업의 최대 장점이었다. 학생들은 심리적으로 편안한 장소인 집에서 온라인으로 실습을 했기에, 공적 말하기를 위한 불안증이나 무대 공포증이 있는 경우 발표와 토론실습 과정에서의 부담이 덜 수 있었다. 또한 긴 통학 시간이 요구되는 경우 체력 소모 없이 온전히 수업에 집중할 수 있다는 점이 온라인 수업의 이점이었다.

또한 온라인 동영상 강의는 오프라인 현장 수업과는 달리 수업 내용이 휘발되지 않고 학생들이 반복적으로 살펴보며 스스로 이해를 도모할 수 있는 장점이 있었다. 녹화된 강의 자료를 다시 살펴보거나 학습자 개인 상황에 맞춰 진도와 속도를 조절할 수 있고, 학생들이 언제든 편한 방식으로 재생하며 반복적으로 공부할 수 있어 불완전하게 알고 있는 지식을 정확히 이해할 수 있게 되었다는 것이다.

둘째, 비대면 수업에서도 학생 참여형 온라인 수업이 가능하였다. 실시간 화상회의가 가능한 ZOOM의 소회의실 기능을 활용하여 조별로 의견교류가 이루어질 수 있었고, 학생들 스스로도 발표와 토론실습을 준비하는 과정에서 온라인 미팅을 할 수 있었다. 강의실 밖 조별 모임을 위해 오가는 시간을 절약하는 이점이 있었던 것이다. 더구나 늦은 시간에도 ZOOM을 활용해 서로 논의를 진행할 수 있었다는 점이 이점이었다고 하였다. 토론 실습의 경우 사전 준비 과정이 중요한데, ZOOM에서 수시로 만날 수 있어서 오히려 시간 관리에 있어 효율적이었고, 구글 docs 프로그램을 통해 조별로 공동 작업을 수월하게 수행할 수 있었다.

셋째, LMS 온라인 공간에 학생들이 실습한 동영상 파일을 올려놓아 자기성찰과 동료피드백 효과를 높일 수 있었다. 학생들은 자신이 발표하고 토론하는 모습을 동영상 촬영을 통해 객관적으로 관찰하는 기회를 갖기도 했다.[8] 비판적 사고가 기본적으로 반성적 사고를 전제로 하고 있다고 할 때 학생 스스로 녹화된 영상을 보면서 자기 성찰을 수행할 수 있었다는 점에서 온라인 환경이 긍정적으로 작용한 측면이 있다.

또한 ZOOM의 녹화 기능을 활용하여 LMS에 발표와 토론 동영상을 올리고 파일을 공유한 덕분에 학생들은 다른 학생들의 실습도 언제든 자유롭게 살펴볼 수 있었다. 모든 수업 내용이 온라인에 기록되기에, 특히 토론 실습의 경우 토론자 스스로 어떤 부분에서 부족했는지 온라인 동영상 파일을 통해 재확인할 수 있어 도움이 되었다는 점이다. 이처럼 ZOOM을 활용한 수업의 특성상 수업과정이 기록되기에 교수자나 학습자 모두 셀프 피드백을 할 수 있는 성찰의 기회를 제공하였다.

---

8 자기소개와 발표 과제에서 학생들 스스로 영상을 찍어 LMS에 올리는 방식이었기에, 자신의 마음에 들 때까지 여러 번 촬영할 수 있는 기회가 있어 발표력을 향상시킬 수 있었고, 영상으로 자신의 발표를 살펴볼 수 있어 스스로를 객관적으로 평가하고 셀프 모니터링을 할 수 있었다고 하였다.

넷째 오프라인 환경과는 다른 온라인 공간에서 요구되는 공적 말하기 방식을 새롭게 익힐 수 있는 계기가 되었다. 청중이 실재하는 무대에서의 공적 말하기와 컴퓨터 모니터화면 앞에서 하는 말하기는 방식에 있어 차이가 있다. 그런 점에서 비대면 환경에 적합하게 자신을 표현하는 것을 자연스레 훈련하는 기회가 되었다. 온라인을 통해 자신의 목소리의 전달력을 어떻게 높일 수 있을지, 표정을 어떻게 하는 것이 더 나은지 생각하며 이를 연습할 수 있게 하였다.

또한 ZOOM의 '발표자 보기' 기능을 통해 오프라인에서 보다 발표자 얼굴을 모니터로 더 가까이 마주할 수 있어서, 발표 내용과 태도에 보다 집중할 수 있는 환경에 놓일 수 있었다. 이처럼 온라인 방식의 의사소통은 디지털 매체와 전달 방식을 새롭게 요구하는 시대적 흐름을 고려할 때 피할 수 없기에, 온라인으로 진행된 <비판적 사고와 토론> 수업 경험이 도움이 될 수 있다. 최근 들어 인공지능을 이용한 면접, 화상 면접, 화상 회의 등과 같이 비대면 상황에서 이루어지는 말하기 경우가 늘고 있기에, 온라인 환경에서도 학생들이 자신의 역량을 보여줄 수 있도록 훈련하는 계기가 된 것이다.

(2) 한계

첫째, 발표와 토론과 같은 공적 말하기를 실제로 강의실 현장에서 많은 학생들 앞에서 실습해 볼 수 없었다는 점이 온라인 의사소통교육의 한계였다. 청중을 직접 대면하며 실습을 하는 경우 무대에서 갖추어야 하는 자세와 청중과의 상호작용을 고려한 말하기 전략을 적용하고 점검해 볼 수 있는데 이러한 것을 연습해 볼 수 없다는 점이 무엇보다 가장 아쉬웠다.

발표와 토론실습에서 중요한 시선 처리나 청중 반응과 상황을 의식하여 유연하게 내용을 전달하는 방법들이 온라인 환경에서는 여의치 않기 때문이다. 사람들의 눈을 바라보며 말하는 것이 아니라 컴퓨터 카메라를 보고 말하다 보면 자신의 말만 전하게 될 수 있다. 또한 미리 작성한 원고를 그대로 읽더라도 컴퓨터 상으로는 거의 표시가 나지 않는다. 토론을 준비하면서 논거 카드를 만들어 조사한 자료를 정리하는 과정이 중요한데, 비대면 환경에서 토론실습을 하는 경우 필요한 자료들을 테이블에 죽 늘어놓고 해도 무방하다는 점에서 '과정' 중심의 의사소통교육과 지도에 있어 한계가 있다.

둘째 온라인에서 의사소통은 주로 언어를 통해 전달되기에 비언어적 행동에 대한 부분은 대면 수업보다 아무래도 떨어질 수밖에 없다. 제스처나 자세, 태도와 같은 몸짓 언어 및 공적 말하기에 적합한 옷차림이나 소품과 같은 사물언어 등 비언어적 요소가 상대적으로 소홀해질 수밖에 없다. 대면 커뮤니케이션은 비언어적 요소가 차지하는 비중이 훨씬 큰데, 온라인 환경에서는 이러한 비언어적 부분을 세밀하게 반영하기 어려운 구조라는 점이다. 상대적으로 온라인 의사소통은 정확한 발음과 적절한 속도와 같은 음성언어적 요소가 더욱 중요하게 부각되게 된다. 카메라가 비추는 화면이 좁다 보니 다양한 비언어적 표현을 충분히 사용할 수 없는 한계가 있고, 따라서 비대면 커뮤니케이션 상황에서 메시지 이면을 정확히 파악하는 것이 사실상 쉽지 않다. 무엇보다 말하는 사람의 전체 분위기에서 느껴지는 정보와 언어적 측면 너머에 존재하는 콘텍스트를 면밀히 파악하는 것에 한계가 있다.

셋째, 온라인 환경은 교수와 학생, 학생과 학생간의 활발한 소통이 쉽지 않다. ZOOM을 활용하여 실시간 수업이 가능하다고 해도 온라인으로 이루어지는 교육은 대면 수업보다 훨씬 더 일방적이며 교수 주도의 수업 분위기가 강화될 수밖에 없다. ZOOM의 소회의실 기능을 활용하여 조별 모임을 진행하더라도 학생들 개인간의 친밀한 관계가 형성되는 것에도 제약이 많을 수밖에 없다. 또한 온라인 수업에서는 계속해서 긴장감이나 집중력을 유지하기 어렵다. 컴퓨터의 작은 화면을 보면서 상대와 소통하는 반대면(半對面) 방식의 피로감이 크다는 점이다. 온라인 방식의 의사소통에서는 즉각적인 반응이나 효과적인 피드백을 주고받는 것도 한계가 있다. 동영상 녹화로 실습이 이루어지는 경우라면 처음부터 수신자의 즉각적이고 직접적인 피드백이 존재하지 않는다는 점에서 진정한 의사소통 활동에 한계가 있다. 토론 실습의 경우에서도 조원들과 논의하는 '숙의시간'을 활용하는 것이 여의치 않다. ZOOM 상황에서 비디오를 켜 놓고 스피커 음소거를 통해 팀원들과 휴대전화나 SNS를 활용해 논의를 할 수 있다고 했지만 대면 토론에서 포스트 잇을 활용해 자연스럽게 이루어지던 조원들과의 소통과정은 비대면 토론실습에서는 사실상 불가능하였다.

넷째 비대면 수업의 경우 학습 편차가 발생할 수 있다. 대면 수업의 경우 학생들의 수업 태도나 이해도에 따라 수업량과 과제량을 유연하게 상황에 맞추어 조절할 수 있지만, 온라인 수업의 경우 학습 분위기와 학생들의 이해 수준을 파악하는 것이 쉽지 않다. 그런 점에서 학생들의 자기주도학습 능력이 부족한 경우 온라인 수업을 충실하게 이행하지 않아 교육 결손이 생길 수 있다. 무엇보다 계층간의 격차, 정보 접근의 불균형이 학업 성취도에도 심대하게 영향을 미친다. 저소득층의 경우 인터넷 연결의 불안정, 저조한 디지털 기기 보유, 성능이 떨어지는 컴퓨터, 집중할 수 있는 온전한 공간의 부재 등과 같은 이유로 온라인 학습에 어려움을 겪을 수 있다. 또한 학교 LMS 서버가 충분하지 않거나 인터넷 연결의 사각지대가 있어 접속이 불안정한 경우 온라인 교수학습의 질은 떨어질 수밖에 없다. 동영상 강의방식, 실시간 화상수업 방식 모두 저소득층 학생들에게는 불리한 상황이라는 점에서 교육 격차를 가져올 수 있다.

2) 온라인 수업을 활성화하기 위한 제언

S여대의 교수학습센터는 2020년 1학기 온라인 수업 모니터링 결과 우수 사례로 꼽힌 수업들의 공통점을 다음과 같이 말한다. 첫째 질의응답과 피드백 등 수강생들과 활발한 상호작용이 있었다. 둘째 LMS 상에서 수업 운영에 대한 상세한 안내와 콘텐츠의 업로드 일정이 정확하였다. 또한 출석 인정 기준 및 시험 응시방법 등 수업 전반에 대해 학생들에게 자세하게 공지하고 안내하였다. 셋째 동영상 콘텐츠의 화질과 음질 등 강의 영상의 질이 우수하였다. 이러한 점을 전제로 향후 보다 효과적인 온라인 수업을 위해 요구되는 점을 제언한다.

(1) 비대면 교육인프라 구축이 시급

비대면 교육을 위해서는 무엇보다 온라인 인프라가 안정적으로 구축되어야 한다. 다수의 학생이 동시에 접속해도 불안정하지 않은 용량의 서버를 구축해야 하고, 교수학습의 질이 인터넷 연결 상태에 좌우되지 않도록 해야 한다. 접속이 원활해야 수업과정에서 쌍방향 의사소통이 원활할 수 있다. 모든 학생이 자신의 물적 토대와 관계없이 온라인 수업이 이루어질 수 있는 컴퓨터 카메라와 성능 좋은 마이크, 안정적인 인터넷 환경 등의 교육 여건이 중요하다. 해상도가 낮은 화면과 낮은 품질의 스피커로는 서로 주고 받는 내용을 정확하게 파악하기 어렵다. 온라인 상황에서 발표와 토론 실습을 하는 경우 노이즈가 많이 섞인 마이크 보다는 성능이 높은 마이크나 스피커를 사용할 경우 보다 선명하게 내용이 전달이 되어 더 말을 잘하는 것처럼 느껴질 수 있다. 이런 점에서 LMS 학습관리 시스템의 발전과 온라인 학습 도구를 제공함으로써 공평한 온라인 환경에서 수업이 이루어질 수 있도록 해야 한다.

이제 토론 실습의 경우 온라인 화상 솔루션 기반 토론능력 인증시스템[9]을 적용하여 보다 효과적으로 피드백을 제공할 수 있는 여건이 마련되고 있다. 이러한 온라인 프로그램과 도구를 활용하여 비대면 상황에서도 학생들의 비판적사고와 의사소통능력을 키울 수 있도록 학습 환경을 마련해 주어야 한다. LMS와 실시간 교육이 가능한 ZOOM을 연동하여 교수학습센터를 중심으로 보다 안정적인 교육 인프라를 구축하고, 지속적인 교육 프로그램을 통해 교수자와 학습자들을 온라인 환경에 적합하도록 하는 다양한 모색이 이루어질 필요가 있다.

---

9 이상임, 유정완, 박정원, "대학교양기초교육백서", 한국교양기초교육원, 2017.2. 자료를 보면 경희대학교 후마니타스칼리지의 토론능력인증제가 고무적이다. 이는 온라인 화상 솔루션 기반 토론능력 인증시스템(Online Debate Competence Certification System: ODCCS)으로 학생들의 토론능력을 신장시키기 위해 도입한 세계 최초의 토론능력 개발 교육시스템이라고 한다. 화상 솔루션을 통해 토론 참여자가 실시간으로 토론을 실행하고 이를 전문 심사자가 평가 관리 해주는 시스템으로, 총 10회에 걸쳐 다양한 주제로 토론을 한 후 학생들의 토론능력을 객관적으로 점검해 볼 수 있도록 하였다.
http://konige.kr/files/sub0201/thekyowoo20170223175837.pdf

(2) 뉴노멀 온라인 교수전략의 접목

온라인 교육의 혁신을 주도하는 것은 결국 교수자의 몫이다. 온라인 상에서 교수자가 일방향으로 수업을 운영하지 않도록 할 필요가 있다. 동영상 강의자료만 올려놓고 수업을 대신하거나 ZOOM 등을 활용한 실시간 온라인 수업에서도 교수자가 강의하는 방식으로 운영하는 경우 교육 효과가 떨어진다. 비대면 실시간 수업의 핵심가치는 학생들의 직접적인 참여와 현존을 전제로 한다. 그런 점에서 학습자가 비디오 화면을 꺼두거나 소극적으로 방관하지 않도록 온라인 환경에 적합한 뉴노멀 온라인 교수전략이 필요하다. 온라인 공간에는 학습자료를 충실히 제공하고 수업 현장에서는 발표와 토론을 활성화하는 플립 러닝과 같은 접근이 필요하다.

2020년의 혼란스러웠던 상황을 반면교사로 삼아 비대면에 최적화된 방식으로 온라인 수업을 재설계해야 한다. 교육과정과 교수학습방법, 교육평가에 이르기까지 교육 목적을 달성하기 적합한 방식의 온라인 교수법이 개발되고 교수전략이 적용되어야 한다. 무엇보다 교수자들이 새로운 온라인 도구와 매체에 자유자재로 익숙해져야 한다. 온라인 환경에서도 양질의 교육을 제공하려면 디지털 환경에 더 적합한 교수법과 마이크로 콘텐츠를 개발해야 한다. 학습자들의 경우 이미 인터넷 강의 등을 통해 온라인 교육 방식에 익숙한 세대라는 점에서 무엇보다도 교수자들이 변화된 환경에 적응해야 한다. 수업내용을 보다 효과적으로 전달하고 학생들과 의미있는 소통이 이루어지기 위해서는 교육공학 영역에서 개발한 다양한 교수학습 방법을 자신의 수업에 활용해야 한다. 또한 수업자료에 대한 큐레이팅 역할을 강화해야 한다. 정보의 바다에서 학생들의 효과적인 학습과정에 도움이 되도록 양질의 자료를 선별하여 제공함으로써 지적 자극을 주어야한다.

(3) 유튜브를 활용한 미디어 리터러시 교육

갑작스럽게 비대면 수업이 시작되면서 초기에 많은 교수들이 LMS 대신에 유튜브 공간을 활용하거나 유튜브 동영상 콘텐츠를 대신 활용하였다. 또한 자신의 수업 내용을 유튜브에 올려놓기도 하였다. 그동안 <비판적 사고와 토론> 교육은 면대면 상황을 중심으로 이루어져 왔고 영상 매체를 활용한 소통은 사실상 간과해 왔다. 그러나 온라인 수업을 계기로 학생들은 발표와 토론을 준비하며 마치 유튜버처럼 카메라 앞에서 자신을 표현하는 기회를 경험하였다. 사람들 앞에서 하는 대면 말하기와 카메라 앞에서 하는 말하기는 차이가 있다는 점에서 비대면 수업 상황이 학생들이 자신의 의견을 카메라를 앞에 두고도 설득력 있게 전달할 수 있도록 만들고 있는 것이다. 이런 점에서 유튜브 공간을 활용한 사고와 표현교육이 필요하다.

유튜브는 우리의 의사소통의 범위와 방식에 큰 확장을 가져왔다. 일상의 소통범위가 온라인까지 확장됨에 따라 의사소통교육에서도 유튜브를 활용한 미디어 리터러시 교육이 병행될 필요가 있다. 무엇보다 유튜브는 비판적 사고력을 키워주는 텍스트로서도 유용성이 있다. 검증을 거치지 않은 정보와 콘텐츠가 산적해 있는 공간이라는 점에서 학생들로 하여금 정보의 신뢰성 여부를 확인하고 질문하도록 지도해야 한다. 편향된 시각이 노출되어 있는 자료들을 검색하여 맹목적으로 활용하지 않도록 유튜브 콘텐츠를 선택하는 과정에서 비판적

사고력을 키워가도록 할 필요가 있다.[10]

온라인 교육의 확대로 더욱 다양한 매체와 자료들을 접할 수 있게 된 디지털 환경에서 비판적 사고력과 미디어 리터러시 능력은 더욱 더 중요해지고 있다. 유튜브 콘텐츠를 그대로 수용하는 것이 아니라, 의문을 갖고 이것이 과연 옳은지를 판단하는 과정을 통해 미디어 리터러시 능력을 키워갈 수 있도록 해야 한다. 유튜브 콘텐츠에 대한 비판적 사고를 통해 토론교육에 필요한 텍스트를 선별하고 문제를 해결하는 방안을 다각도로 모색해 보도록 하는 등 학생들의 미디어 리터러시 능력을 키워줄 필요가 있다.

⑷ 셀프 모니터링과 동료평가를 통한 피드백 강화

비대면 수업의 가장 큰 문제는 즉각적인 피드백이 쉽지 않다는 것이다. <비판적 사고와 토론> 수업의 경우 실습과정 못지않게 피드백 활동이 중요하다. ZOOM의 녹화기능을 통해 수업과정이 기록된다는 점을 활용하여 온라인 수업에서 셀프 피드백과 동료피드백을 강화할 필요가 있다. LMS에서 수업 자료와 학생들의 과제가 공유되어 객관적으로 활동 내역을 살펴볼 수 있고, 댓글 달기와 채팅 기능을 활용하여 학생들의 피드백 활동을 강화할 수 있다.

---

10 <시사IN>의 '2020 대한민국 신뢰도 조사' 결과, 유튜브가 신뢰도 1위를 기록했다. 국내 뉴스 소비자들이 '듣고 싶은 뉴스'와 '믿을 만한 뉴스'를 동일시하는 현상이 이런 결과의 배경이다. 사실상 유튜브는 거대한 광고 플랫폼이기 때문에, 영상의 내용이나 의미보다 수익을 극대화하는 방향으로 알고리즘이 설계된다. 로그인한 사용자의 시청 시간, 검색어, 구독 채널 등 습관을 토대로 개인에게 최적화된 영상을 추천하는 알고리즘으로 운영된다.(정원엽, 박민제, 2020) 그런 점에서 비판적 사고 교육에 유튜브 텍스트를 활용할 필요가 있다.

학생들도 개인적으로 동영상 촬영을 통해 말하기를 연습하면서, 여러 번의 시행착오를 거치다보면 스스로 청중이 되어 객관적으로 자신의 영상을 모니터링하는 힘을 갖게 된다. 온라인 실습을 위해 동영상 촬영을 활용하는 방법은 많은 사람들 앞에서 발표하는 것에 대해 두려움을 느끼는 학생들에게 좋은 연습이 될 수 있다. 스스로의 모습을 관찰하며 부족한 부분을 보완해 갈 수 있기 때문이다. 또한 동료 수강생들의 실습 활동을 면밀히 살펴보면서 좀 더 구체적인 피드백을 제공할 여지가 높다.

오프라인 강의실에서 진행되는 발표와 토론 실습의 경우 일회성, 현장성의 측면이 강하다는 점에서 학습자 스스로 자신의 발표와 토론 상황을 객관적으로 살필 수 없다. 또한 평가자가 사실상 놓치는 부분이 적지 않다. 이런 점에서 온라인 수업의 경우 학생들이 수행과정과 실습 내용을 반복적으로 살펴보고 모니터링을 할 수 있는 환경을 제공한다. 이를 활용해 셀프 피드백과 동료피드백 과제를 주는 경우 온라인 수업의 이점을 살려 더 나은 방향으로 의사소통교육이 진행될 수 있다. 각자 편한 시간에 온라인 댓글 형태로 피드백을 남길 수 있다는 점에서 동료간 소통과 상호작용을 강화하여 비대면 수업을 운영할 필요가 있다.

(5) 휴먼 터치의 필요성 증대

온라인 교육으로 인한 비대면 상황의 일상화는 학생들의 고립화, 단절화 문제를 야기할 수 있다. 앞으로도 비대면 교육이 지속될 경우를 대비하여 유념해야 할 점은 지속적인 소통채널을 통해 학습자와 연결되는 일이다. 모니터 안에서 이루어지는 온라인 수업에 집중하지 못하는 학생의 참여를 독려하기 위해서는 무엇보다 마음을 얻는 휴먼 터치 전략이 필요하다. 상호교류의 제약으로 온라인 수업의 경우 서로간에 정서적 친밀감을 형성하기 어렵다. 조모임을 통해 서로의 의견을 주고받으며 공감할 수 있는 학습 분위기를 의식적으로 마련해 주어야 한다. 또한 온라인 상담, 전화 상담 등 다양한 방식을 통해 학생들과 소통하기 위한 교수자의 노력과 시간이 요구된다.

나아가 학생들의 개별 학습활동을 모니터링 하여 개인별 맞춤형 학습이 이루어지도록 해야 한다. 학생들의 과제나 활동자료 등 온라인 데이터가 축적되면 학습자 맞춤형으로 보다 섬세하게 지도하는 것이 가능할 수 있다. 학생 개개인의 특성에 맞추어 그들의 진정한 성장을 도울 수 있도록, 온라인과 오프라인에서의 교육적 혁신이 병행되어야 한다. 실시간 원격수업을 하더라도 오프라인 강의실에서 자연스럽게 이루어졌던 교수학습과정을 활성화하고, 쌍방향 커뮤니케이션이 제약될 수밖에 없다는 점을 고려하여 온라인 공간에서 동료들과 상호 소통할 수 있는 휴먼 터치 방법을 적극 활용해야 한다. 학생들이 사회성과 공동체 역량을 기를 수 있도록 자유롭게 논의하는 분위기를 조성하여 학생들끼리 서로 의견을 주고받으며 의미 있는 관계가 형성될 수 있도록 해야 한다. 온라인 공간에서 다양한 접점을 마련하고 인간적인 교류와 접촉의 기회를 제공하는 교수자의 감성적인 터치가 더욱 요구된다.

5. 온라인 토론 교육의 한 발을 내딛다

　　코로나19 사태가 심각해짐에 따라 2020년 1학기 대학 교육
은 온라인 수업으로 전면 대체되었다. 실험, 실기, 실습 성격의 교과의
경우 교수자와 학생 모두 혼란스러웠던 학기였다. 비대면 상황에서
실습 수업을 어떻게 운영하는 것이 교육 결손을 줄일 수 있을지 부담
이 되었다. 학생들의 발표와 토론실습으로 이루어진 <비판적 사고와
토론> 수업의 경우 LMS와 ZOOM을 활용하여 비대면 수업의 첫 학기
를 진행하였다. 본 글은 '사회적 거리두기' 시기에 S여대 공과대학 20
학번 신입생을 대상으로 진행된 토론수업 사례를 고찰해보며, 온라인
환경에서 이루어지는 사고와 표현교육에서 고려할 점이 무엇인지 살
펴보았다.

　　비대면 수업 첫학기에 만난 새내기들은 공과대학 학생들답게 온
라인 교육 환경과 디지털 교수학습도구에 빠르게 적응하여 적극적으
로 수업과정에 참여하였다. 발표 동영상을 직접 촬영하여 LMS에 올
리고, ZOOM에서 조별 논의와 토론 실습도 원활하게 진행되었다. 학
생들은 이미 고등학교 과정에서 EBS나 인터넷 강의 영상에 익숙해
있었기에, 비대면 온라인 수업에 대해 교수자가 느낀 부담보다 상대
적으로 덜했다고 하겠다. 또한 오프라인 강의실에서 직접 청중을 대
면하고 발표하고 토론하는 것보다는 자신에게 익숙한 공간에서 컴퓨
터 모니터를 보면서 말하는 실습이 훨씬 편안할 수 있었다. 공적 말하
기에 대한 불안감과 긴장감이 온라인 환경으로 줄어들 수 있었다. 나
아가 온라인에서 동영상 강의를 반복적으로 살펴보면서 수업 내용을
온전히 이해할 수 있었고, 녹화된 실습 동영상을 보며 셀프 피드백과

동료 평가를 하는 것도 한결 수월하였다.

  그러나 한편으로는 온라인 수업은 플랫폼의 안정성이나 디지털 기기의 차이에 따라 편차가 존재하였다. 컴퓨터나 노트북 성능이나 사양이 어떤지, 개인적으로 인터넷 접속 환경이 어떤지, 수업에 집중할 수 있는 공간인지 여부에 따라 수업의 질에 차이가 있었다. 또한 공적 말하기를 모니터 앞에서 하다 보니 실제적인 의사소통능력을 키우는 측면에서는 사실 한계가 있을 수 있었다. 더구나 비실시간 온라인 동영상 강의를 듣는 경우는 교수와 학생 간의 상호작용이 원천적으로 불가능하다는 문제도 있었다. 비대면 수업의 가장 큰 문제는 교육이 수업만으로 이루어지지 않는다는 자명한 사실이었다.

  결론적으로 온라인 환경에서 <비판적 사고와 토론> 수업을 제대로 하기 위해서는 비대면 교육 인프라를 안정적으로 구축하는 것, 뉴노멀이 된 새로운 교수전략을 온라인 수업에 적용하는 것, 유튜브 공간과 콘텐츠를 비판적으로 활용하는 것, 셀프 피드백과 동료피드백 등 다층적인 피드백을 통해 학습과정을 강화하는 것, 나아가 온라인 공간에서도 상호간에 친밀한 교류가 가능하도록 감성적인 측면에서 휴먼 터치가 필요하다는 점을 강조하였다. 코로나 이전처럼 강의실에서 의사소통 수업이 이루어질 경우에도 온라인 수업의 장점을 살리면서 교육의 내실을 다지는 방향으로 블렌디드 러닝(Blended Learning) 방식이 확대될 필요가 있다. 코로나 이후에도 대학의 비판적 사고와 토론교육이 오프라인에서만 이루어질 수 있다는 통념을 내려놓고, 2020년 진행된 온라인 교육 경험을 통해 학생들에게 보다 효과적인 수업을 제공하기 위한 다각적인 노력이 모색될 필요가 있다.

  S여대 공과대학 신입생을 대상으로 진행된 <비판적 사고와 토론>

수업사례와 학습자들의 온라인 수업에 대한 의견을 살펴본 이 글은 뉴노멀 비대면 교육이 시작된 초기과정을 톺아본 의의가 있다. 그러나 논의 대상이 여학생으로 한정되었다는 점과 상대적으로 비판적 사고 보다 토론 교육에 초점을 두어 논의가 이루어졌다는 점에서, 향후 온라인 환경이 비판적 사고 교육에 구체적으로 어떤 영향을 미치는지, 또 비대면 상황에서 보다 효과적인 비판적 사고 교육은 어떻게 이루어져야 하는지 심도 깊은 연구가 필요하다. 그럼에도 불구하고 온라인으로 진행된 대학 교양 수업사례를 통해, 대학생의 사고와 표현능력 함양을 위한 온라인 교육의 가능성을 모색한 의미가 있다고 하겠다.

코로나 시대를 통과하며 대학 교육도 급격한 변화의 소용돌이에 직면하였다. 오프라인 캠퍼스를 너머 온라인 공간에서도 지속적인 배움과 나눔의 장이 펼쳐지고 있다. 어디서나 닿을 수 있는 대학, 열린 교육이 탄생하고 있는 것이다. 특히 토론교육은 학생들의 융합적 사고, 비판적 사고, 의사소통능력, 문제해결능력을 함양하는 기초교양교육의 뿌리라는 점에서 미래 사회에 필요한 인재를 키우는 토대다. 비대면 환경에서 진행된 온라인 토론 수업은 이제 단순히 오프라인 교육의 대안으로서가 아니라 그 자체로서의 가능성이 있음을 확인하였다. 케빈 캐리는 "우리는 살아가면서 더 나은 고등교육의 탄생을 목격하게 될 것"이라고 『대학의 미래』에서 말한 바 있다. 코로나19로 인해 대학 사회는 비대면 환경에서 교육의 위기와 혁신을 동시에 경험하며, 온라인 토론교육에서도 의미 있는 한 발을 내딛었다.

김지윤, 「다매체시대 효율적 토론 수업 연구-대면 수업과 비대면 수업 모델 비교와 그 의미」, 『사고와표현』13(2), 2020.

남창우·조다은, 「대학교육 지원을 위한 오픈소스 LMS 기능지표 개발」, 『평생학습사회』16(2), 2020.

박상훈·한송이, 「COVID-19 상황에서 이전 온라인 학습 경험 여부에 따른 대학생의 학습 동기 차이 분석」, 『학습자중심교과교육연구』20(21), 2020.

변영조·이상한·김재영, 「동기식 온라인창업교육의 학습자만족 모델개발」, 『지식경영연구』21(2), 2020.

숙명여자대학교 기초교양대학, 비판적 사고와 토론, 역락, 2018.

신희선, 「비대면 환경에서의 비판적 사고와 토론교육 - 공대 신입생 대상 온라인 수업 사례를 중심으로」, 『공학교육연구』24(1), 2021.

이경하·차지영, 「비대면 방식의 세미나/글쓰기 수업 사례 연구」, 『리터러시연구』11(5), 2020.

이보경, 「코로나19로 인한 비대면 교양영어 수업의 학습자 반응에 관한 연구」, 『교양교육연구』14(4), 2020.

이상임·유정완·박정원, 「대학교양기초교육백서」, 한국교양기초교육원, 2017.

이영희·박윤정·윤정현, 「COVID-19 대응 대학 원격강의 운영 사례 분석을 통한 유형 탐색」, 『열린교육연구』28(3), 2020.

장경원, 「비대면 원격교육 상황에서의 프로젝트학습 사례 연구: 학습자들의 학습경험을 중심으로」, 『교육공학연구』36(S), 2020.

정원엽·박민제, 「중간지대 사라진 유튜브 뉴스…언론사 채널도 편향성 논란」, 중앙일보, 2020. 11. 30., https://news.joins.com/article/23933054, 검색일자 2020.

정한호·노석준·정종원·조영환, 「Covid-19 확산이 교육계에 주는 도전: 모두를 위한 질 높은 원격수업」, 『교육공학연구』36(S), 2020.

조은순, 「포스트 코로나시대 비대면 수업을 위한 교육공학의 역할과 과제」, 『교육공학연구』36(S). 2020.

진성희·유미나, 「온라인 토론활동 참여정보에 대한 피드백 유형이 학습참여 및 학습성과에 미치는 영향」, 『교육공학연구』36(3), 2020.

허경호·배수진, 「온라인 1:1 화상 토론 대회의 교육적 성과 및 제언」, 『한국소통학회 학술대회 자료집』, 2013.

홍성연·유연재, 「코로나19로 인한 비대면 원격교육환경에서 학습성과 영향 요인 분석」, 『교육공학연구』36(S), 2020.

필자소개	**황영미** 숙명여자대학교 기초교양학부 교수, 교양교육연구소 소장
	김 헌 서울대학교 인문학연구원 HK교수
	유홍식 중앙대학교 미디어커뮤니케이션학부 교수
	이도흠 한양대학교 국어국문학과 교수
	홍성민 한국외국어대학교 철학과 교수
	김응교 시인, 문학평론가, 숙명여자대학교 기초교양학부 교수
	오영진 한양대학교 에리카 창의융합교육원 겸임교수
	김중철 안양대학교 아리교양대학 교수
	신희선 숙명여자대학교 기초교양학부 교수

숙명여자대학교 교양교육연구소 총서 01

코로나 시대의 말과 글

초판 1쇄 인쇄 2021년 2월 18일
초판 1쇄 발행 2021년 2월 26일

엮 은 곳	숙명여자대학교 교양교육연구소
책임편집	황영미
지 은 이	황영미, 김 헌, 유홍식, 이도흠, 홍성민, 김응교, 오영진, 김중철, 신희선
펴 낸 이	이대현
편 집	이태곤 문선희 권분옥 임애정 강윤경
디 자 인	안혜진 최선주
기획/마케팅	박태훈 안현진
펴 낸 곳	도서출판 역락
주 소	서울시 서초구 동광로46길 6-6 문창빌딩 2층 (우06589)
전 화	02-3409-2055(대표), 2058(영업), 2060(편집) FAX 02-3409-2059
이 메 일	youkrack@hanmail.net
홈페이지	www.youkrackbooks.com
등 록	1999년 4월 19일 제303-2002-000014호

ISBN 979-11-6244-702-4 04300
ISBN 979-11-6244-701-7 04080(세트)